KB260871

아켈다마

김/명/섭/장/편/스/릴/러/소/설

2

아켈다마

김/명/섭/장/편/스/릴/러/소/설

2

황금가지

차 례

불의 심판

2005년 10월 10일

밤 12시를 넘기자 진영은 아파트를 나서서 아우디에 올랐다. 준비는 다 됐다. 이제는 자신의 방식대로 혜정을 찾아 나설 생각이었다. 그는 방수 재킷 안에 권총을 꽂아 넣고, 나이프 세 개와 투척용 단검을 몸 곳곳에 숨겼다. 그는 안개가 깔린 브뤼헤의 밤거리를 뚫고 뇌샤텔 쪽으로 향했다.

진영은 뇌샤텔 바로 앞에 차를 세우고 뇌샤텔 쪽을 자세히 살폈다. 어제 오후와 같이 두 대의 메르세데스 벤츠 E 클래스가 서 있었고, 건물의 현관 등 1층은 모두 불이 꺼져 있었다. 그리고 2층의 한 방, 3층의 한 방에서 불빛이 흘러나왔다.

진영은 차에서 내려 미리 준비한 도구들이 들어 있는 검은색 배낭을 어깨에 걸쳤다. 그리고 차 문을 닫고 철제 대문을 타고 넘어갔다. 현관문 앞에 선 진영은 배낭에서 기관총처럼 생긴 유압식 드릴을 꺼냈다.

진영은 자물쇠가 달린 부분을 겨냥해서 드릴을 갖다 대고 방아쇠를 당겼다. 10초도 걸리지 않아 자물쇠 장치는 쓸모없게 됐다. 소음도 없었다. 진영은 드릴을 다시 배낭에 넣고 실내로 들어섰다. 오늘의 목표는 위베르였다. 그를 다그쳐서 혜정의 행방을 캐물을 생각이었다. 진영의 기억으로는 2층 어디엔가 그의 방이 있었던 것 같았다. 시간은 많으니까 천천히 찾아볼 생각이었다.

진영이 거실에 막 들어섰을 때 거실에 있는 벽난로의 한구석에서 커다란 검은색 짐승이 벌떡 일어나며 위협적으로 으르렁거리는 것을 보았다. 마시프종의 개였다. 진영은 침착하게 왼쪽 어깨 부분에 꽂아 놓은 단검 두 개를 빼서 자신을 향해 막 달려드는 큰 개에게 던졌다. 먼저 던진 것은 목젖 부분에, 바로 이어서 던진 것은 두 눈 사이에 정확히 꽂혔다. 두 번째 단검이 박히면서 개는 달리던 자세 그대로 조용히 쓰러졌다. 진영은 재빨리 쓰러져 있는 거대한 개의 머리와 목에서 자신의 무기를 회수했다. 으르렁대기는 했지만 짖지는 않았기 때문에 큰 소리는 나지 않았다. 진영은 거실을 거쳐서 2층으로 올라가는 계단 쪽으로 이동했다.

100년은 된 듯한 아주 낡은 엘리베이터를 끼고 나선형으로 배치된 계단을 오르면서 진영은 이전에는 느끼지 못했던 괴기스러움을 건물 전체에서 느꼈다.

진영이 중간 층에 막 도착하여 복도를 향해 돌아서는 순간 눈앞에 권총을 손에 든 키 큰 남자가 나타났다. 진영은 권총으로 자신을 겨누려는 남자의 오른손을 자신의 오른발로 차 올렸다. 권총은 남자의 손을 벗어나 2미터 정도 떨어진 복도 가운데에 큰 소리를 내며 떨어졌고, 이어서 진영은 남자의 비어 있는 옆구리 쪽을 향해 왼발을 돌려 찼다. 그러나 상대도 만만치는 않았다. 그는 진영의 왼발을 손목으로 막은 다음 한 걸음 물러서서 자세를 가다듬었다. 그러고는 허리춤에서 전투용 나이프를 꺼내 들었다. 진영은 그의 자세를 살폈다. 전형적인 특수 부대의 개인 격투술을 응용한 자세였다. 진영도 자신의 왼쪽 허리에 부착해 두었던 다마스쿠스 단검을 꺼내 들었다. 남자의 공격은 대단히 빨랐다. 가볍게 정면으로 찔러 온 다음 바로 회수해서 자세를 낮추고 진영의 왼쪽을 찔러 들어왔다. 하지만 진영의 방어와 역습은 더욱 빨랐다. 처음의 허수에는 전혀 반응하지 않고 왼쪽 옆구리 쪽으로 몸을 돌리며 들어오는 칼날 위쪽을 향해 내리 그었다. 악 하고 억누른 비명소리가 났다. 진영은 틈을 주지 않고 다마스쿠스 단검을 들어서 적의 목젖 부분을 향해 휘둘렀다. 오른손 부상으로 빈틈이 생긴 남자의 방어 자세를 뚫고 1미터도 안 되는 거리를 날아온 진영의 단검은 그의 목 부분을 정확히 그었다. 낮은 비명소리가 복도를 흔들었고 남자의 주위가 붉은 피로 물들었다. 진영은 쓰러진 남자가 떨어뜨린 권총 쪽으로 재빨리 이동해서 권총을 집어 들었다.

바로 그때 10미터 정도 떨어진 방문을 열며 뛰어나오는 사람이 보였다. 진영은 주저없이 권총을 발사했다. 세 발을 연속으로 가슴과 배 부분에 맞은 그 사람이 쓰러졌다. 진영은 총구를 여전히 그를 겨눈 채 다가갔다. 이미 더운 피를 흘리며 쓰러진 남자의 손에는 역시 권총 한 자루가 있었다. 연이어 두 명을 죽인 진영은 몸의 세포 하나하나가 새로이 잠에서 깨어나는 기분이었다. 그동안 뿌옇던 앞길이 맑게 보이는 것 같기도 했다. 심장 박동은 빨라졌지만 머리는 맑고 차갑게 움직이고 있었다.

진영은 총에 맞아 쓰러진 남자의 손에서 권총을 빼서 오른쪽 허리춤에 꽂았다. 아직 이 건물에는 서너 명 정도가 더 있고 권총 발사음을 듣고 준비를 갖추고 나올 것으로 예상했다. 그는 오른손에는 권총을 쥐고 어깨의 배낭을 내려놓으며 자세를 낮춘 채 2층의 방들을 수색해 나갔다. 2층에는 열한 개의 방이 있었다.

낮은 촉도의 백열등 하나가 밝히고 있는 복도를 따라 세 개째 방문을 열자 다른 방과 달리 약간의 훈기와 흐트러져 있는 침대 시트가 보였다. 하지만 사람은 보이지 않았다. 진영은 준비를 하고 천천히 그 방에 들어섰다. 숨어 있을 만한 별다른 장소가 없음을 확인한 진영은 방 안쪽으로 밀어 젖혀져 있는 문 뒤쪽을 의심했다. 그는 갑자기 온몸을 던져 문에 부딪혀서 문을 벽 안쪽 끝으로 밀어붙였다. 윽 하는 소리가 나며 문이 사람 하나 정도의 공간을 남기고 더 이상 밀리지 않았다.

진영은 재빨리 문을 당겼다. 얼굴 한쪽에서 약간의 피를 흘리고 있는 위베르가 무방비 상태로 서 있었다. 순간 진영은 복도에서 나는 미세한 발자국 소리를 들었다. 그는 주먹으로 위베르의 명치를 강하게 가격했다. 낮은 비명과 함께 그는 쓰러졌고, 진영은 바로 몸을 돌려 바깥쪽 소리에 귀를 기울였다. 아무 소리도 들리지 않았다. 진영은 이런 경우 참을성 없는 사람이 불리하다는 것을 알고 있었다. 잠시 후 그는 아주 작은 발자국 소리를 들었다. 아주 신중하게 천천히 이쪽으로 이동하는 듯했다. 진영은 방 안쪽 문 옆에 최대한 몸을 붙여서 숨은 채 적이 다가오는 것을 기다렸다. 숨소리조차 조심해 가며 기다리던 진영의 눈에 검은색 권총의 끝부분이 살짝 보였다. 진영은 자신이 든 권총을 천천히 허리춤에 꽂고는 이제 손목이 나오려고 하는 바깥쪽을 향해 튀어 나갔다. 그는 우선 권총을 잡고 있던 손목을 잡아서 위로 비틀어 꺾고는 전투화를 신은 오른쪽 발끝으로 상대방의 다리 사이 성기가 있는 부분을 찍어 찼다.

그때 총성이 들렸다. 복도 끝에서 지원을 맡은 적 중 한 명이 사격을 한 것이다. 20미터 정도 거리에서 발사된 총탄은 진영 대신 옆으로 쓰러지던 동료를 맞추었다. 진영은 다시 방 안으로 몸을 숨기면서 방금 빼앗은 권총을 그쪽으로 두 번 발사했다. 한 번 사격한 적은 몸을 다시 계단 쪽 코너에 숨겼다. 진영은 조금 전 빼앗은 권총을 꺼내서 마저 들었다. 그러고는 양손에 든 권총의 상태를 살폈다. 이상이 없음을 확인한 진영은 호흡을 조절하고 마음속으로 리듬을 만들었다. 4/4박자의 리듬을 계산하던 진영은 바깥쪽으로 권총만 내밀고 두 발을 발사했다. 그리고 정확한 리듬에 맞춰 응사를 하려고 얼굴을 복도 쪽으로 조금 내민 적에게 리듬을 완전히 깨는 연발 사격을 안겼다. 너비 5센티미터 정도의 얼굴 노출이었지만 진영에게는 충분했다. 양손의 권총에서 발사된 다섯 발 중 두 번째 총탄이 그의 얼굴에 맞은 것이다. 진영은 그가 옆으로 쓰러지는 모습을 보면서 그쪽으로 달려갔다. 진영과 대치했던 남자는 이미 부서진 두개골 사이로 붉은 피와 허연 골수를 흘렸다. 진영은 그의 권총도 회수하고 다시 방으로 돌아갔다. 진영의 발끝에 성기를 가격당한 남자가 동료의 총탄에 맞은 채 꿈틀대고 있어서 옆구리의 급소를 다시 한 번 발끝으로 찍어 찼다. 더 이상 그는 움직이지 않았다.

진영은 배낭을 가져다가 그 안에서 적당한 길이로 잘라 놓은 철사 뭉치를 꺼냈다. 그러고는 위베르를 끌어다가 방 안의 의자에 앉힌 후 손을 뒤로 해서 묶었다. 진영은 양손에 권총을 들고 다시 각 방을 수색해 나갔다. 그들이 전부였는지 더 이상 사람의 흔적은 없었다. 진영은 약간 느긋한 기분으로 위베르를 묶어 둔 방으로 돌아왔다. 피 비린내와 화약 냄새가 실내를 가득 채우고 있었다. 방 안의 의자에서 위베르는 의식을 찾고 손을 풀기 위해 버둥거리다가 방으로 들어서는 진영의 얼굴을 봤다. 진영은 권총을 집어넣고 벤치 블레이드 제의 나이프를 꺼내 들었다.

위베르에게 다가서는 진영의 표정은 진지했다.

"오랜만에 다시 보는군요, 위베르. 노인을 고통스럽게 하고 싶지는 않소. 내가 누군지는 알 거요. 내가 물어보려는 것도 알고 있을 거고. 이제 이야기해 주시오. 정말 당신을 심하게 다루고 싶지는 않소."

위베르는 진영의 얼굴을 잠시 올려보다가 고개를 숙이며 이야기했다.

"무슨 이야긴지 모르겠소. 나한테 뭘 원하는지도 모르겠고. 당신 마음대로 하시오."

진영은 노인의 머리카락을 잡아당겨서 얼굴을 들게 한 다음 다른 손의 나이프를 들어서 왼쪽 어깨 밑 쇄골 부분에 천천히 찔러 넣었다. 위베르는 처절한 비명을 질렀다. 진영이 칼을 뽑아 냈다. 상처에서는 진한 피가 흘렀다. 진영은 단검의 칼날을 위베르의 한쪽 눈동자에 갖다 댔다.

"나는 여기 놀러 온 것이 아니오. 내 여자를 찾으려고 왔소. 또 알 만큼 알아보고 온 거요. 저쪽 첨탑 부분의 당신들 비밀 장소에도 다녀갔소. 해골들이 십자군 갑옷을 입은 채 서 있더군. 저주받을 아켈다마들 말이오."

아켈다마라는 단어를 이야기하자 위베르의 눈자위가 조금 더 커졌다.

"그 이야기를 하는 것을 보니 나를 빨리 죽여야 한다는 것도 알고 있겠군. 빨리 죽이시오."

"아니 그렇게 쉽게 죽이지는 않겠소. 내가 원하는 것을 얻기 전에는. 자, 얘기해요. 내 여자가 지금 어디에 있는지."

위베르는 머리카락을 잡힌 채 고개를 좌우로 저었다. 그때 위베르의 눈가에 있던 진영의 칼이 위베르의 눈동자 속으로 무자비하게 파고들었다. 비명이 다시 어둠을 찢었다. 위베르의 회색 카디건 앞섬으로 굉장한 양의 피가 흘렀다. 진영의 눈빛은 이제 정상이 아닌 듯했다. 너무나 많은 피를 보면서 이성이 마비되었고 잔인한 살육의 본능이 그를 사로잡았다. 정신을 잃을 듯한 고통 속에서 남은 한 눈으로 진영의 눈빛을 바라본 위베르는 이글거리는 악마의 눈빛을 진영에게서 느꼈다. 점점 자신이 없어졌다.

"다시 묻겠소. 내 여자의 행방에 대해 아는 대로 얘기하시오."

아무 대답을 듣지 못한 진영은 다시 피 묻은 단검을 위베르의 오른쪽 어깨 쇄골에 꽂아 넣었다. 위베르는 한계가 다가오는 것을 느꼈다. 진영은 다시 물었다.

".열 번, 스무 번이라도 계속 물을 거요. 그때마다 이놈은 당신 몸에 한 번씩 들어갔다 나올 거요. 맹세컨대 당신을 죽이지는 않을 거요. 다시 묻겠소. 내 여자는 어디 있소?"

위베르는 더 이상 버티는 것이 무의미하다는 것을 깨달았다. 한계를 느낀 것이다.

"얘기하겠소. 지금 겐트 근처의 개인 저택에 있을 거요."

"정확히 어디요? 주소는?"

"못 믿겠지만 나도 거기는 가 본 적이 없소. 주소도 모르오. 나는 단지 이 성관의 관리인일 뿐이오. 사실 뇌샤텔의 투숙객을 납치한 것은 전례가 없던 일이었소. 이곳이 우리에게 중요한 곳이라는 것은 당신도 알 거요. 그래서 이곳에서는 어떤 불법도 허락되지 않았소. 민박을 하는 이유도 그것이오."

위베르의 목소리는 점차 힘을 잃고 있었다.

"말하자면 여기는 우리들의 사원인 셈이지. 그런데 그날 여기로 놀러 온 로베르가 당신 여자를 본 거요. 흔히 볼 수 없는 매력적인 동양 여자를 보고는 그만 금기를 깨뜨린 거지."

"그래서 그놈이 일을 저지른 거요?"

피를 너무 많이 흘려서인지 위베르의 목소리가 잦아들었다.

"뒤뜰 창고 밑에 지하실이 있소. 그곳에 가뒀다가 당신이 온 날 밤에 데리고 나갔소. 그게 내가 아는 전부요."

"겐트 근처의 저택에 대해서 아는 대로 얘기하시오."

"가수나 영화배우, 모델 등의 에이전트 사업을 하는 회사 소유일 거요. 그렇게 들은 것 같소. 그 외에는 아는 것이 없소."

위베르의 고개가 밑으로 떨어졌다. 진영은 그를 남겨 두고 물건을 챙겨서 복도로 나섰다. 그러고는 아래층으로 내려가서 뒤뜰로 나가 창고의 문 앞에 섰다. 대단치 않은 자물통이 걸려 있었다. 배낭에서 공구를 꺼내 자물통을 뜯어 내고 고광도 할로겐 랜턴을 켜고 안으로 들어섰다.

자그마한 창고 내부에는 주로 정원 관리에 사용되는 도구들이 정리되어 있었다. 모종삽과 물 조리개 등에서 도끼, 삽, 잔디 깎는 기계에 이르기까지 모두 갖춰져 있었다. 진영은 지하로 내려가는 입구를 찾았다. 쉽게 찾을 수가 없었다. 시간이 조금 지나서야 지하실 입구가 바닥에 있지 않고 문 반대편의 벽면 선반 뒤쪽에 있음을 알아냈다. 선반 앞을 가로막고 있는 잔디 깎는 기계를 밀어내고 공구들이 놓인 선반을 당기자 문은 의외로 쉽게 당겨졌다. 150센티미터 정도 너비의 선반 옆에 경첩이 달려 있었던 것이다. 벽면에 숨겨진 문을 밀자 천천히 어두운 계단이 나타났다.

진영은 오른손에 발트로 권총을 꺼내 들고 왼손에는 랜턴을 들어 발 아래를 비추며 천천히 계단을 걸어 내려갔다. 계단 아래에는 또 다른 문이 있었다. 문 손잡이가 있어서 돌려 봤으나 잠겨 있었다. 진영은 다시 유압 드릴을 꺼내서 자물쇠를 부수고 문을 열었다. 약간의 곰팡이 냄새와 소독약 냄새가 섞여서 났다. 지하의 내부는 그렇게 크지 않았다.

중세를 무대로 하는 3류 공포 영화에 나오는 지하 감옥과 비슷했다. 구석에 놓인 야전 침대와 의자 하나를 제외하고 별다른 가구는 없었고 벽면에는 철제 수갑과 족쇄들이 걸려 있었다.

혜정과 유진이 하루 동안 갇혔던 곳에 도착한 것이다. 진영은 혜정의 흔적을 찾기 위해 내부 곳곳을 살폈다.

진영은 지하실 구석에서 나무로 된 상자를 발견했다. 높이 60센티미터에 길이가 1미터 정도 되는 직육면체 상자로 무척 오래된 물건인 듯했다. 진영은 쉽게 뚜껑을 열고 그 안에서 낯익은 물건들을 발견했다. 혜정과 유진이 입고 있던 옷가지들과 신발, 시계,

다이어리, CD 플레이어, 카메라 등이 거기 들어 있었다. 진영은 옷을 제외한 나머지 것들을 배낭에 담아 넣었다. 그러고는 옷가지는 뭉쳐서 손에 들었다.

잠시 후 진영은 지하실을 빠져나와 성관의 거실로 돌아와서 거실 소파에 앉아 옷가지들을 펴 보았다. 가슴에 UCLA라고 쓰인 회색 스웨터가 있었다. 혜정이 집 안에서 많이 입었던 옷이었다. 갈색 스니커즈도 있었다. 여행 직전에 진영과 혜정이 같이 가서 골랐던 신발이었다. 갤러리 라파이에트 백화점의 여성 신발 코너에서 여러 가지의 신발을 신어 보던 혜정의 하얀 발이 생각났다. 진영의 눈자위가 갑자기 뜨거워졌다.

진영은 혜정의 스웨터와 신발을 배낭에 구겨 넣었다. 그 외에는 두고 갈 생각이었다. 진영은 배낭을 메고 소파 위의 옷가지 중 혜정의 면 팬티를 손에 들었다. 분노가 타오르는 것을 느꼈다. 놈들이 이것을 벗겨 내고 혜정의 몸을 유린했을 것이라는 생각이 든 것이다. 진영은 라이터를 꺼내서 속옷에 불을 붙였다. 그리고 소파 밑에 놓았다. 그 외의 옷가지들도 불을 붙여서 거실 여기저기에 놓았다. 모두 타기 쉬운 옛날 직물들이 있는 곳이었다. 그리고 진영은 창가로 가서 높이 4미터 정도의 커튼에도 불을 붙였다. 바짝 마른 천들은 순식간에 타 들어갔다.

진영은 곳곳의 불길을 확인하고 배낭을 멘 다음 뇌샤텔을 빠져나왔다. 그리고 철제 대문을 넘어 차로 돌아왔다. 지체 없이 시동을 건 그는 아무도 없는 브뤼헤 시내를 달렸다. 안개가 걷히면서 북서풍이 불었다. 진영의 눈에서 눈물이 흘렀다. 그는 울지 않았지만 눈물이 났다.

니콜은 아침에 일어나자마자 텔레비전을 켜는 버릇이 있었다. 아침 텔레비전 프로그램은 활기가 있었고 그것을 즐기며 출근 준비를 하곤 깨어나려 했다. 니콜은 알람 소리에 잠을 깨어 리모콘을 눌러서 텔레비전을 켜 몽롱한 상태에서 했다. 천천히 밝아지는 화면보다 시끄러운 소리가 먼저 니콜을 깨웠다. 니콜은 평소보다 훨씬 시끄러운 소리에 텔레비전의 화면을 쳐다봤다. 맙소사 하고 신음소리를 내뱉은 니콜은 벌떡 일어나 화재 현장의 뉴스 속보를 봤다. 분명히 뇌샤텔이었다. 오랜 역사의 문화재가 화재로 사라지는 현장을 보도하는 기자의 어투는 침통했다. 원인이나 희생자 여부는 아직 알 수가 없고 이미 모든 것이 소멸했다고 이야기하는 기자의 뒤로는 연기만 피어 올랐다.

니콜은 순간 진영의 얼굴이 떠올랐다. 그녀는 램프 테이블 위의 휴대 전화를 눌러서 진영과 통화를 시도했다. 하지만 전화는 연결이 불가능하다는 안내 말만 되풀이했다. 니콜은 일어나서 욕실로 갔다. 뭔가 일이 벌어졌다는 생각이 들었다.

안토니오 일행들은 스위트 룸 거실에 모여 BBC 채널의 뉴스를 보고 있었다. 브뤼헤의 뇌샤텔 화재 사건에 대한 보도가 끝나고 화면은 프랑스와 영국을 연결하는 초고속 열차 유로스타 노선의 파업 상황을 보도하고 있었다.

안토니오는 당혹해 하고 있었다. 위성 전화로 브뤼헤에 남겨 둔 네 명의 동료들과 연결해 보려고 했지만 되지 않았다. 그들 역시 저 끔찍한 불더미 안에서 사라져 버린 것이 확실했다. 안토니오는 방으로 배달된 아침 식사에서 오렌지 주스 잔을 들고 한 모금 마셨다. 모두 아무 말이 없었다. 일반적인 화재 사고가 아닌 것은 분명했다. 경찰 등 수사 기관 쪽에서 저지른 일이 아닌 것도 당연했다.

"어떻게 하시겠습니까? 안토니오 기사님."

"우리에게 지금 선택의 여지는 없다. 누군가 분명히 우리 조직을 노리고 있다. 상당한 정보와 능력이 있는 놈이 분명해. 하지만 우리는 오늘 저녁 일을 처리해야 한다. 그리고 리지외의 수녀 한 명도 정리해야 하고. 그 다음에 브뤼헤로 돌아가서 수습을 해야겠지."

"누굴까요? 도대체 누가 감히 우리를 상대로 저런 짓을 할까요? 짐작이 되지 않습니다."

"괴롭지만 나도 마찬가지야. 자, 각자 방으로 돌아들 가서 준비해 주게. 지금 중요한 것은 오늘 저녁의 일이야."

다들 나가고 나자 안토니오는 혼자 생각에 빠졌다. 머릿속에는 자꾸 김진영이라는 한국 남자가 떠올랐다.

알랭은 점심식사를 막 마치고 사무실로 돌아왔다. 그의 책상 위에는 이브의 부검 보고서가 올라와 있었다. 외상은 거의 없었고 항문에 약간의 찰과상이 있었다. 자의든 타의든 항문 성교나 그 비슷한 일을 당한 증거였다. 그를 자주 봐 왔던 알랭은 이해가 되질 않았다. 이브는 딸 하나를 두고 부인과 아주 단란하게 살아왔고 동성애 기미는 전혀 없었다. 혈액 검사 결과 다량의 마약 성분이 검출되었지만 그가 마약을 즐겨 왔다는 데에도 동의할 수는 없었다. 그러나 검증된 여러 가지 증거들은 움직일 수 없는 상황에 이브를 묶어 두고 있었다. 이미 오늘 아침에 경찰 국장을 통해 《르 피가로》의 압력이 전해졌다.

이 정도에서 수사를 마무리 짓고 조용히 덮어 두자는 것이었다. 피에르와 통화한 알랭은 그가 이미 이 사건에 열의가 없음을 알 수 있었다. 게다가 《르 피가로》의 영향력은 엄청났다. 알랭으로서도 어쩔 수 없다는 식의 결론을 낼 수밖에 없었다.

그때 문에서 노크 소리가 났다. 이어서 로마노가 들어왔다.

"뇌샤텔에 불이 나서 다 탔다네. 지금 니콜 전화받고 알았어."

"그래요? 이상하군요. 역시 사고는 아닌 듯하군요."

"당연하지. 그런데 무슨 일인가?"

"오늘 저녁 로베르 호송 작전 때문에 왔습니다. 호위 병력을 차출할 시간이거든요."

"그래야겠지. 경찰 오토바이 두 대가 앞에 서고 자네와 테오가 탄 1호차, 호송차, 그리고 백차를 뒤따르게 하지 뭐."

"그렇게 하지요. 호송이 끝나면 보고드리겠습니다."

"아니 보고는 필요 없어. 나도 갈 거니까. 호송차에 로베르와 같이 탈 거야."

로마노는 깜짝 놀랐다.

"그럴 필요가 있겠습니까? 이 정도면 특급 호송입니다."

"그 친구와 같이 가면서 얘기도 좀 하려고. 돌아올 때는 자네 차를 탈 거야."

로마노는 어깨를 으쓱하고는 알랭의 방을 나섰다.

파리 시내에 어둠이 깔리기 시작했다. 가랑비가 조금씩 날리는 오텔 듀 병원 앞은 삼엄한 분위기였다. 검은색 전투복에 복면을 한 경관 두 명이 산탄총을 들고 병원 입구를 감시하고 중요한 용의자를 태울 죄수 호송 버스가 대기하고 있었다. 푸조 미니 버스를 개조한 차량이었다.

병원 내부의 공중전화에서 가엘이 주위를 살피며 전화를 하고 있었다.

"지금 출발할 거요."

가엘 형사는 한마디만 하고 복도를 거쳐서 병원의 입구 쪽으로 급히 걸었다. 이미 현관에서 알랭이 출발 준비를 하고 있었다. 정복을 입은 경관이나 사복을 입은 형사들 모두 방탄 조끼를 입고 총을 뽑아 든 상태였다. 심지어 로베르조차도 방탄 조끼와 헬멧을 썼다. 알랭의 신호에 맞춰 정복 경찰 두 명과 로마노와 테오 형사가 먼저 병원을 나서면서 경계에 나섰고 뒤이어 알랭이 로베르를 끌고 천천히 병원 밖으로 걸어 나갔다.

가엘도 권총을 뽑아 들고 알랭의 배후를 엄호하며 걸어 나갔다. 알랭이 로베르를 호송차의 뒷문에 태우자 입구에 서 있던 두 경관이 따라 올라서 로베르를 호송차에 앉혔다. 그러고는 차내에 붙은 쇠고리에 로베르의 손 뒤로 묶은 수갑을 연결했다. 정복 경찰 두 명은 뒤쪽의 백차에 올랐다. 출발 준비가 거의 끝나고 호송 버스의 뒷문을 닫으려고 할 때 알랭이 로마노를 불렀다.

"이봐, 로마노. 내가 가는데 자네까지 갈 필요는 없을 것 같네. 사무실을 지켜 줘. 그리고 가엘 형사."

가엘은 심장이 멎는 듯했다.

"자네가 테오 형사와 1호차에 타. 금방 돌아올 거야."

알랭은 더 이상 이야기하지 않고 호송 버스에 올라타고는 문을 닫아 버렸다. 가엘은 이제 선택의 여지가 없었다. 그는 호송 행렬 제일 선두의 흰색 르노 라구나 승용차의 조수석에 탔다. 운전석에 앉아 출발 준비를 하고 있던 테오 형사가 싱긋 웃었다. 그리고 손을 뻗어 차 지붕에 있는 파란색 경광등과 사이렌을 작동했다. 곧 앞에 있는 프랑스 경찰의 BMW 사이드 카 두 대가 사이렌을 울렸다. 이어서 호송 행렬 전체가 사이렌을 울리며 남쪽으로 질주하기 시작했다.

가엘은 손에 식은땀이 차고 현기증이 일었다. 여기에서 목적지인 시내 남쪽의 상테른 교도소까지는 약 7킬로미터 거리였다. 길게 잡아서 10분이면 가는 거리다. 하지만 가엘은 가는 길 어딘가에 함정이 있다는 것을 알고 있었다. 알랭에게 털어놓을까 하는 생각도 잠깐 들었지만 차라리 부딪혀서 놈들을 보기 좋게 없애 버리는 것이 낫다는 생각이 들었다. 어젯밤 건네받은 커다란 사파이어 두 개의 휘황한 모습이 가엘의 불안감을 겨우 가라앉혔다. 또 완전 무장한 경찰 열한 명이 호송하는 차량을 파리 시내에서 습격한 일은 없었다고 자위하기도 했다. 그는 손 안의 월터 P99형 권총을 다시 확인했다.

안토니오 일행이 매복한 곳은 알랭 일행의 예상 호송로인 생자크 거리 175번지 지점에 있는 건축 협회 광장이었다. 말이 광장이지 지름 30미터 정도의 조그만 반원형 공터였고, 그 대부분의 공간은 노상 주차장으로 이용되고 있었다. 광장에서 길 쪽을 향해 메르세데스 벤츠 두 대가 주차되어 있었고 차 안에는 다섯 명의 남자가 각각 무기를 들고 신호를 기다리고 있었다.

일방 통행인 좁은 생자크 거리를 오토바이 두 대와 차량 세 대로 이뤄진 호송대가 달려오고 있었다. 이미 소르본 대학가의 팡테온 사원 앞을 지나 기뤼삭 거리와의 교차로를 넘어섰다. 호송 대열이 교차로를 막 넘어가자마자 도로 한쪽에 있던 흰색 화물용 벤트럭에서 인부 두 사람이 내렸다. 위아래로 붙은 하얀색 작업복 차림의 그들은 트럭 옆에 밀어 두었던 '공사 중' 표시의 교통 차단물로 생자크 길을 막아 버렸다. 그리고 야광 표시가 있는 작업복 상의에 달린 워키토키로 한 명이 송신했다.

"차단했습니다."

일방통행로인 생자크 거리는 이제 텅 빈 공간이 되었다.

안토니오 일행은 복면을 쓰고 차에서 뛰어내려서 주차된 차량들 사이로 몸을 낮추고 사이렌 소리를 기다렸다. 다섯 명 모두 우지 기관총을 메고 있었고 그중 두 사람은 길쭉하고 앞에 뽀족한 탄두가 붙어 있는 견착식 대전차 로켓 발사기를 어깨에 걸치고 있었다.

사이렌 소리는 금방 다가왔다. 곧이어 BMW 오토바이 두 대, 파란색 경광등을 반짝이고 있는 흰색 르노 라구나 승용차, 그 뒤에 검은색의 호송 버스, 마지막으로 푸조 306 차종의 경찰 백차가 막 광장에 들어섰다.

안토니오가 기관총을 들어서 오토바이 경찰에게 조준 발사했다. 거의 동시에 대전차 로켓 두 발이 흰색 라구나와 호송 버스 운전석 밑 부분의 엔진 룸을 향해 발사됐다. 나머지 두 사람은 제일 뒤쪽의 경찰차를 향해 철갑탄을 집중 사격했다. 안토니오의 사격을 받은 두 오토바이 경찰은 차로 옆에 세워진 가드레일에 부딪힌 후 공중으로 튀어 올랐다. 앞 차량에 탑승했던 가엘 형사는 차 옆에서 오렌지색 불길이 날아오는 것을 느낀 다음 순간, 차와 함께 형체도 없이 폭발했다. 호송 버스 역시 앞 부분을 대전차 로켓에 맞고 대파된 채 옆으로 굴렀다. 뒤쪽의 경찰차도 앞의 호송 버스를 들이받고는 벽에 부딪혀 폭발하고 말았다.

안토니오 일행은 기관총을 들고 돌진했다. 목표는 부서진 호송차의 뒷부분이었다. 부서진 차체 안에 네 사람이 신음하고 있었다. 안토니오는 호송차에 접근해서 기어 나오려는 두 복면 경찰에게 사격을 가했다. 다른 두 사람은 로베르에게 다가가 초대형 와이어 절단기로 쇠사슬을 끊고 수갑마저도 잘라 버렸다.

차체가 뒤집히면서 상처를 입은 알랭은 얼굴 위로 흐르는 따뜻하고 끈적끈적한 피를 손으로 훔치며 필사적으로 몸을 일으키려 했다. 스미드 웨슨 리볼버를 꺼내 들었지만 피 때문에 눈을 제대로 뜰 수가 없었다.

안토니오가 알랭 곁으로 다가가서 막 일어서려는 그를 걷어찬 다음 리볼버를 뺏어 들고는 알랭의 정수리를 권총 손잡이로 가격했다. 알랭은 얼굴 전체가 피에 물들어 내동댕이쳐졌다. 로베르는 두 동료의 부축을 받아 주차장 쪽으로 걷고 있었다. 안토니오가 외쳤다.

"잠깐 거기 서."

동작을 멈춘 세 사람이 뒤돌아 봤다. 안토니오는 오른손에 권총을 들고 왼손으로 동료들에게 양옆으로 떨어지라고 손짓했다. 두 동료가 로베르의 옆에서 떨어지는 순간 안토니오는 리볼버 방아쇠를 세 번 연속 당겼다. 로베르는 머리와 가슴 부분에 총탄을 맞고 쓰러졌다.

그 다음 안토니오는 알랭을 향해 돌아서서 리볼버에 남아 있는 총탄 모두를 난사했다. 그리고 리볼버를 선혈로 낭자한 알랭의 시체 위에 집어던지고는 벤츠를 향해 뛰었다.

"자네 할 일을 대신 해 준 것뿐이야, 경사."

이미 다른 동료들은 확인 사살 등의 임무를 마치고 차에 탄 채 시동을 걸어 둔 상태였다. 안토니오가 올라타자 벤츠 두 대는 경찰이 사용하는 파란색 경광등을 붙이고 사이렌을 울리며 남쪽으로 달렸다. 겨우 3분 만에 모든 상황이 끝난 것이다.

안토니오 일행이 탄 벤츠 두 대는 벌써 베르사유를 지나 A13 고속도로에 접어들었다. 작전 개시 후 40분이 지난 시간이었다. 그들은 곧 주차 시설과 화장실이 있는 간이 휴게소에 도착했다. 후미를 맡은 두 동료를 기다리면서 그들은 번호판을 갈아 끼우고 옷을 갈아입었다. 작전이 완벽했다는 것을 증명이라도 하는 듯이 기다리던 동료들이 탄 벤츠가 곧바로 도착했다.

그들도 작업복을 벗고 신사복으로 갈아입었다. 안토니오가 수신호를 하자 차량 세 대가 차례로 고속도로로 진입했다. 그들의 목적지는 모두 달랐다. 안토니오가 탄 차는 브뤼헤로, 한 대는 겐트로, 나머지 한 대는 리지외로 달렸다.

파리의 중앙 교통 관제 센터는 난장판이었다. 모든 경찰 병력을 동원해서 파리를 빠져나가는 주요 도로를 막고 검문을 시작한 것이다. 특히 A1, A6 고속도로가 포인트였다. 남쪽 리용 방향의 A6 고속도로는 사건 현장에서 가장 가까운 톨게이트가 있는 곳이었고, 북쪽 방향의 A1 고속도로는 벨기에 쪽을 봉쇄할 것을 주장하는 로마노의 의견을 받아들인 결과였다. 긴급 구성한 특별 수사반이 가동되었다.

진영은 브뤼헤 외곽의 한 아파트 방에서 음악을 들으며 누워 있었다. 뇌샤텔 지하에서 들고 나온 혜정의 CD 플레이어였다. 헤드폰에서는 프랑스 여가수 모란의 깊고 굵지만 분위기 있는 목소리가 흐르고 있었다.

진영은 뇌샤텔에서 들고 나온 혜정의 회색 스웨터를 가슴 부위에 덮은 채 침대에 누워 있었다. 하고 싶은 일이 아무것도 없었다. 새벽에 뇌샤텔에서 돌아온 그는 미리 사 놓은 위스키를 반 병가량 마시고서야 잠이 들었다.

정오쯤 일어난 진영은 브뤼셀의 사설 탐정 알렉스 티로와 전화 통화를 했다. 식료품을 사러 나간 길에 공중전화를 이용한 것이다. 진영은 자신이 건넨 리스트 중 겐트 부근에 있는 미라벨라 인터내셔널 쪽에 중점을 두고 알아봐 달라고 했다. 짧은 전화 통화를 마치고 슈퍼마켓에 들렀다가 아파트로 돌아온 진영은 간단히 점심을 먹은 후 지금까지 이렇게 누워 있는 것이었다.

텔레비전의 디지털 숫자판이 저녁 9시를 가리키는 것을 본 진영은 자리에서 일어나 리모콘으로 텔레비전을 켰다. 9시 뉴스가 시작되고 있었다. 프랑스의 국제 방송용 채널인 TV 5였다. 냉정하게 생긴 남자 앵커가 첫 번째 뉴스를 전하자 진영의 눈은 예리해졌다.

뉴스 화면에 보이는 두 사람의 얼굴 사진 중 젊어 보이는 남자의 사진 밑에는 로베르 드 레미라고 적혀 있었고, 오른쪽의 앞 대머리에 중년으로 보이는 남자의 사진 밑에는 알랭 뒤푸르 경사라고 적혀 있었다. 이어서 사건 개요가 전해졌다. 현장을 재현한 컴퓨터 그래픽으로 각 차량이 공격을 받은 위치, 사망자들이 쓰러진 위치들이 표시되었다. 전부 열두 명이 사살당한 충격적인 사건이었다. 사망한 경찰들의 명단에 니콜은 없었다. 그리고 다시 화면에 비치는 로베르 드 레미의 사진에 눈길을 보냈다. 그는 두 손을 꽉 쥐었다. 반드시 자기 손으로 죽였어야 하는 놈이 이미 죽은 것이다.

진영은 이해가 되지 않았다. 적들은 아주 용의주도하게 공격을 준비했고 작전에 성공했다. 그런데 로베르는 호송차에서 약 10미터 떨어진 거리에 죽어 있었다. 수갑도 끊긴 상태였다면 의도대로 로베르를 구출하는 데 성공한 것이었다. 그렇다면 누가 그리고 왜 로베르를 죽인 것인가? 진영은 소중한 것을 빼앗긴 기분이었다.

화면이 바뀌면서 촌스러워 보이는 중년 신사가 인터뷰를 했다. 화면 밑 자막으로 공화국 검사 베르트랑 쇼미에라는 소개가 나왔다. 격한 말투였다. 프랑스 공권력에 대한 도전은 단호히 응징할 것이고 임무 수행 중 숨진 경관들의 죽음에 관계된 이라면 누구라도 체포해서 법의 심판을 가할 것이라는 이야기였다. 순해 보이는 얼굴이었지만 눈빛은 날카롭게 번득였다.

생자크 거리 죄수 호송차 습격 사건 뉴스가 끝나자 화면은 프랑스 대통령이 참가한 정당 대회 소식을 전했다. 진영은 채널을 돌려 벨기에 국영 방송 뉴스를 봤다. 뉴스 첫 꼭지가 뇌샤텔 화재 소식이었던 모양이었다. 뇌샤텔의 간략한 역사 소개 등이 이어지다가 앵커 얼굴이 다시 나왔다. 그러고는 다른 뉴스로 넘어갔다. 진영은 밤 11시 뉴스를 다시 봐야겠다는 생각을 하며 계속 텔레비전에 집중했다. 이후 뉴스에선 진영이 기대했던 파리의 호송차 습격 사건 이야기는 전혀 나오지 않았다. 이 정도 사건이면 아마 아무 관련이 없는 독일이나 네덜란드의 텔레비전 뉴스에서도 다루지 않을까 싶은데 벨기에 언론에서는 언급 자체를 하고 있지 않는 것이다. 더구나 호송 중 사살당한 피의자가 벨기에 사람이라는 것을 감안한다면 이해가 되지 않았다.

진영은 텔레비전을 껐다. 그리고 침대에 다시 누웠다.

아켈다마 조직이 이제 본격적으로 움직이기 시작했다는 생각이 들었다. 어젯밤에 뇌샤텔에서 마주친 젊은 사내들 네 명이 떠올랐다. 비록 진영의 손에 모두 죽고 말았지만 격투술이나 사격술, 그리고 상황 대응 능력을 따져 보면 일반 폭력배 수준이 아니었다. 전문 교육을 받은 흔적이 보였다. 진영은 니콜이 떠올랐다. 하지만 어떻게 해야 할지 판단할 수 없었다.

밤늦은 시간 파리 경찰국 내 회의실에는 네 명이 앉아 회의를 하고 있었다. 모두 피곤한 얼굴이었다. 베르트랑, 티볼트, 로마노,

니콜이었다.

니콜은 오후 7시쯤 연락을 받고 브뤼셀을 출발해서 한 시간쯤 전인 10시에 도착했다. 운전을 하며 내려오는 동안 니콜은 죽은 알랭과 그의 아들 니콜라를 계속 떠올렸다. 옆에 앉아 있는 로마노의 표정은 아주 침울해 보였다. 알랭이 자기 대신 죽었다고 생각하는 것 같았다.

"이 시간까지 소득이 없었다면 도로 차단은 이제 끝내야 하지 않을까요?"

티볼트가 베르트랑을 향해 물었다. 싸구려 볼펜으로 책상 위를 툭툭 치고 있던 베르트랑은 고개를 끄덕이면서 대답했다.

"그래야겠지요. 애당초 크게 기대한 것은 아니었으니까. 자정을 기해서 해제합시다. 많이들 피곤할 겁니다. 날씨도 나쁜데."

베르트랑 쇼미에 검사가 사건의 지휘를 맡게 되었다. 프랑스 사법 시스템에서 검사가 직접 수사에 참여하는 것은 예외적이었다.

이제 이 사건은 그야말로 '공화국의 사건'이 된 것이다. 두 시간 전에는 대통령이 직접 베르트랑에게 전화를 했다. 숨진 경찰들을 애도하고 수사를 독려하는 전화였다.

"우선 놈들 의도를 파악해서 선수를 치는 것이 중요합니다."

티볼트가 이야기하자 그동안 잠자코 있던 니콜이 질문을 던졌다.

"그들이 어떻게 로베르 호송 계획을 알았을까요? 우선 이 부분부터 명확히 해야 할 것 같습니다."

베르트랑이 이야기를 받았다.

"계획을 알 수 있는 사람은 전멸한 알랭의 팀 외에는 병원의 담당 의사 정도야. 그도 이송 한 시간 전에야 통보를 받았으니까 그쪽에서 샐 수는 없다고 생각하는데, 어떻습니까? 총경님."

"하지만 우리 쪽 팀도 저를 제외하고 사전에 계획을 알았던 사람은 죽은 알랭과 가엘, 로마노 정도였습니다. 죽은 두 사람을 제외하면……."

티볼트는 살짝 웃으며 로마노를 바라보았다. 하지만 로마노는 웃지 않았다.

"물론 저는 아닙니다. 그리고 누가 이런 스파이 짓을 했는지 알 것 같습니다."

"누구지?"

검사와 총경이 거의 동시에 물었다. 로마노의 앙 다문 입술이 실룩거리며 눈자위가 붉어졌다.

"가엘입니다."

"그럴 리가 있나? 그 친구는 공격받고 죽었잖아. 자기가 죽을지도 모르는데 계획을 누설할 수가 있을까?"

티볼트의 말에 로마노는 고개를 저었다.

"원래 계획대로라면 로켓탄을 맞고 죽었을 사람은 가엘이 아니고 저였습니다. 출발하기 직전에 알랭이 저 대신 가엘을 선도차에 태운 겁니다. 왜 그랬는지는 모르지만. 가엘은 이미 문제가 있었습니다. 지난번 《프랑스 수아》에 실린 장 뤽 케트너 관련 기사의 내부 제보자가 가엘이었습니다."

"그게 사실인가? 말이 안 되는군. 그러면 전보 조치 같은 것을 취했어야지. 그냥 두고 봤다는 건가?"

"알랭의 생각이었습니다. 그는 그 사건 이후 팀 동료들을, 특히 가엘을 친동생처럼 대했습니다. 자신에게 문제가 있다고 생각했고 본인이 노력하면 해결될 거라고 생각한 거지요. 하지만 지금 보니 오산이었습니다. 가엘은 동료보다도 돈이 더 중요했던 겁니다."

"돈 때문에 배신한 건가?"

"그런 것 같습니다. 잘생긴 외모에 여자들이 많이 붙었던 모양입니다. 화려한 것을 좋아하는 여자들 말이에요. 제가 그 친구를 의심한 것은 우연히 그의 포르쉐 자동차를 본 다음부터였습니다. 비번 날에는 포르쉐 박스터를 타고 다녔습니다. 카지노도 출입했고요. 아시다시피 경찰 월급으로는 불가능한 일이죠. 《프랑스 수아》의 미셸이라는 기자와 어울려 회원제 술집에 드나드는 것도 봤습니다."

"그걸 알고는 어떻게 한 거야?"

티볼트는 다그치는 말투로 계속 되물었다.

"좋게 이야기했지요. 알랭과 함께 가엘을 불러서 술을 마셨습니다. 그러고는 좋은 선배로서 후배에게 여러 가지 이야기를 했습니다. 인생에 대해, 경찰직에 대해, 돈에 대해서도요."

"좋아. 그만합시다. 로마노, 가엘 형사의 계좌나 휴대 전화 통화 내역, 주변 인물들, 특히 그 미셸이라는 기자 놈 등을 철저히 털어 내. 흔적은 반드시 남는 법이야. 그런데 가엘이 스파이라면 이것으로 끝날까? 수사 기밀 등 모든 정보가 다 샜을 텐데."

베르트랑이 로마노의 말을 끊고 회의를 다시 주도했다. 세 사람의 얼굴을 둘러보던 베르트랑은 니콜과 눈이 마주쳤다. 니콜은 브뤼셀로 가기 전에 로베르의 어머니인 베로니카의 전화를 연결해 준 것이 가엘이었다는 것에 니콜의 생각이 미친 것이다.

"놈들의 다음 목표가 어딘지 알 것 같아요."

"이야기해 보게, 니콜."

"죽은 로베르의 어머니 베로니카예요. 가엘은 수사 진행 상황을 다 알고 있었어요. 놈들에게 이야기했다면 분명히 다음 표적은 베로니카입니다."

"그렇군. 더구나 그녀는 무척 중요한 존재야. 우리 손이 닿는 유일한 증인이니까. 빨리 수배해. 그것부터 조치하지. 덫을 놓아 보자고. 니콜, 리지외 쪽에 연락하고 퇴근하도록."

니콜은 벌써 자리에 일어나고 있었다.

"제가 그쪽으로 가겠습니다. 지역 경찰에만 맡길 수는 없을 것 같습니다. 아시다시피 놈들은 전문가들입니다."

티볼트가 일단 만류했다.

"그건 내일 아침에 상의하지. 우선 현지 경찰 쪽에 신변 경호를 요청하고. 가더라도 내일 가게. 날씨도 너무 좋지 않고 자네는 이미 많이 지친 상태야. 지금 출발해도 새벽 2시에나 도착할 텐데."

"그렇게 하게, 니콜. 놈들도 하룻밤에 두 건을 처리하기는 쉽지 않을 거야. 그리고 베로니카는 수녀원에 머물 거야. 수녀원은 밤에 쉽게 침입할 수 있는 곳이 아니야. 내일 가게. 자, 이만 끝내지."

베르트랑은 티볼트를 거들면서 니콜을 만류했다. 그러고는 피곤한 얼굴로 서류를 챙기고 회의실을 나갔다.

니콜은 회의실을 나서서 상황실로 갔다. 그리고 작전 전화를 통해 리지외가 위치한 바칼바도스 지방 경찰서의 상황실을 연결했다. 곧 당직 근무 중인 경위와 통화할 수 있었다. 니콜은 간략하게 상황 설명을 하고 지금부터 리지외의 갈멜파 수도원 소속 수녀 베로니카를 특별 경호해 줄 것을 요청했다. 오늘 저녁의 호송대 습격 사건과 관련된 일이라는 말을 듣고부터는 상대방 말투가 아주 신중하고 진지해졌다는 것을 그녀는 느낄 수 있었다.

니콜은 경찰국에서 차를 몰고 나와 파리 15구에 위치한 아파트 쪽으로 방향을 잡았다. 그녀는 지금 리지외로 가기에는 몸 상태가 좋지 않다는 것을 알고 있었다. 그러나 생각이 자꾸 다른 쪽으로 흘렀다. 놈들이라면 오늘밤을 그냥 넘기지 않을 것 같다는 생각이 든 것이다.

니콜은 센 강 좌안 도로를 달리다가 적당한 곳에 차를 세우고 전화기를 들었다.

진영은 조금 전에 그동안 전원을 꺼 두었던 휴대 전화를 켜서 메시지를 확인했다. 니콜이 남긴 것 외에 별다른 것은 없었다. 니콜과 통화를 해 봐야겠다는 생각이 들었다. 잠시 망설이고 있을 때 전화기 벨이 울리기 시작했다. 니콜의 목소리가 들려왔다.

"진영 씨, 어디세요?"

"얘기해야 합니까?"

"아니요. 내키는 대로 하세요. 부탁이 있어서 전화했어요."

"경찰인 니콜이 나에게 부탁할 일이 있습니까?"

"오늘 사건 알고 있지요? 알랭이 죽었어요."

"뉴스 봤습니다. 안됐더군요."

"어떤 놈들이, 왜 그랬는지 진영 씨는 알겠지요?"

"알 것 같습니다. 그들과 관계된 부탁입니까?"

"그래요."

니콜은 전화로 가엘 형사의 내통 혐의를 이야기하고 베로니카가 위험하다는 사실을 알렸다.

"내가 어떻게 해 주기를 바라는 겁니까?"

"나는 그 시골 순경 아저씨들이 베로니카의 신변을 완전하게 지킬 수 있다고 믿지 않아요. 놈들 솜씨를 알잖아요, 진영 씨?"

"니콜 말이 맞는 것 같아요. 그리고 나라도 그들이라면 오늘밤을 넘기지도 않을 거고."

"진영 씨가 가 주세요. 내일 오전까지만 수녀님을 지켜 주세요. 내일 아침에 내가 갈 거예요. 지금은 갈 수 없어요."

진영은 바로 대답하지 않았다. 혜정의 행방과 직접 관계된 일은 아니지만 결국은 같은 일이었다.

"좋습니다. 가지요. 두 시간 정도면 도착할 수 있을 겁니다. 혹시 일이 있으면 전화하겠습니다."

"고마워요. 내일 봐요, 그럼."

진영은 전화를 끊고는 밖으로 나갔다. 새로 산 아우디 콰트로의 성능을 시험해 볼 기회였다. 고속도로에 들어선 진영은 우선 릴 방향으로 질주했다.

240마력의 엔진이 출력을 높이면서 속도계가 시속 200킬로미터를 넘어섰다. 폭우 속이었지만 네 바퀴 모두 확실하게 노면을 잡고 있었다. 차내는 여전히 조용했고 진영은 담배를 피워 물고 앞만 보며 갔다. 진영이 입은 방수 재킷의 앞섶으로 회색 UCLA 스웨터가 보였다.

신부의 과거

2005년 10월 11일

새벽 2시가 넘어가면서 줄기차게 내리던 비가 그쳤다. 리지외의 갈멜 수녀원 입구에서 그리 멀지 않은 골목 입구에 감색 메르세데스 벤츠 E 클래스가 주차되어 있었다. 안에는 두 사람이 있었다. 한 사람은 좌석을 뒤로 조금 눕히고 자는 모양이었고, 한 사람은 운전석에 앉아 전면을 바라보고 있었다. 갈멜 수녀원의 정문 앞에는 경찰 백차가 세워져 있었다. 그쪽에서는 이쪽이 보이지 않았다. 약 두 시간 전에 나타난 경찰차를 보고 그들은 안토니오에게 보고를 했다. 그의 대답은 간단했다.

"같이 처리해."

사내들은 아침 6시를 기다리고 있었다. 그 전에는 수녀원에 침입할 수 없었다. 들어가 봐야 베로니카의 위치를 모르기 때문이었다. 200명 정도의 수녀가 자는 방들을 일일이 뒤질 수는 없었던 것이다.

사전 정보에 따르면 갈멜 수녀원의 수녀들은 매일 아침 5시에 일어나서 준비를 하고 6시에 수녀원에서 나와 테레사 기념 성당으로 가서 아침 미사를 한다고 했다. 그러고는 성당을 청소하고 돌아와 아침식사를 하는 모양이었다. 나름대로 계획을 세워 둔 두 사람은 끈질기게 기다렸다.

진영이 운전하는 아우디가 리지외 시내에 들어섰다. 국도 구간이 많았고 악천후 속을 지나다 보니 예상보다 30분 정도 늦게 도착한 것이다. 진영은 천천히 차를 움직이면서 주위를 살폈다. 암살자들은 분명히 차 안에 있을 것이었다. 집을 얻었을 리도 없었고 호텔에 숙박할 리도 없었다. 그러면 차 안에서 기다리는 수밖에는 없다. 리지외 지방 번호판이 아닌 대형 고급 승용차에 사람이 앉아 있다면 분명 그의 표적일 것이라고 생각했다.

진영의 차는 언덕으로 올라 테레사 기념 성당 옆의 일방통행로를 따라 갈멜 수녀원 쪽으로 이동했다. 진영은 전방 일방통행로의 끝에 주차된 벤츠를 발견했지만 살짝 그 옆을 지나 좌회전했다.

진영은 뇌샤텔 앞에 주차되어 있던 벤츠가 기억 났다. 주의를 끌지 않으려고 고개를 돌려 확인하지는 않았지만 분명 같은 차종이었다. 게다가 언뜻 사람이 앉아 있는 게 보였다. 진영은 우선 그 위치를 확인하고 한 번 더 돌면서 지원조의 배치 유무를 살폈다. 원칙적으로 지원조가 있는 것이 정상이었지만 찾을 수 없었다. 적들이 자만하고 있다는 증거였다.

진영은 차를 갈멜 수녀원 쪽으로 다시 이동시키면서 모든 조명을 껐다. 그리고 벤츠가 세워진 장소에서 후방 30미터 정도 거리에 차를 세웠다. 아우디의 정숙한 엔진과 벤츠의 완벽한 방음 기술을 감안한다면 그들이 빗속에서 자신의 존재를 알아채지는 못할 것이라고 생각한 것이다.

시간이 지나 새벽 5시 30분이 되자 벤츠 안의 두 사람은 졸음을 좇느라고 차창 문을 조금 내려서 신선한 새벽 공기를 마셨다. 그리고 소음기가 붙은 권총과 우지 기관총을 챙겼다. 경찰도 감안해야 했기 때문에 꼼꼼히 살폈다. 해가 뜨려면 아직 두 시간 정도 남아 있었다.

6시 2분 정도가 되자 굳게 닫혀 있던 수녀원 정문에 불이 켜지고 정문 옆의 조그만 통행 문이 열렸다. 그러고는 검은색 수녀복과 두건 차림의 수녀들이 하나둘씩 나왔다. 스무 명 정도 되는 수녀들은 간단히 줄을 맞추어 성당 쪽으로 이동했다. 하지만 그 행렬은 곧바로 경찰 백차에서 내린 두 경관에 의해 제지되었다.

"베로니카 수녀님이 어느 분이시지요? 뵈러 왔습니다."

잠시 웅성거리다가 중년의 수녀 한 명이 앞으로 나섰다. 베로니카였다.

"전데요. 무슨 일이시죠?"

그녀는 아직 어제 저녁 사건을 몰랐다. 엄격한 수녀원 규율 때문에 텔레비전이나 라디오를 접할 수 없었기 때문이다. 그녀는 무척 귀찮게 한다는 생각을 하며 다른 수녀들에게 손짓을 했다. 먼저 가라는 표시였다.

두 경찰 중 나이가 좀 들어 보이는 쪽이 먼저 베로니카 곁으로 다가왔다. 다른 수녀들은 이미 성당 쪽으로 걸음을 옮겨서 어둠 속으로 사라졌다.

"수녀님을 보호하러 왔습니다. 같이 가시지요. 새벽 2시부터 기다렸습니다."

베로니카는 아들과 관계된 일이라는 것을 알 수 있었다.

"무슨 일이죠? 무슨 일이 생겼습니까?"

"모르시는 모양이군요. 어제 저녁에 파리에서 큰 사건이 벌어졌습니다. 호송 중이던 죄수와 호송 경찰들이 습격당해서 전원 몰살당했습니다. 자, 우선 가시지요. 천천히 설명해 드리겠습니다."

베로니카는 아들이 죽었다는 이야기가 쉽게 이해되지 않았다. 경악한 눈빛으로 눈앞의 경관을 바라보고만 있었다. 피곤한 기색의 경관은 더 이상 이야기하지 않고 경찰차 뒷문을 열고 수녀에게 타기를 종용했다. 굳은 표정의 수녀를 태운 두 경관은 차에 올라 시동을 걸었다.

그때 감색 벤츠가 서행으로 다가와 경찰차 옆에 와서 섰다. 두 경관은 경계심을 갖고 권총의 손잡이를 잡았다. 잘생긴 두 남자가 웃으며 차 창문을 내렸다.

"테레사 기념 성당이 어딘가요? 새벽 미사에 맞춰 왔는데 위치를 모르겠어요. 초행이거든요."

조수석에 앉은 나이 지긋한 경찰이 권총에서 뗀 손을 밖으로 내밀어 설명했다.

"거의 다 왔어요. 저 골목으로 들어가면 되니까."

벤츠의 조수석에 있던 남자가 갑자기 차문을 열고 나갔다. 손에는 철갑탄으로 채워진 우지 기관총이 들려 있었다. 경찰들은 아직 그의 손에 든 기관총을 볼 수 없었다. 그는 벤츠의 뒤쪽으로 돌았다.

갑자기 대형 차량이 급가속하는 엔진 소음이 났다. 소리를 들은 두 경관은 권총 손잡이를 황급히 찾았다. 하지만 벤츠 운전석에 있던 남자가 소음기가 달린 권총을 창 밖으로 내밀어 사격을 가했다.

경찰차 뒤쪽으로 돌던 남자는 고개를 돌려 자기 쪽으로 밀어닥치는 은회색 아우디를 발견했다. 하지만 손쓸 시간이 전혀 없었다. 기관총을 들어 사격을 하기도 전에 그는 아우디의 앞 범퍼에 부딪혀서 2, 3미터 허공으로 떠올랐다가 떨어졌다. 남자를 날려 버린 진영의 아우디는 그 여세대로 벤츠의 오른쪽 측면에 충돌했다. 브레이크를 밟은 다음에 일어난 충돌이었지만 아우디의 가속도가 그대로 전달되어서 충격을 가했다.

벤츠 앞자리에 앉아 있던 남자는 두 경관의 이마에 구멍이 나는 것을 보는 순간 강한 충격과 함께 차가 오른쪽으로 도는 것을 느꼈다. 작전에 대비해 안전벨트를 매지 않은 그는 조수석 쪽으로 쓰러졌다. 곧바로 정신을 차린 그는 권총을 쥔 채 승용차 문을 열고 밖으로 나갔다. 나가자마자 그는 전방에서 달려드는 동양 남자를 발견했다. 그는 오른손의 권총을 들어서 사격하려 했지만 거리가 너무 가까웠다. 상대방의 오른발이 먼저 권총을 든 손목을 찬 것이다. 권총을 떨어뜨린 남자는 반격하려 했지만 진영의 왼쪽 발이 길게 호선을 그으며 그의 얼굴을 돌려 찼다. 진영의 위력적인 돌려차기를 맞고 쓰러진 남자는 곧바로 전투용 나이프를 꺼내 쥐고 일어섰다. 진영은 순간 자세를 낮추며 공격해 들어오는 남자의 무릎 관절 부분을 찍어 찼다. 동시에 진영의 손에 들려 있던 다마스커스 단검이 균형을 잃은 남자의 옆구리 부분을 스쳐 갔다. 남자는 격심한 고통을 느끼며 크게 갈라진 옆구리의 상처를 잡고 누워야 했다. 그의 눈에 자신을 쓰러뜨린 동양 남자의 얼굴이 보였다. 자신을 내려다보는 그의 표정은 아주 냉혹했다. 선택의 여지가 없었다. 남자는 아직 오른손에 들고 있던 나이프를 천천히 들어 올렸다. 그리고 손잡이의 뭔가를 누르자 찰칵 하는 소리와 함께 가늘고 긴 바늘이 칼의 손잡이 끝에서 튀어 나왔다. 그는 그 바늘을 지체 없이 자신의 심장 부분에 꽂아 넣었다.

진영은 순식간에 벌어진 남자의 자살을 막지는 못했다. 그의 목 부분에 손을 대고 맥박을 살폈으나 이미 멈춰 있었다.

세상은 다시 조용해졌다. 진영은 우선 자기 차에 부딪혀 쓰러진 남자에게 갔다. 멀지 않은 곳에 우지 기관총이 떨어져 있었다. 진영은 경계를 늦추지 않고 다가가 먼저 남자의 목 부분 대동맥을 짚어 보았다. 실낱같은 맥박이 느껴졌다. 떨어져 있는 기관총을 회수한 진영은 휴대 전화를 꺼내 니콜의 전화번호를 눌렀다. 그는 잠에서 덜 깬 니콜에게 상황을 설명했다. 통화를 끝낸 진영은 경찰차로 다가가서 뒷문을 열었다. 차에서 서둘러 내린 수녀는 길에 주저앉아 헛구역질을 했다. 진영은 아우디로 가서 상태를 살폈다. 그리고 베로니카에게 다가가 억지로 일으켜서 자기 차에 태웠다.

진영과 니콜은 진영의 차에 나란히 앉아 있었다. 차에 치인 남자는 결국 현장에서 숨졌다. 진영은 무슨 이야기를 해야 할지 몰라서 음악을 들으려고 카스테레오 스위치에 손을 가져갔다. 니콜의 손이 그를 제지했다.

"고마웠어요. 진영 씨가 아니었으면 수녀님은 이미 살해당했을 거예요."

"할 일을 했을 뿐입니다. 수녀님은 살아서 증언해야 하니까."

"뇌샤텔 말이에요. 진영 씨, 그날 밤에 어디 있었지요?"

"집에서 잤습니다. 설마 방화 용의자로 나를 체포할 생각은 아니겠지요?"

니콜은 쿡쿡 웃었다.

"심증은 100퍼센트인데 물증이 없잖아요. 그리고 그건 벨기에에서 벌어진 사건이에요."

"어쨌든 나와는 관계없는 일입니다. 가 보겠습니다. 아마 놈들이 수녀님을 그대로 두지는 않을 겁니다. 잘 지키세요."

"우선 제 집에 계실 거예요. 그게 그나마 안전할 거예요."

니콜이 차에서 내리려고 할 때 그녀의 휴대 전화가 울렸다. 그녀는 차문을 열려다가 전화를 받아 들었다.

"니콜입니다. 아! 검사님. 지금 출발하려고 합니다. 네, 제 옆에 있어요. 잠깐만요."

니콜은 휴대 전화를 진영에게 건넸다.

"수사 책임을 맡으신 베르트랑 쇼미에 검사님이에요. 진영 씨와 통화하고 싶으시대요."

진영은 잠시 망설이다가 전화를 받아 들었다.

"여보세요, 김진영입니다."

"반갑소. 베르트랑 쇼미에 검사요. 괜찮다면 좀 만났으면 싶소. 아니 만나야겠소. 어쨌든 당신은 오늘 두 사람을 죽였거든."

"저를 체포하시겠다는 말씀인가요?"

"그럴 리는 없지요. 그렇다면 이렇게 전화로 부탁할 리가 없겠지요. 그 반대요. 나도 김진영 씨한테 신세를 진 셈이니까. 성의 표시도 하고 싶고 상의할 일도 있소. 김진영 씨에게 나쁜 일은 아닐 거요."

진영은 베르트랑을 만나 손해 볼 건 없다고 생각했다. 그렇게 하겠다고 이야기하고 니콜에게 전화를 건네줬다.

"따라오세요. 같이 파리로 가서 검사님을 만나야겠죠?"

니콜의 BMW를 따라 진영은 파리 방향으로 달렸다. 어쨌든 콜브 인터내셔널의 알렉스 티로에게서 연락이 오기 전까지 그가 할 일은 없었고 베르트랑의 성의 표시가 궁금하기도 했다.

어젯밤 브뤼헤에 도착한 안토니오는 뇌샤텔 화재 현장에 잠깐 들렀다가 칼튼 팔라스 호텔에 여장을 풀었다. 물론 뇌샤텔 근처는 경찰의 접근 금지 라인이 설정되어 있었고 몇몇 요원들이 잔해를 뒤지고 있어서 가까이 가지는 못했다. 하지만 먼발치에서도 뇌샤텔이 완전히 사라졌다는 것을 알 수 있었다. 안토니오는 예상치 못한 새로운 적이 나타났다고 느꼈다.

평소와 같이 일찍 일어난 안토니오는 BBC 방송의 유럽판 아침 뉴스를 시청하다가 전화 벨이 울리는 것을 들었다. 그는 리모콘으로 TV의 볼륨을 낮추고 테이블 위의 구내 전화를 받았다. 얀 경사였다. 그는 아래층 로비에 와 있었다. 안토니오는 올라오라고 한 뒤 테이블 위의 C2 자동 권총을 허리춤에 꽂아 넣고 재킷을 걸쳤다.

곧 방의 초인종이 울렸다. 문에 달린 감시 렌즈를 통해서 밖을 우선 살피고 문을 열었다. 얀 경사는 출근길에 잠깐 들른 것이다.
제법 깔끔한 정장 차림이었다.

"어서 오시오. 얀 경사. 아침은 들었소? 앉으시오."

"아니요. 커피 한 잔이면 됩니다."

안토니오는 룸 서비스로 주문한 커피 포트를 들어 한 잔 따랐다.

"어제 파리에서는 난리가 났더군요. 언제 올라오셨습니까?"

묻고 있는 얀 경사의 앞에 커피 잔을 내려놓은 안토니오는 그와
마주 앉아 이야기를 꺼냈다.

"그쪽 일은 당신이 신경 쓸 필요가 없소. 뇌샤텔 쪽 얘기나 합
시다. 수사를 누가 맡고 있소?"

"제가 맡고 있습니다. 어제 저녁부터 1차 조사를 하고 있습니
다. 하지만 워낙 완벽하게 타 버려서요."

"시신 발굴은 끝났소?"

"어제 두 구가 나왔습니다. 두 사람 다 키가 185센티미터 정도
의 남자로 추정됩니다."

"사인이나 신원 확인을 했소?"

얀은 커피를 한 모금 마시고는 어깨를 들썩해 보였다.

"검시를 하고 있습니다마는 사인 같은 건 나오지 않을 겁니다.
말이 시체지 굵직한 뼈 몇 개만 주운 셈이거든요. 화장을 한 시체
도 이것보다는 나을 겁니다. 두개골도 다 삭아 없어졌을 정도니까
요. 신원 확인은 애당초 불가능하겠지요."

"좋소. 어떤 놈이 그랬는지 알아야만 하오. 짐작 가는 바는 있
소?"

"글쎄요. 수사를 담당한 형사로서 말씀드린다면 불가능합니다.

아무런 증거나 목격자가 없으니까요. 하지만 아켈다마 멤버로서 말씀드린다면 얘기가 달라집니다. 어젯밤에 정원의 창고 쪽에 조용히 다녀왔습니다. 창고 건물 역시 타 버렸지만 지하는 안 탔습니다. 우리 쪽 자취를 청소하기 위해서 갔지요. 그런데 지하 쪽 문이 망가져 있었습니다. 드릴 같은 걸로 부숴 놨더군요. 그리고 치우려고 했던 물건들은 이미 사라진 상태였습니다."

"그게 뭐요?"

"전에 납치했던 동양 여자들의 소지품들이었습니다. 벌써 태워 없애든지 했어야 했는데 계속 미룬 겁니다. 특별히 갈 일도 없었고요."

"그 물건들이 거기 있다는 사실을 아는 사람은 누구누구였소?"

"글쎄요. 저도 로베르에게 부탁받았던 겁니다. 그 친구가 벨기에를 떠나기 직전에요. 아마 그쪽 일행들이 아니었나 싶습니다. 물론 위베르도 알고 있었겠지요."

"왜 위베르를 시키지 않고 당신에게 부탁한 거요?"

"모르셨군요. 위베르 영감은 지하실에 들어가는 것 자체를 싫어했어요. 그리고 로베르가 저지르는 일들도 좋아하지 않았지요. 로베르가 위베르에게 이래라 저래라 할 만한 입장도 아니었고요."

안토니오는 테이블에서 담배갑을 들어서 담배를 하나 빼 물었다. 얀 경사가 주머니에서 재빨리 라이터를 꺼내 불을 붙여 줬다. 안토니오는 안색을 굳힌 채 생각에 빠져 있다가 담배 한 대를 중간까지 태우고는 재떨이에 비벼 끄며 얀에게 물었다.

"당신 생각도 같소? 그 한국인 김진영이라는 놈 말이오."

"네. 그렇지만 이해는 되지 않습니다. 네 명이나 되는 우리 기사들이 그놈 하나를 감당하지 못했다는 것 말입니다. 자고 있을 때 불을 질렀다고 생각해 보지만 역시 이해하기 어려운 건 마찬가지입니다."

"그렇소. 우리 기사들이 불이 난 줄도 모르고 자다가 타 죽었다는 것은 말이 안 되오. 그리고 적어도 한 명은 자지 않고 경계를 하는 것이 우리들의 원칙이오. 통신 대기도 명령해 놨으니까."

"그러면 그 김진영이라는 놈이 다 쓰러뜨리고 불을 질렀다는 겁니까?"

"그랬을 거요. 내가 전에 이야기한 적이 있을 텐데. 그놈은 전사였소. 그것도 아주 뛰어난 실력이 있는 놈이오. 내 눈으로 그 솜씨를 보지 않았다면 나부터 믿지 않았겠지만. 아마 차례대로 습격당했을 거요. 그놈을 찾아 없애야만 하오."

"글쎄. 그렇게 쉽지는 않을 텐데요."

"사냥에는 두 가지 방법이 있소. 흔적을 쫓아서 찾아가 잡든지. 미끼를 놓아두고 제 발로 들어오는 놈을 잡든지. 미끼가 확실하다면 후자가 현명한 방법일 거요. 우리에겐 여자가 있잖소?"

그때 노크 소리가 들렸다. 안토니오는 허리의 권총 손잡이를 잡은 채 문으로 가 감시 렌즈를 살폈다. 그러고는 잠금 장치를 풀고 열어 주었다. 안토니오의 동행 두 남자가 방으로 들어섰다.

"보좌관님. 문제가 생긴 것 같습니다. 리지외에 간 친구들과 통신이 두절됐습니다."

안토니오의 안색이 일변했다.

"언제가 마지막 통신이었어?"

"새벽 6시 정도였습니다. 작전에 들어간다는 보고였습니다."

"두 시간이 훨씬 넘었군. 기계 고장은 아니겠지?"

"그럴 리는 없습니다. 작전 끝나면 연락하겠지 하며 기다렸습니다마는 연락이 없습니다."

안토니오는 얀 경사에게 시선을 돌리고 명령을 내렸다.

"당장 경찰서로 가서 무슨 일이 있었는지 확인하시오. 그리고 연락하시오. 빨리."

"리지외를 왜 갔습니까? 누가 갔고요? 무슨 일인지 알아야 알아보지요."

안토니오는 간략히 베로니카에 대해 설명해 주었다. 그리고 기사 두 명을 어제 보낸 것도 얘기했다. 얀 경사는 벌떡 일어나 황급히 방문을 나섰다.

진영은 니콜의 뒤를 따라 파리 경찰국에 들어섰다. 물론 베로니카도 함께였다. 계단을 오르고 몇 개의 복도를 지나쳐서 아주 넓은 사무실에 도착했다. 원래는 회의실이었는지 넓은 공간에 급조된 사무용 가구들과 통신 시설이 어지럽게 놓여 있었고 벽면에는 커다란 프랑스와 벨기에의 지도가 붙어 있었다. 대여섯 명의 형사가 일을 하고 있었고 중앙의 브리핑용 화이트 보드 앞에 보라색 조끼를 걸친 중년의 남자가 서 있었다. 그는 다른 사람과 이야기를 나누다가 막 들어서는 니콜 일행을 보고는 걸어왔다.

"수고했소. 니콜 형사. 이쪽은 베로니카 수녀님이시겠고 이쪽은 김진영 씨겠군요. 반갑습니다. 저쪽으로 갑시다."

베르트랑은 몸을 돌려서 빠른 걸음으로 걸어갔다. 니콜 일행은 뒤를 따라서 베르트랑의 개인 사무실로 들어섰다.

"이사가 덜 끝났습니다. 조금 비좁지만 앉으시지요. 니콜 형사, 밖에서 의자를 하나 더 가져와야겠소."

네 사람이 모두 자리에 앉자 베르트랑은 먼저 베로니카를 위로 했다. 그리고 당분간 니콜의 집에 기거해 달라는 부탁을 했다. 그녀는 조금 진정된 상태였지만 여전히 정상은 아니었다.

"니콜 형사. 나가서 베로니카 수녀님을 모셔다 드리게. 그리고 기욤 형사를 찾아서 같이 가. 그 친구가 수녀님의 경호를 맡을 거야. 이야기는 해 두었다네. 나는 김진영 씨와 얘기 좀 해야겠어."

니콜은 수녀를 데리고 나갔다.

진영과 베르트랑은 서로를 마주 보고 있었다.

"우선 성의 표시를 하지요. 이봐, 아까 내가 부탁한 거 처리됐나? 가지고 오게."

베르트랑이 인터폰에 대고 뭔가를 지시하자 곧 한 경관이 서류 뭉치를 들고 왔다. 진영은 그 서류들이 무엇인지 금방 알아볼 수 있었다. 바로 김진영 자신의 체류증 관련 서류철이었다.

1년에 한 번씩 유학생 체류증을 갱신하러 경찰청에 드나들 때마다 본 서류들이었다. 진영은 지난 9월 중순에 자신의 체류증이 기한 만료됐다는 사실을 떠올렸다.

"자, 여기 싸인해 주시오. 그리고 이건 당신 거요."

진영은 베르트랑이 내미는 서류를 보았다. 사인을 해야 하는 서류는 매년 해 왔던 체류증 갱신 신청 용지였다. 그리고 그 신청 용지 위에는 플라스틱 코팅이 된 신분증이 놓여 있었다. 진영은 믿을 수가 없었다. 그것은 프랑스에 거주하는 외국인이라면 누구라도 꿈에 그리는 프랑스 영주권이었다. 10년에 한 번씩 갱신해야 하지만 이것만 있으면 프랑스 사람들과 별 차이 없는 법적 신분을 보장받을 수 있었다. 법적으로 이민이 허용되지 않는 프랑스에서 이 영주권을 받는 일은 아주 어려웠다.

진영은 자기의 사진이 붙어 있는 영주권을 보며 신청 용지에 사인을 해서 검사에게 내밀었다. 검사는 서류 뭉치를 다시 꾸려서 기다리고 서 있는 경관에게 건네주었다. 그러고는 진영에게 이야기했다.

"그리고 돈 있으면 저 친구한테 60유로 주시오. 영주권 인지대요. 저 친구한테 먼저 사라고 부탁했거든."

진영은 1년짜리 체류증 갱신 때도 늘 30유로짜리 인지를 두 장씩 제출해 왔다. 지갑을 꺼내 돈을 건네주자 경관은 나갔다.

"감사합니다. 성의 표시가 과분하십니다."

베르트랑의 눈빛은 즐겁다는 듯이 반짝였다.

"아니 뭐 별건 아니오. 공화국 검사가 도움을 준 외국인에게 해줄 수 있는 일이란 이 정도밖에 없소. 하지만 나도 조건이 있소. 이게 꼭 오늘 아침의 일에 대한 답례는 아니오. 나는 지금 이 사건의 특별 검사로 임명됐고 몇 가지 특권을 부여받았소. 그중 하나가 특별 보좌관 두 명을 둘 수 있다는 것이오. 사법권을 행사할 수 있는 임시 검찰관이지. 내가 임명하고 임기는 해당 사건이 끝날 때까지요. 자격 조건은 하나밖에 없소. 국적자이거나 영주권 소지자여야 할 것."

"지금 저에게 검사님의 보좌역을 맡아 달라고 하시는 겁니까?"

"바로 그렇소. 지금은 죽어서 자리에 없지만 알랭이 당신 이야기를 많이했소. 당신 서류도 봤고 오늘 아침 사건으로 당신이 탐나기 시작한 거요. 직접 보니까 더욱 좋구려."

진영은 손에 들고 있던 영주권을 지체 없이 책상 중간에 놓았다. 단호한 표정이었다.

"저는 그럴 생각이 전혀 없습니다. 이 일은 없던 것으로 알겠습니다."

"아! 성격 참 급하군. 이봐요, 김진영 씨. 조건을 천천히 얘기하겠소. 손해 볼 일은 전혀 없을 거요. 그리고 이 영주권은 이미 발급된 거요. 당신과 거래하려고 준비한 것은 아니니까 넣어 두시오."

"죄송합니다. 저에게는 지금 할 일이 있습니다. 검사님을 도와드릴 수 없을 것 같습니다. 조건 같은 것은 관심도 없고요."

베르트랑의 눈빛이 아주 진지해졌다.

"지금 당신이 해야 할 일이 뭐요? 당신 여자를 찾아내는 것 아니요? 그 일을 같이하자는 거요. 지금 상황은 잘 알고 있다시피 전쟁이오. 놈들은 프랑스 땅에서 제멋대로 날뛰고 있는데 우리는 놈들의 마당인 벨기에에 들어가지도 못하고 있소. 나는 이제 정상적인 수사 방식으로는 해결이 안 된다고 보고 있소. 우리 목표는 두 가지요. 우선은 납치된 여자들을 구출하는 것, 다른 하나는 우리의 동료들을 열세 명이나 죽인 그놈들에게 복수하는 거요. 나는 오늘 아침에 대통령 각하와 전화 통화를 했소. 놈들을 잡아 공화국 법정에 세워야겠지만 그렇지 못할 경우에 대해서도 여쭤 봤소. 내 뜻에 각하도 동의하시더군. 그들이 원한다면 전쟁을 하겠다는 것 말이오."

진영은 국가 조직에 섬뜩함을 느꼈다. 프랑스에 오래 살면서 조금씩 느껴 오던 것이 확연해지고 있는 셈이었다. 프랑스 국가 조직의 궁극적인 목적은 국익의 실현이었다. 완벽한 인권 보장, 박애주의적 국가 정책, 열린 민주주의 원리 등과 자유, 평등, 박애의 프랑스 대혁명의 3대 이념을 국시로 삼고 있는 나라였지만 그 바탕에는 국익 우선이라는 대원칙이 있었다. 그리고 그 국익의 주요한 부분이 자국민의 안전 보장이었다.

진영은 유명한 프랑스의 외인부대를 떠올렸다. 1, 2차 세계대전에서 프랑스의 빨강, 하얀, 파랑의 삼색 국기 밑에서 그 국익을 위해 죽어 간 수많은 외국 출신의 병사들을 알고 있었다.

"일종의 외인부대 병사가 되라는 것이군요?"

"굳이 표현한다면 그렇게 볼 수도 있겠소. 하지만 전제는 우리의 목표가 같다는 것이오. 뇌샤텔 화재 말이오. 이상하지 않소? 내가 벨기에 검사라면 당신을 벌써 지명 수배 해 놓고 잡아들이려고 할 거요. 국가 권력을 우습게 여기지 마시오. 당신이 필요한 것을 나는 줄 수가 있소. 당신이 저지를 수 있는 여러 가지 불법적인 행위를 이제 우리 공화국 법률로 정당화 할 수 있다는 이야기요."

"좋습니다. 그럼 저에게 원하시는 건 뭡니까? 아니 우선 제가 원하는 것을 얘기하겠습니다. 자유입니다. 제 일을 할 수 있는 자유를 원합니다."

"김진영 씨를 속박할 생각은 전혀 없소. 매 사냥을 할 때 매를 손 위에 묶어 두고 할 리는 없지 않겠소? 내가 원하는 것은 당신의 보고와 지원 요청이오. 나는 상황에 따라 공화국의 정예 요원들을 벨기에 영내로 투입할 생각이오. 인질 구출이나 소탕 작전이 필요할 때 말이오. 수색해서 위치를 탐지하고 우리 요원들을 유도해 주면 된다는 거요. 당신의 이력을 봤소. 이쪽의 전문가인 것 같던데."

"제가 만약 벨기에 경찰에 체포된다면 어떻게 되지요? 말하자면 불법적인 행위를 하다가 말입니다."

"신분을 얘기하시오. 우리 쪽에 인계될 거요. 당신의 책임을 묻는 사람은 아무도 없을 거요. 나 빼고는."

"좋습니다. 매력적인 제안이군요. 하지만 검사님의 제안을 받아들일 수 없습니다. 국가 권력의 틀에 저를 속박하고 싶지 않습니다. 대신 상황에 따라 상의는 하겠습니다. 제가 필요하다면 도와드릴 거고요."

"좋소. 별수 없구려. 그 대신 이건 가지고 가시오. 전에 써 본 적이 있지요? 우리와 연결하는 전화요. 그리고 조금 기다렸다가 오후에 니콜이 돌아오면 같이 회의를 합시다."

니콜은 베로니카와 기욤 형사를 자기 집에 데려다 놓고 경찰국으로 돌아오고 있었다. 둘이서 수녀를 교대로 지킬 계획이었다. 혼자 사는 생활에 익숙한 니콜로서는 그리 썩 내키지는 않았지만 별수 없다는 것도 알고 있었다. 물론 경찰국 소유의 안가가 있었지만 베로니카에게는 옆에 있을 누군가가 꼭 필요했고 그게 자신이라는 것을 스스로 잘 알았던 것이다.

니콜의 차가 콩코드 광장을 지나 튈르리 정원 옆의 센 강변을 달리고 있을 때 휴대 전화가 울렸다. 핸드 프리용의 이어폰을 귀에 끼우고 전화기의 버튼을 눌러 통화를 했다.

"여보세요. 니콜입니다. 누구시죠?"

상대방이 여보세요라는 말 다음에 바로 말을 잇지 않다가 다시 말을 꺼냈다. 이상한 억양의 프랑스어였다.

"요나단이라고 합니다. 브뤼헤의 요나단 신부요."

그때 마침 니콜의 차가 꽤 긴 지하 도로에 진입했다. 루브르 박물관의 옆을 따라 뚫린 지하 도로였다. 3분 정도의 지하 터널 통과 시간 동안 니콜은 조바심이 났다. 휴대 전화의 감도가 너무나 떨어져서 이야기를 거의 알아들을 수 없었기 때문이다.

"내 이야기 들리시오?"

터널을 빠져나오자 밝은 햇살 속에 반짝이는 센 강이 오른쪽으로 넘실거렸고 전면에는 퐁네프 다리가 고색창연한 모습을 드러냈다. 그때부터 니콜의 귀로는 요나단 신부의 목소리가 선명하게 파고들었다.

"네. 니콜입니다. 요나단 신부님이시지요? 지금 터널을 막 지났습니다. 이제 괜찮을 거예요."

"만나고 싶습니다. 그동안 몇 번 들르셨는데 뵙지 못해 미안합니다. 이제 서로 만날 시간이 된 것 같군요."

"이쪽으로 오실 수 있습니까? 파리로요."

"원하신다면 그렇게 하겠습니다. 그리고 베로니카의 안부를 물어도 되겠습니까? 조금 전에 리지외에서 연락받았습니다."

"괜찮으세요. 오시면 뵐 수 있을 겁니다. 언제 오시겠어요?"

"곧 출발해서 내려가면 오후 5시는 넘겠군요. 파리에 도착해서 전화드리겠습니다."

"기차로 오실 겁니까?"

"그렇습니다. 브뤼셀에서 갈아 타야겠지요."

"브뤼셀 역에서 표를 끊으시고 전화를 주십시오. 제가 역으로 마중 나가겠습니다."

"그래 주신다면 고맙고요. 파리를 가 본 지 20년이 넘어서 조금은 걱정했습니다. 이따가 전화하지요."

니콜은 전화를 끊고 시테 섬 방향으로 우회전을 했다.

안토니오는 점심 무렵에야 얀 경사로부터 리지외의 일에 대한 보고를 들을 수 있었다. 나름대로 수소문해서 확인하느라고 시간이 조금 걸린 것이다. 보고를 듣고 난 안토니오는 깊은 신음성을 내고는 안락의자에 앉아 창 밖을 봤다. 가로수의 나뭇잎들이 햇빛과 가벼운 바람에 흔들렸다. 하지만 안락의자의 손잡이 부분을 잡고 있는 안토니오의 손은 분노로 흔들렸다.

김진영이었다. 리지외의 경찰 보고에 따르면 두 암살자가 경관 두 명을 사살하고 경찰차 뒷자리의 수녀를 노릴 때 갑자기 그들을 습격해서 제압한 사람은 한국인 유학생 김진영으로 되어 있었다. 암살자 중 한 명은 차에 치어 숨졌고 다른 한 명은 김진영과의 격투 끝에 제압당한 후 독침으로 자살했다는 것이었다. 지원조를 배치하지 않은 것이 오판이었다.

김진영이라는 맹수를 잡을 미끼와 함정을 생각하던 안토니오는 얀 경사에게 다시 전화를 걸었다. 그리고 퇴근 후에 와 달라는 이야기를 하고는 끊었다.

갑자기 차가워진 공기가 파리에 사는 모든 사람들의 옷깃을 단단히 여미게 했다.

니콜은 북역 7번 플랫폼 앞을 서성이며 남루한 걸인들과 알코올 중독자들을 구경하고 있었다. 이따금씩 그들 곁으로 깨끗한 정장에 번쩍이는 시계를 흔들며 걷는 신사들이 바쁜 걸음으로 지나갔다. 저들의 차이점은 무엇일까? 그리고 누가 더 진정으로 행복할까 하는 생각을 하며 니콜은 이제 곧 들어올 브뤼셀 발 파리 행 탈리스 국제 특급 열차를 기다리고 있었다.

기차는 조금 연착하는 듯했다. 니콜은 다시 진영을 생각했다. 베르트랑으로부터 그의 제안이 거절됐다는 이야기를 들었다. 진영의 결정을 이해할 수 있었다. 하지만 이해할 수 없는 부분도 여전히 존재했다. 프랑스 특별 검사의 보좌관이라는 자리는 대단한 권력을 얻을 수 있는 자리였다. 자신이라면 흔쾌히 승낙했을 제안이었다. 조금 전에 경찰국에서 진영과 같이 나오면서 물어봤다. 왜 거절했느냐고.

"그냥 불편할 것 같아서요."

그 말을 하면서 앙 다문 입술 사이로 담배를 문 진영의 냉소적인 얼굴을 떠올리며 니콜은 눈앞에서 서성이는 한 알코올 중독자를 바라보았다. 그들은 유사했다. 일상적인 사고와 판단 기준에서 멀어져 있는 사람들이었다. 하지만 그들은 자유로웠다. 그 끝엔 그만큼의 대가가 기다리겠지만 니콜은 진영의 결정을 부정적으로 볼 어떠한 이유도 없음을 인정해야 했다.

잠시 후 기다리던 기차가 들어왔다. 니콜은 '요나단 신부'라는 글씨가 적힌 A4 용지 한 장을 앞으로 펴 들었다. 1등석의 승객들이 먼저 바쁜 걸음으로 빠져나오고 각양각색의 승객들이 니콜의 앞을 지나쳐 갔다.

키가 큰 노신사가 니콜의 앞에 선 것은 승객들 대부분이 빠져나가서 주위가 조용해졌을 때였다.

"니콜 형사? 반갑습니다. 날씨가 차가워졌군요."

"요나단 신부님이십니까?"

니콜은 반백발의 헌출한 미남형 노신사가 자기가 기다리는 신부라는 것이 쉽게 믿기지 않았다.

"검은색 신부복을 입은 저를 기대하신 모양이군요. 제가 요나단입니다. 신부로 오는 것이 아니라서 편하게 옷을 입었습니다."

니콜은 그의 독특한 프랑스어 엑센트를 감별해 낸 뒤에야 인사를 제대로 건넸다.

"죄송합니다. 니콜입니다. 만나서 반갑습니다. 가면서 이야기하시죠."

요나단 신부는 그렇게 크지 않은 낡은 가죽 가방 하나를 들고 앞서 걷기 시작한 니콜의 뒤를 따랐다.

역 바로 앞에 세워 둔 니콜의 차에 도착하여 가방을 먼저 뒷좌석에 싣고 두 사람은 차에 올랐다.

"경찰국으로 먼저 가겠습니다. 이 사건을 맡고 있는 검사님과 이야기를 나누시고 저녁을 드시지요. 참 숙소는 정하셨습니까?"

"파리 외방 전교회의 사제관에 부탁했습니다. 그쪽으로 가면 됩니다. 그리고 우선 베로니카 수녀님을 만나 그분의 상처를 먼저 보살펴 드리고 싶군요. 경찰국이나 검사님 쪽은 그리 내키지 않고요."

차는 퇴근 러시아워를 뚫고 남쪽의 세바스토폴 대로에 들어섰다.

"그래도 저희 수사에 도움을 주시려고 오신 것 아닙니까? 우선 이야기 좀 하시고 원하시는 대로 해 드리겠습니다."

"내 이야기가 그렇게 짧을 것 같지가 않습니다. 그리고 경찰이나 검사 앞에서의 진술 형태로 하고 싶지도 않아요. 니콜 형사와 여유 있게 이야기했으면 좋겠습니다."

니콜은 하는 수 없이 베르트랑에게 전화를 했다. 요나단 신부가 원하는 바를 전하자 그는 흔쾌히 승낙했다.

"좋아. 나도 오랜만에 일찍 퇴근할 수 있겠군. 원하시는 대로 해 드려요. 그리고 가능하면 내일 뵐 수 있도록 말씀드려 주시오. 맛있는 저녁 대접해 드리고."

니콜은 전화를 끊고 차를 자신의 집이 있는 15구 방향으로 돌렸다. 옆의 신부는 무심한 눈빛으로 차창 밖의 화려한 파리 풍경을 바라보고 있었다.

진영은 쿠르셀 대로의 집으로 갔다. 지난번 빅토르의 습격 사건 이후로는 건물 관리인인 호세나 다른 이웃들의 태도가 달라진 것을 느꼈다. 어딘지 모를 거리감과 호기심으로 반짝이는 눈빛이 느껴졌던 것이다. 진영 역시 이제는 이 아파트가 남의 집같이 느껴졌다. 하지만 혜정과의 모든 추억이 담긴 이곳을 떠나고 싶다는 생각은 아직 들지 않았다.

집에 들어오는 길에 지하철역 앞의 정육점에서 파는 통닭 한 마리와 바게뜨를 사 들고 왔다. 그는 이제 혼자 허기를 때우는 일에 익숙해지고 있었다. 집에 들어와 다시 모란의 CD를 미니 컴포넌트에 넣어 재생시키고는 통닭을 뜯었다.

진영은 통닭을 먹으며 기억 속으로 빠져들었다. 닭고기를 썩 좋아하지 않는 혜정이어서 같이 통닭을 먹었던 기억은 거의 없었다. 하지만 작년 가을에 베르사유 궁전의 정원으로 피크닉을 갔던 기억이 났다. 혜정이 김밥을 말고 오늘 통닭을 산 정육점에서 통닭을 사서 같이 갔던 것이다.

생각해 보니 꼭 작년 이맘 때였다. 지금의 진영에게는 너무 먼 옛날처럼 또는 바로 어제처럼 느껴지는 하루였다.

그들은 광대한 베르사유 궁전의 정원을 산책하고 조용한 장소에 앉아 김밥과 닭고기를 먹었다. 진영은 닭 껍질은 손도 대지 않고 팍팍한 가슴살만 먹는 혜정을 무척 타박한 기억이 났다. 식사를 마친 그들은 자전거를 빌려 미로처럼 넓은 정원을 누볐다. 그리고 대운하 옆의 '작은 베니스' 라는 카페에서 커피를 마셨다.

그날 파리로 돌아오는 한적한 교외선 기차 안에서 진영은 처음으로 혜정과 입을 맞출 수 있었다. 몇 년에 걸친 짝사랑의 고통을 보상하는 더없이 달콤한 키스였다. 그녀의 입술에서는 아주 조금 통닭의 기름진 향이 느껴졌고 진영은 지금 먹고 있는 저녁식사에서 그날 혜정의 입술 감촉을 느껴 보려고 노력했다.

식사를 마친 진영은 자기의 작은 녹색 배낭을 열고 오늘 베르트랑에게서 받은 서류 두 장과 휴대 전화를 꺼냈다. 서류 중 하나는 물론 영주권이었고 다른 하나는 노란 바탕의 공문서였는데 바로 총기 소지 허가증이었다. 진영의 얼굴 사진과 신상 명세가 적혀 있었고 소지할 수 있는 총기의 등급이 적혀 있었다. 4등급으로 자동 화기를 제외한 모든 총기를 소유할 수 있는 등급이었다.

베르트랑은 총기 허가증을 전해 주면서 침착하게 이야기했다.

"이건 아주 예외적인 경우요. 김진영 씨를 믿기에 주는 거요. 알아서 잘하겠지만 자위를 위해서만, 놈들을 향해서만 총기를 사용하시오. 이것으로 당신이 불행해지지는 않을 것이라고 믿소."

진영은 자신이 가지고 있던 발트로 권총을 제출했다. 등록되지 않은 총기를 가지고 있을 필요가 없었던 것이다.

"확인해 보시면 아시겠지만 한번도 발사하지 않았습니다. 출처는 묻지 말아 주십시오."

베르트랑은 발트로 권총을 확인한 후 책상 서랍에 집어넣었다.

"총기 번호 부분을 끌로 밀어서 없앴군. 이런 건 위험하오. 범죄자들이나 갖고 다니는 물건이지. 그보다 이것이 더 나을 거요."

그러고는 자신의 책상 서랍에서 은색 총신이 반짝이는 리볼버 권총을 꺼냈다.

"이것은 선물이오. 내가 주는 것이 아니고 죽은 알랭이 주는 거요. 그가 들고 다니던 물건이지. 알랭과 로베르를 쏘아 죽였고 알랭의 시체 위에 던져져 있던 총이지요. 이걸 김진영 씨에게 주겠소. 무슨 뜻인지는 알 거요."

진영은 받아 오기는 했지만 아직도 믿기지 않았다. 프랑스 검사가 자기에게 총기 허가증과 사살당한 형사의 권총을 준 것이다. 물론 무슨 뜻인지는 알 것 같았다. 진영을 통해 알랭 등 죽은 경찰들의 원수를 갚겠다는 것이다. 하지만 법을 수호하는 검사가 권총을 주는 것은 상상 밖이었다. 이 사건에 대한 프랑스 정부 기관의 생각과 의지를 가늠해 볼 수 있었다. 은원에 아주 철저한 프랑스가 아니라면 불가능한 일이라 생각하며 배낭 안의 은색 리볼버를 꺼냈다. 10밀리미터 권총탄을 여섯 발 장탄할 수 있는 약실은 비어 있었다. 리볼버를 사격해 본 적은 없지만 그 명성은 너무나 잘 알고 있었다. 총신 양 옆에는 각각 10밀리미터, 610 CLASSIC이라고 새겨져 있었다. 반동이 작아서 명중률이 아주 높은 권총이었다. 장탄 수가 적긴 하지만 전 세계의 공권력이 가장 선호하는 총기 중 하나였다. 진영은 내일 오전에 당당하게 증명서를 내밀고 실탄을 구입해야겠다는 생각을 했다. 그리고 뇌샤텔에서 들고 나온 권총 한 정은 어떻게 할까 하는 생각을 했다. 글록 17형이었다. 진영은 9밀리미터 실탄도 같이 사야겠다고 결론 내리고 침대에 누웠다. 피로가 몰려왔다. 어제부터 한숨도 못 잤던 것이다.

니콜은 집 앞 슈퍼마켓에서 장을 봐서 아파트로 돌아왔다. 요나단 신부와 베로니카를 데리고 식당에 가는 것보다는 자신이 요리를 하는 게 훨씬 편할 것이라고 생각한 것이다. 그래서 마음 먹고 물건을 골랐다. 부르고뉴 적포도주 두 병과 푸와그라, 스테이크용 등심 5인분, 샐러드용 채소 종류와 디저트로 아이스크림도 샀다.

아파트 문을 열쇠로 열고 들어가자 기음이 경계를 풀고 권총을 다시 홀스터에 꽂고 있었다. 신부와 수녀는 방에서 단 둘이 이야기하고 있었다. 조금 전에 도착한 요나단 신부는 비탄에 젖어 있는 베로니카를 위로했고 두 사람만이 기도하고 이야기할 수 있도록 해 달라고 니콜에게 부탁했다. 니콜은 자신의 서재로 두 사람을 안내하고는 밖으로 나왔다.

기욤은 텔레비전으로 다시 눈길을 돌렸고 니콜은 주방으로 가서 샐러드 드레싱을 만들었다. 푸와그라를 접시에 담고 바게트 빵을 썰고 포도주 병을 딴 다음 니콜은 서재의 문을 두드렸다.

"저녁 준비가 됐습니다. 나오세요."

곧 네 사람은 테이블에 앉았다. 기욤은 무심코 자기의 접시에 담긴 푸와그라에 나이프를 댔다가 요나단 신부가 두 손을 모아 기도하는 것을 보고는 역시 두 손을 모았다. 기도는 짧게 끝났고 네 사람은 식사를 시작했다. 하지만 전혀 식욕이 없는 듯 베로니카는 샐러드의 야채만 조금 들고는 포크와 나이프를 내려놓았다.

"미안합니다. 도저히 먹을 수가 없군요. 괜찮다면 방에 들어가 혼자 있고 싶습니다."

"그렇게 하시죠. 쉬시는 것이 좋겠습니다."

니콜은 서재로 쓰는 방에 침대로 쓸 수 있는 소파를 넣어 두었다. 그녀는 수녀와 함께 서재로 가 소파를 조절해서 침대를 만들어 주었다. 그러고는 나와서 문을 닫고 다시 식탁에 앉았다.

"푸와그라도 맛있지만 샐러드가 일품이군요."

요나단 신부는 연신 포도주를 마셔 가면서 접시를 비웠다. 기욤 역시 묵묵히 먹고 있었다.

"맛있으시다니 다행이군요. 요리에 별 관심이 없는 편이어서 자신이 없었는데."

그들은 전식에 이어 등심 스테이크와 후식인 아이스크림까지 먹었다. 식사 중에는 가벼운 이야기를 주로 나눴다. 기욤이 자기 커피 잔을 들고 다시 텔레비전 앞으로 돌아가자 니콜은 신부에게 물었다.

"커피 하시겠습니까? 아니면 포도주를 계속하시겠어요?"

"포도주가 좋겠지요. 브뤼헤에서는 맥주라면 몰라도 이렇게 좋은 포도주를 맛보기는 어렵지요."

두 사람은 연한 붉은색의 와인 잔을 두고 마주 앉았다.

"이제 신부님 말씀을 좀 들어 볼까요? 저는 신부님 신상에 대해서 전혀 모릅니다. 조회를 안 해 봤거든요."

"조회했어도 별로 달라지지는 않았을 겁니다. 나라는 인간은 세상에는 존재하지 않으니까요."

니콜은 지긋이 신부의 얼굴을 보면서 말이 이어지기를 기다렸다.

"바를랭 교수의 편지를 처음 봤을 때부터 고민했습니다. 이제 나의 짐을 내려놓을 때가 된 것인가 하고 말입니다. 내가 갈멜파의 수사복을 처음 입은 지 벌써 30년이 넘어 가는군요. 긴 세월이었습니다. 하지만 나의 짐은 천주님 안에서도 무거워지기만 했습니다. 아켈마다라는 말을 편지에 썼더군요. 그 바를랭 교수 말입니다. 니콜 형사님은 아켈다마에 대해서 얼마나 알고 계십니까?"

요나단 신부는 포도주를 꽤 마셨는데도 예리한 시선으로 니콜의 대답을 요구했다. 니콜은 요나단 신부가 대단히 강인한 자아로 무장하고 있다는 사실을 깨달았다.

"나름대로 수사와 연구를 해 왔어요. 사건의 발단은 브뤼헤 뇌샤텔에서 숙박하던 두 한국 여학생이 실종되면서였습니다. 그녀들과 그곳에서 만나기로 한 남자 유학생, 그도 이 파리에서 공부하고 있는 한국 학생이에요. 어쨌든 그가 실종 신고를 하고 수사가 시작됐죠. 물론 브뤼헤에서요. 그리고 그때 이곳 프랑스에서도 골치 아픈 일들이 발생하고 있었어요. 미모의 젊은 여성들이 계속 실종됐죠. 예년 평균치의 거의 두 배가 될 정도였어요. 그러다가 이상한 인터넷 사이트를 운영하는 남자를 체포했습니다. 악마 숭배의 웹사이트였어요. 아시다시피 악마 숭배 그 자체가 범죄 행위가 될 수는 없습니다. 그 친구가 잡혀 들어온 이유는 그 웹페이지에 올린 영상 자료 중 스너프 필름들 때문이었어요. 스너프 필름 아시죠? 성적인 욕구를 충족하기 위해 사람을 학대하고 고문하고 살해하는 실제 장면들을 연출이나 여과 없이 기록한 영상 자료를 뜻하지요. 명백히 불법이고 범죄 행위입니다. 중요한 것은 이 친구의 영상 자료 중에서 여자를 묶어 놓고 고문하다가 고딕체의 A자 형태의 낙인을 찍는 장면이 나온다는 겁니다.

그런데 마침 실종됐다가 그 낙인을 찍힌 채 도망쳐 나온 여자가 발견됩니다. 조금 전에 말씀드린 브뤼헤에서 실종된 두 한국 여학생 중 한 명입니다. 그 사진들을 올렸던 장 뤽이라는 사람은 아무 증언 없이 파리 경찰국내 유치장에서 살해당하고 말았습니다. 그가 죽으면서 마지막으로 남긴 말이 아켈다마예요. 그 이후 이 부분에 초점을 맞추고 수사를 진행했지요. 뇌샤텔의 역사를 거슬러 올라가다가 성전 기사단의 흔적을 알게 됐고요. 바를랭 교수의 도움을 얻어서 아켈다마라고 하는 악마 추종 세력을 추적한 겁니다. 뇌샤텔에 몰래 들어가서 악마 숭배 현장을 직접 보기도 했어요.”

“그곳에서 성전 기사단의 붉은 십자가 표식을 한 갑옷 입은 해골도 봤습니까?”

묵묵히 듣고 있던 신부가 질문을 하자 니콜은 깜짝 놀랐다.

“그것을 어떻게 아세요?”

“물론 알고 있습니다. 내가 바로 그 아켈다마의 기사였으니까요."

　니콜은 회한 어린 눈으로 자기를 보고 있는 요나단 신부를 바라볼 수밖에 없었다.

　"젊었을 때 파견 생활을 했죠. 아켈다마 기사단은 두 가지 부류가 있습니다. 우선 본부에서 성장하고 교육받아서 기사가 되어 세상에 나가는 부류와 각 지역에서 부모와 생활하다가 스물 살 정도에 본부에 들어와서 교육을 받고 기사가 되는 부류지요. 후자인 경우 가문 자체가 아켈다마 기사단에 뿌리를 두고 있지요. 드 레미 가문을 아시지요? 대표적이죠. 벨기에 지부를 맡고 있어요."

　"다른 나라의 지부 인사들도 알고 계십니까? 예를 들면 프랑스 말이에요."

　"유감이지만 잘 모릅니다. 내가 그 기사 생활을 계속했더라면 물론 알고 있겠지요. 하지만 나는 겨우 2년 정도의 경력을 쌓다가 그들을 떠나 왔습니다. 갈멜파 수도원에 투신했고 오랜 수사 생활 후에는 신부도 되었습니다. 내가 지금 하는 이야기는 30년쯤 전의 이야기입니다. 하지만 달라진 것은 별로 없을 거요."

　니콜은 긴장한 채 이야기를 듣고 있었다. 그녀는 포도주를 한 모금 마신 다음 거실 구석의 서랍에서 소형 녹음기를 가지고 왔다.

　"신부님 말씀을 녹음해도 될까요?"

　"그렇게 하시지요. 계속하겠습니다. 대충 감을 잡으셨듯이 아켈다마 기사단의 뿌리는 저 먼 옛날의 성전 기사단입니다. 1307년 프랑스의 왕 필리프 4세에 의해 성전 기사단의 프랑스 본부는 끝장이 납니다. 하지만 성전 기사단의 진짜 힘이라고 할 재산의 상당 부분은 미리 브뤼헤 지부로 옮겼고 전 유럽과 지중해상에 남아 있던 각 지부의 기사들이 모여 이후의 대책을 모색합니다. 쟈크 드 몰레 기사단장이 처형되었던 해인 1314년의 성탄절이었지요. 그동안 교황청을 통해 프랑스 왕에게 잡혀 있는 동료들을 구해 내려고 노력했지만 실패한 다음이었습니다. 필리프 4세는 이미 교황청까지도 유린하고 아비뇽 유수를 단행한 상태였으니까 이 세상에서 그를 움직이거나 능가할 만한 힘은 없었습니다. 결국 모든 노력이 허위로 돌아가고 자크 드 몰레 단장이 화형당하고 난 다음 사르데냐 섬에 위치한 기사단의 비밀 본부에 모인 성전 기사단원들은 회의를 합니다. 성전 기사단의 앞날을 상의하기 위한 것이었지요. 우선 첫 번째 할 일은 형제들의 원수를 갚는 일이었고 둘째는 기사단의 조직을 공식적으로는 해체하지만 비밀 조직으로 남겨서 더욱 강화하자는 내용이었습니다. 물론 결론이 쉽게 나지는 않았던 모양입니다. 기사단 내에서도 다른 의견들이 상충했겠지요. 이탈자들도 꽤 있었습니다. 그들은 성전 기사단을 떠나서 낭인 기사가 되든지 성 요하네스 기사단에 편입됩니다. 하지만 그 숫자가 그렇게 많지는 않았던 것 같아요. 물론 무기를 던지고 수도원에 몸을 던진 경건한 사람들도 있었고요. 복수나 조직, 재산 이런 세속적인 것들은 의미가 없다, 성전 기사단의 처음 취지가 사라졌는데 그런 것에 얽매일 필요가 없다고 생각한 사람들이겠지요. 사실 그들이 옳았습니다. 성스러운 땅 예루살렘을 다시 이교도들의 손에 빼앗긴 지 100년이 넘었고, 십자군 활동도 막바지로 치닫던 때였습니다. 성지를 지키기 위해 결성된 성전 기사단이 존속해야 할 이유는 없었던 겁니다. 그런데 순수하고 경건한 기사들이 이런 식으로 떠났을 때 남은 사람들은 어땠을까요. 그들을 계속 뭉치게 하고 존속하게 한 힘은 바로 엄청난 재물과 복수심 그리고 세상에 대한 저주였습니다. 이런 것들은 하느님과는 아무 관계없는 것들이지요. 오히려 악마의 것들이었습니다. 그들은 프랑스에서 비참하게 희생당한 동료들의 죽음을 들어 그들이 봉사해 왔던 하느님을 원망하고 결국 배신합니다. 결국 성전 기사단의 잔존 세력은 이전의 재산과 조직을 보존한 채 악마를 숭배하는 집단으로 변절합니다. 또한 그 당시 이 변질된 성전 기사단의 두목이었던 아르노 드 아키텐이 중동 쪽 조직을 통해 가롯 유다의 유해를 가져옵니다. 당시 중동 지방을 장악하고 있는 맘누크 정부와 깊은 유대가 있던 그들로서는 얼마간의 돈을 지불하고 그것을 가져오는 일이 그리 어렵지 않았던 모양입니다. 결국 솔로몬의 거룩한 성전 위에 기반을 두고 이교도와의 전쟁에서 기독교의 성지를 지켜 왔던 성전 기사단이 가롯 유다의 해골 위에 새로운 기반을 두고 이 세상을 악마의 것으로 만들기 위한 조직으로 바뀝니다. 저주받은 땅 아켈다마라는 이름으로요.”

“그들은 어떻게 악마의 수족으로 일을 했나요? 그리고 그 가롯 유다의 유해는 어디 있고요?”

니콜은 호기심 가득한 얼굴로 신부에게 물었다.

“가롯 유다가 다시 묻혀서 새로운 아켈다마가 된 곳이 바로 사르데냐의 기사단 본부입니다. 그 거대한 성채의 지하 부분에 그것을 위한 크립트를 만들었지요. 특별한 행사 때만 그곳을 열고 의식을 집전합니다. 그 건물의 중심부라고 보시면 됩니다.”

“그곳의 경비 병력은 어느 정도나 됩니까? 그리고 납치당한 여자들이 그곳에 잡혀 있을까요?”

"웬만한 규모의 병력으로는 공격하기 어려울 겁니다. 30년 전보다 지금은 무장이 더 강화됐을 것이고. 여자들은 모르겠습니다. 있기는 있겠지요. 납치해서 인형으로 만들어 그쪽에 보내는 겁니다. 하지만 구체적으로는 나도 알 수가 없어요. 그보다는 그들의 조직에 대한, 그리고 그동안 그들이 해 온 일에 대한 이야기를 조금 더 들어 보시지요. 그것이 더 중요합니다. 그들이 범죄를 저질렀다는 증거는 아무것도 없습니다. 이 프랑스에서 벌어진 몇 번의 총격, 살인 사건으로요? 어떻게 그 연관 사실을 증명할 겁니까? 나 한 사람의 증언으로는 불가능합니다. 설령 그들이 악마 숭배를 하고 있고 그 증거들을 찾아낼 수 있다 해도 어떠한 법률에 의거해서 처벌할 수 있을까요?"

니콜은 요나단 신부의 말이 맞다는 것을 알고 있었다. 20세기에 만들어진 현재의 법률 체계로는 한 개인이나 집단의 종교적인 신념이나 형태를 단죄할 수는 없었다. 폭력이나 살인, 납치, 감금 등의 불법적인 행위에 대해서만 사법적인 처리가 가능한 것이다. 하지만 사실 구체적인 증거는 아무것도 없었다. 장의 웹페이지에서 찾아낸 영상 자료 몇 건과 니콜이 뇌샤텔의 첨탑에서 찍은 사진 몇 장이 전부인 것이다. 이유진은 살해당했고 뇌샤텔은 이미 불에 타서 흔적도 없어졌다. 장 뤽과 로베르 드 레미는 아무런 자백도 하지 않고 살해당했다. 살인 사건 몇 건의 수사를 끝내도 결과는 같았다.

리지외에서 죽은 두 암살자에 대한 신원 조사는 완전히 실패로 돌아갔다. 신원 조회 결과 그들은 아무 곳에서도 확인이 안 되었다.

전 유럽의 정부 기관 데이터 베이스를 모두 검색했을 뿐 아니라 미국이나 중남미 국가들에도 협조를 요청했으나 결과는 마찬가지였다. 그들의 자동차 역시 독일에서 도난 신고된 차를 개조한 것으로 다섯 개 이상의 가짜 번호판이 차 트렁크에 있었다.

결국 프랑스 사법 당국이 가지고 있는 것은 베로니카 수녀와 요나단 신부의 증언과 니콜이 수행해 온 약간의 역사적 추론과 가설밖에 없는 것이다. 이것으로는 아무것도 할 수 없었다.

니콜이 작성한 보고서에 언급된 벨기에의 관련 인사나 기업체 리스트도 사실은 증거, 즉 최근 발생한 여러 가지 사건과 연관 지을 수 있는 명백한 증거를 얻기 전에는 의미 없는 종이 조각일 뿐이었다. 이 정도를 가지고 이탈리아 사법 당국의 영장 발부나 수색, 체포 작전을 요구할 수는 없었다. 벨기에 쪽도 마찬가지였다.

"그들은 그럼 도대체 몇백 년 동안 어떤 짓을 해 온 것이지요?"

니콜은 생각 끝에 한숨을 쉬면서 요나단 신부에게 물었다.

"첫째는 돈을 벌었지요. 돈과 재물은 본래 하느님께 속한 것이 아닙니다. 악마는 과도한 재물로 그리고 그것을 요구하는 인간의 탐욕으로 그의 권세를 넓힙니다. 하느님이 우리에게, 즉 그분의 자식들에게 주시는 풍요는 결코 물질적인 풍요가 아니고 서로 나누고 베풀어서 생기는 심령의 풍요입니다. 천국의 문을 그렇게 열어 주시는 것이지요. 지금 물질적인 풍요를 축복하는 모든 거짓 선지자들은 사실 하느님보다는 악마 쪽에 속한 것으로 봐야 할 겁니다. 성전 기사단의 몰락과 변질도 사실은 그들에게 감당하기 어려울 정도로 주어진 재산 때문이었다고 보면 됩니다. 처음처럼 그들이 계속 청빈했다면 필리프 4세의 탄압이 있었겠습니까? 재물이 그들을 지옥으로 던진 겁니다. 결국 살아남은 성전 기사들은 그 재산에 이끌려 악마 쪽에 서서 그동안 해 왔던 금융업에 더욱 매달립니다. 사실 금융업이라기보다는 고리 대금업이지요.”

“그럼 그들은 금융업으로만 악마의 세력을 넓혔나요?”

“아니지요. 그것은 단지 바탕일 뿐이지요. 그들은 두 번째 사업을 시작합니다. 바로 전쟁 사업이었지요. 중세 이후 유럽의 역사를 보면 시종일관 전쟁의 역사라는 것을 알 수 있을 겁니다.”

니콜은 고개를 끄덕였다.

“역사를 잘 아시는 듯하니 간단히 설명하겠습니다. 그 많은 유럽의 전쟁 중에서 불가피하거나 가치 있는 전쟁이 있었습니까? 없었어요. 탐욕과 이기심과 근거 없는 적개심이 그 전쟁들의 주된 원인이었습니다. 겉으로는 어떠한 명분을 내세웠다 해도 본질은 똑같습니다. 아켈다마 기사단은 전쟁과 관련해서 세 가지 일을 합니다. 참고로 중세 이후 유럽 전쟁의 역사를 들여다보시지요. 전쟁을 할 때는 세 가지 문제에 봉착합니다. 첫째는 어떻게 전쟁 비용을 조달하느냐 하는 문제입니다. 외적의 침입에 맞서는 자위적인 전쟁이 아니기 때문에 유럽 봉건제 하에서는 엄청난 전비가 듭니다. 공격 측이나 수비 측이나 마찬가지지요. 이 돈을 빌려 주는 겁니다. 물론 채무자가 이겼을 때는 배당금도 받는 것이 당연했습니다. 일반적인 금융 거래보다 엄청난 수익을 기대할 수 있었죠. 두 번째는 무기 제조와 판매였습니다. 전쟁을 하는 이상 갑옷, 투구, 칼, 창, 쇠뇌 그리고 나중에는 대포와 총까지 많은 무기가 필요했겠지요. 이것을 만들어 파는 겁니다. 전쟁이라는 특수한 상황을 이용해서 때로는 아주 비싸게 때로는 싸게 팔아먹었습니다. 지금도 유럽의 무기 제작 회사들 중 국영이 아닌 경우는 상당수 아켈다마 기사단의 지배 하에 있을 겁니다. 물론 직접 운영하는 경우는 없지요. 아켈다마 소속 인사들과 자본이 보이지 않게 지배하는 겁니다."

니콜은 그가 작성한 리스트상에 각종 무기를 제작해서 판매하는 방위 산업체가 둘이나 있음을 떠올렸다.

"세 번째는 용병 사업입니다. 사실 중세 이후 근대 초반까지 유럽에서 벌어진 전쟁의 주인공들은 용병들이었습니다. 전 유럽에는 헤아릴 수 없을 만큼의 용병 조직이 있었지요. 아켈다마 기사단은 때로는 자기들의 전투력을 직접 팔기도 했지만 주로 용병 에이전트 사업을 했습니다. 무기 장사와 같은 것이니까요."

니콜은 고개를 끄덕였다. 실지로 유럽 전쟁은 자금을 많이 동원해서 유능한 용병들을 얼마나 끌어모으느냐에 승패가 달려 있었다. 귀족 중심의 기병대 전력은 한계가 있었기 때문이다. 그리고 용병 조직은 지금도 여전히 존재했다.

"무슨 말씀인지 알겠습니다. 전쟁을 유발하고 그것을 통해 돈을 벌고 악마의 세력을 확장한다는 것이지요?"

"그렇습니다. 18세기 후반까지는 그렇게 자신들의 영역과 권력을 유지, 확대했습니다. 그런데 서서히 문제가 생겼어요. 계몽주의와 합리주의적인 철학 체계로부터 근대가 열리기 시작한 겁니다. 근대적인 국가 개념이 그에 기반해 나타나면서 그들의 사업 여건이 안 좋아졌지요. 무기 제작이나 용병 사업은 점점 축소되고 금융업도 강대해지는 국가 권력으로부터 견제받습니다. 국가가 대주주가 되는 새로운 형태의 은행들이 속속 생겨나면서 경쟁도 어려워지고요. 더욱이 계몽주의와 합리주의에 기반을 둔 시민 혁명이 시작되면서 유럽은 새롭게 태어납니다. 이러한 체제와 사상의 변화 속에서 아켈다마 기사단은 곤혹스러워졌습니다. 악마가 발을 붙이려면 거짓과 탐욕과 맹목과 증오가 있어야 하는데, 또 그래야 그들도 더욱 번영할 수 있을 텐데 그 기반이 무너져 내린 것이지요. 여러 가지를 모색하던 아켈다마 기사단이 결국 눈길을 돌린 사업이 바로 식민지 경영이었습니다. 콜럼부스나 바스코 다 가마, 마젤란 등의 선구자들을 통해 유럽이 전 세계로 그 세력을 뻗어 나가던 시절이었지요. 아켈다마 기사단은 아주 성공적으로 이 사업에 뛰어듭니다. 전 유럽에서 발흥하는 여러 가지 식민지 사업에 투자하고 회사를 직접 여러 개 설립합니다. 내가 기사단에 몸담고 있을 때 벨기에의 여러 회사들이 우리와 직접 또는 간접적으로 연결되어 있는 것을 알 수 있었습니다."

"그 회사들은 저도 알 것 같습니다. 중앙 아프리카 쪽의 곡물 거래를 독점하고 있는 콘티넨탈이라는 회사가 있고 카카오, 고무, 커피 등의 플랜테이션 사업을 하는 회사 그리고 보석을 다루는 회사들이 아닙니까?"

"맞아요. 100년 이상 그 땅의 백성들을 착취하고 있는 사업들이지요. 이 유럽 땅에서는 이미 한계가 왔지만 아프리카, 인도, 아시아의 식민지들은 그들에게 모든 것을 주었습니다. 엄청난 재산을 안겨 주었고 무제한의 자유 속에 무차별 살육의 즐거움을 맛볼 수도 있었지요. 그리고 증오와 공포라는 악마의 씨앗을 곳곳에 많이 뿌릴 수 있었습니다. 그 폐해는 지금도 계속되고 있습니다. 르완다, 콩고, 우간다 등 중앙 아프리카에 위치한 나라들의 실상을 아십니까? 그들끼리 내전을 하고 있는 것처럼 보이지만 사실은 이 악마들에게 조종을 당하고 있는 것이지요."

"지금 용병들이 가장 많이 고용되는 곳이 그쪽이라는 것을 알고 있습니다. 그런데 제가 파악한 기업 리스트상에는 이해되지 않는 사업이 두 개 있어요. 하나는 맥주 회사이고, 하나는 가수, 모델 등을 발탁하고 관리하는 연예 에이전트지요. 짐작 가시는 것이 있으면 말씀해 주시지요."

요나단 신부는 자신의 앞에 놓인 빈 잔에 포도주를 따라서 한 모금 마셨다.

"맥주 회사는 별거 아닙니다. 벨기에는 맥주의 나라지요. 확실한 투자 가치가 있어요. 그리고 주류 회사의 특징이 현금으로 운영된다는 것입니다. 조직 내의 자금 세탁에 아주 용이할 겁니다. 연예 에이전트 같은 것은 30년 전에는 없었던 겁니다. 하지만 돈을 벌면서 사람과 하느님의 거리를 멀어지게 하려는 악마의 장사로는 가장 좋은 사업이라는 생각이 드는군요. 공적으로 하느님과 인간 사이를 탐욕과 횡음으로 가로막고 분노와 증오 등 악마의 가르침을 베푸는 사업이니까요. 돈도 엄청나게 버는 것 같더군요."

니콜은 고개를 끄덕이면서 자신의 포도주 잔을 입으로 가져갔다. 요나단 신부의 이야기를 들으면서 점점 더 등골이 서늘해지는 느낌이 들었다. 그녀가 처음 상상한 이 악마 추종 세력은 그저 기독교에 반감을 가지고 엉터리 주문을 외우며 기괴한 의식을 변태적인 성행위와 함께 집전하는 구시대적인 일탈 세력이었다. 하지만 그녀는 지금 바를랭 교수의 이야기를 떠올렸다. 악마는 현실 속에 있는 것이다. 멋진 양복과 세련된 매너 그리고 엄청난 재산과 권력으로 세계를 좌지우지하고 있는 것이다. 과거에서 현재까지 계속해서.

니콜은 포도주 잔을 테이블 위에 놓으며 한숨을 쉬었다. 그녀가 맡은 이 수사의 대상이 얼마나 큰 규모인지 실감난 것이다. 여자 몇 명 납치하고 사람 여럿 죽인 범죄 집단 정도가 아니고 어쩌면 20세기를 상징하는 사회 구조 자체일 수도 있음을 깨달았다.

"신부님 말씀이 옳군요. 그들은 합법적이네요. 드러난 몇몇 범죄 사실 말고는 그들을 어떻게 할 수 있는 방법은 없겠지요. 그나마도 현재로서는 어려운 이야기이고요."

요나단 신부도 깊게 숨을 내쉬고는 조금 남아 있던 잔의 포도주를 한 번에 마셔 버렸다.

"궁금한 점을 좀더 물어봐도 될까요?"

니콜은 얼마 남지 않은 포도주를 신부의 잔에 마저 따르면서 물었다. 요나단 신부는 고개를 끄덕였다.

"왜 저를 계속 피하셨던 거지요? 한 달 전에 말이에요."

"그때 당신을 만났다 한들 뭐가 달라질 것이 있었겠습니까? 지금도 달라질 것은 별로 없지만. 당신을 만나야겠다는 생각을 한 것은 두 가지 때문입니다. 첫째는 저 가련한 여자 때문입니다."

요나단 신부는 베로니카가 쉬고 있는 서재 쪽을 가르쳤다.

"신부님은 저 베로니카 수녀님을 어떻게 알게 되신 거지요? 아니 그보다는 어떻게 그리고 왜 아켈다마 기사단을 배신하고 떠나신 겁니까? 그쪽에서 용납했을 리가 없을 텐데요."

"물론이지요. 지금도 그들은 내가 살아 있다는 것을 모를 겁니다. 안다면 가만히 있지 않겠지요. 아켈다마의 기사복을 입었던 사람이 조직 밖으로 나가는 것은 절대 불가능하지요. 하지만 나는 그렇게 됐습니다. 모두 하느님의 은총이시지요. 그렇게 되기까지 복잡한 사정이 있었습니다. 사실은 샤를 드 레미 남작과 나는 한때 가장 가까웠던 친구 사이였습니다. 우리는 또 다른 한 친구와 같이 교육을 받고 같은 날에 기사 서품식을 했지요. 우리 세 사람은 이 세상에서 가장 좋은 우정을 나눴다고 생각했습니다. 하지만 한 친구는 죽고 나는 이렇게 모습을 숨기고 있고 샤를 드 레미 그 친구만이 원래 모습대로 살고 있습니다. 우리들 사이에 있었던 일을 이야기하고 싶지는 않습니다. 양해해 주십시오. 어쨌든 나는 사선에서 아켈다마를 벗어날 수 있었습니다. 그리고 일부러 브뤼헤에 남았습니다. 갈멜파 수사로서 바깥출입을 할 필요도 없었고 누구를 만날 일도 없었으니까 어디에 있든 상관은 없었습니다만. 갈멜파에 들어와 5년간의 교육 과정을 거친 후 부제 서품을 받고 바깥 세상의 소식을 조금씩 접했습니다. 그리고 드 레미의 결혼 소식을 들었습니다. 진심으로 축복했지요. 하지만 문제가 생길 것이라는 것을 알고 있었어요. 아무것도 모르는 처녀가 결혼한 다음 아켈다마의 실체를 알게 되면 어떻겠습니까? 그래서 베로니카가 다녔던 성당의 신부를 통해 서신을 보냈습니다. 지금은 신부의 몸이고, 불가피한 이유 때문에 드 레미의 앞에 설 수 없지만 한때 그의 가장 친했던 친구라고 저를 소개했지요. 물론 샤를에게는 비밀로 하라고 부탁했습니다. 그리고 조만간 닥칠 환란을 예비하라고 충고했습니다. 그녀는 독실한 가톨릭 신자여서인지 저나 편지를 전해 주는 동료를 믿어 주었습니다. 그러던 어느 날 저는 편지로 로베르의 출생을 알았고 그날이 다가왔다는 것을 알았습니다. 그녀에게 환란을 벗어날 수 있는 방법을 조언했고 그녀는 그 방법으로 무사히 드 레미에게서, 아니 아켈다마 기사단의 마수 속에서 빠져나와 리지외의 갈멜파 수녀원으로 갈 수 있었습니다. 그녀의 목숨을 살린 일기장도 가서 받아 왔고요. 리지외의 수녀원에서 처음 저와 만났을 때야 비로소 그녀는 내가 바로 편지를 썼던 사람이라는 것을 알게 되었습니다. 그 이후에 몇 번 만난 적이 있습니다. 그리고 오늘 아침에 습격을 받은 사실을 전해 듣고 와 봐야겠다는 생각을 한 거지요."

"두 번째 이유는요?"

니콜은 두 번째 이유가 궁금해졌다.

"두 번째 이유는 뇌샤텔의 붕괴였습니다. 어제 화재 소식을 들었을 때 많이 놀랐습니다. 사고나 부주의로 생긴 화재는 아니라는 생각이 들었습니다. 그곳은 아켈다마 기사단의 가장 중요한 건물 중 하나였습니다. 그리고 누가 그런 일을 했는지도 궁금해졌습니다. 만약 인위적으로 방화한 것이라면 제가 해야 할 일이 생긴 것이라고 생각했지요."

"그렇군요. 우리 생각도 마찬가지입니다. 우연한 화재 사고라고는 생각지 않습니다. 확증은 없지만 누가 했을 것이라는 추측도 하고 있고요. 조금 전에 제가 뇌샤텔 내부에 잠입한 적이 있다고 했지요? 저 혼자 들어간 것이 아니고 동행이 있었어요. 동료는 아닙니다. 오늘 새벽에 베로니카를 구출한 사람이에요."

"그 한국 청년 말입니까? 조금 전에 베로니카에게서 대충 들었습니다. 능력이 대단한 친구인 모양이군요."

"그래요. 브뤼헤 뇌샤텔에서 실종된 한국 여학생들의 친구예요. 그중 한 명은 연인이기도 하고요. 우리와는 별도로 아켈다마 조직을 쫓고 있습니다. 자기 연인을 찾기 위해서요."

요나단 신부는 의자 등받이에 등을 기대고는 턱 밑을 손으로 쓰다듬었다.

"그 친구를 한번 만나 보고 싶군요. 괜찮으시다면 소개를 좀 부탁드리겠습니다."

요나단 신부는 말을 마치고 자기의 손목시계를 들여다보더니 바로 몸을 일으켰다.

"너무 늦었군요. 외방 선교회의 문이 닫힐 시간입니다."

"가시겠어요? 더 하실 말씀이 있을 것 같은데. 밤을 여기에서 보내셔도 될 것 같습니다마는."

요나단 신부는 벌써 재킷을 걸치고 나갈 준비를 하고 있었다.

"그럴 수는 없지요. 내일 또 오겠습니다. 수녀님도 봐야 하니까요."

그동안 TV만 보고 있던 기욤이 일어났다. 그 역시 퇴근할 시간이 되었던 것이다.

"기욤. 들어가면서 신부님을 좀 바래다 드려 주세요."

"그러지요. 내일 아침에 봅시다. 신부님. 같이 가시지요. 모셔다 드리겠습니다."

요나단 신부는 조용한 서재의 문 앞에서 잠시 망설이다가 니콜과 작별 인사를 하고는 밖으로 나갔다.

추악한 함정
2005년 10월 13일

10월의 파리 날씨 같지 않게 따뜻하고 맑은 날씨가 어제부터 계속되었다. 진영은 그제 저녁 이후의 충분한 휴식으로 그동안의 피로가 다 풀린 듯했다. 커튼과 창문을 열고 아파트의 거실에서 천천히 몸을 풀기 시작한 그는 두 시간 정도에 걸쳐 기공 체조와 합기도 수련을 했다. 전처럼 몽소 공원에서 한다면 더욱 좋았겠지만 지난번 사건 이후로 주변의 이목이 너무 부담스러웠다.

수련을 마치고 샤워를 하려던 진영은 문득 들려온 초인종 소리에 긴장을 하고 문으로 갔다. 왼손에 리볼버를 든 채였다. 총엔 어제 오후에 잠깐 나가서 사 온 실탄이 장전되어 있었다. 초인종의 주인은 오토바이 퀵서비스였다. 긴장을 늦추지 않은 채 문을 조금 열고 사인을 해 주자 그는 작은 꾸러미 하나를 주고 가 버렸다.

진영은 문을 다시 잠그고 권총을 든 채 발신자를 확인했다. 니콜이었다. 네모난 작은 상자 모양의 꾸러미는 무척 가벼웠고 흔들어 보니까 작은 소리도 났다. 폭발물 같은 것은 아니라고 생각한 진영은 천천히 꾸러미를 풀었다. 플라스틱 케이스에 든 카세트 테이프 두 개가 나왔다. 그리고 작은 메모지가 껴 있었다.

진영 씨. 요나단 신부님과 나눈 대화예요. 참고하세요. 신부님이 진영 씨를 만나고 싶어하세요. 오늘 아침에 브뤼헤로 가셨을 거예요. 가서 한번 만나 보세요.

—니콜

진영은 권총과 테이프를 탁자 위에 두고 샤워를 했다. 그리고 수건으로 젖은 몸을 닦으면서 카세트 테이프를 소형 음향 기기에 넣고 재생했다. 니콜이 그제와 어제에 걸쳐서 녹음한 것으로 베르트랑의 동의를 얻어서 카피본을 보낸 것이다. 진영은 담배를 하나 물고 내용에, 특히 이상한 억양의 남자 목소리에 귀를 기울였다.

진영이 요나단 신부와 니콜의 대화를 녹음한 첫 번째 테이프를 거의 다 들었을 때 휴대 전화가 울렸다. 뜻밖에도 전화를 한 사람은 얀 경사였다.

"오랜만입니다. 브뤼헤 경찰서의 얀 경사입니다."

진영은 그의 전화가 무척 의외였다. 브뤼헤에 있을 때는 물론이고, 그 이후에도 전화 한 번 없던 사람이 전화를 해 온 것이다.

"정말 오랜만이군요. 무슨 일이죠? 이렇게 전화를 다 하시고."

"지난번에 사고를 당했다는 소식을 들었습니다. 이유진 씨 건은 무척 유감스럽군요. 저로서도 괴로운 소식이었습니다. 어쨌든 이쪽으로 한번 오셨으면 합니다. 상의할 일이 생겼습니다."

"상의할 일이라니요?"

"강혜정 씨 사건에 대한 우리 쪽 수사는 물론 아직 끝나지 않았습니다. 그동안 불가피한 사정이 있었어요. 이제야 실마리가 잡혔습니다. 김진영 씨의 도움이 필요한 상황이지요."

"혜정이의 행방이 잡힌 겁니까?"

심드렁하던 진영의 목소리가 아연 긴장했다.

"말 못할 고충이 있었습니다마는 우리 나름대로는 최선을 다하고 있습니다. 사건이 생각보다 심각하더군요. 전화로 이야기할 상황은 아닌 것 같습니다. 최대한 빨리 오십시오. 이제야 강혜정 씨의 흔적을 발견했습니다."

"알겠습니다. 곧 출발하죠. 오후 3시 정도면 도착할 것 같습니다."

"도착하시면 경찰서로 오지 말고 전화를 주십시오. 밖에서 만나야 할 것 같아요. 지금도 밖에 나와서 전화하는 겁니다. 사정은 만나서 이야기해 드리지요."

"알겠습니다. 그렇게 하겠습니다."

진영은 전화를 끊고 얀의 이야기를 곱씹어 보았다.

그는 얀의 말이 쉽게 믿기지는 않았지만 못 믿을 것도 없었다. 더구나 혜정의 흔적을 찾았다는데 주저할 이유는 없었다. 우선 얀의 이야기를 들어 보는 것이 중요하다고 결론을 내린 진영은 가방을 챙기고 집을 나섰다. 어차피 오늘 오후 브뤼헤로 올라갈 계획이었던 것이다.

진영은 자신의 아우디 승용차를 운전하여 파리를 벗어나자 두 번째 카세트 테이프를 카 스테레오에 넣고는 재생 버튼을 눌렀다.

파리 경찰국 한구석의 사무실은 오늘도 정신없이 돌아갔다. 그 혼란 가운데에 니콜이 있었다. 아침에 베르트랑으로부터 수사 본부 이동에 대한 명령을 받고는 그 준비를 하고 있는 것이다.

특별 검사의 보좌관 즉 검사보로 발령된 다음이어서 그녀는 주도적인 입장에서 일을 추진하고 있었다. 브뤼셀에는 프랑스 정부 소유의 안가가 세 군데 정도 있었다. 물론 니콜도 모르던 사실이었다. 그러나 지금은 그중 한 독립 저택을 배정받았고 주소와 열쇠도 받았다. 이사 준비는 다 끝났다. 오늘 저녁이나 밤에는 1진이 출발할 예정이었다. 그때 통신 담당 형사가 니콜을 불렀다. 그는 15인치 모니터로 위치 추적 장치를 감시하고 있었다.

"김진영이 움직이고 있어요. 집을 떠난 지 15분 정도 지났고 A1 고속도로에 지금 진입했습니다."

"그래요? 아마 벨기에 쪽으로 가는 것 같군요. 계속 추적해 주시고 30분 후에 다시 보고해 주세요."

컬러 모니터의 녹색 화면 위에는 하얀색으로 길이 표시되어 있었고 그 위를 반짝이며 천천히 움직이는 오렌지색 점이 진영이었다. 정확히 이야기하면 그것은 베르트랑이 진영에게 제공한 휴대 전화였다. 그것에 위치 추적용 발신 장치가 내장되어 있었다.

니콜은 잠시 모니터의 오렌지색 점을 지켜보다가 자기 자리로 돌아가서 인터폰을 들고 베르트랑의 사무실로 연결했다. 그러나 비서에게서 부재 중이라는 말만 들었다.

니콜은 지금 베르트랑이 엘리제 궁에 들어갔다는 것을 상기했다. 언제 돌아올지 모르는 것이다. 니콜은 검사가 돌아오는 대로 연결해 달라고 부탁하고는 인터폰을 끊었다. 김진영은 예상보다 빨리 움직였다. 자신이 보낸 테이프를 다 들었는지 궁금했다.

니콜은 전화를 들어 김진영의 휴대 전화 번호를 눌렀다. 세 번 정도 신호가 가고 그의 목소리가 들렸다.

"진영 씨. 나 니콜이에요. 지금 어디예요?"

"지금 브뤼헤로 가는 중입니다. 안 그래도 전화하려고 했어요. 브뤼헤 경찰서의 얀 경사에게서 전화를 받았어요. 혜정이의 행방을 알 수 있는 증거를 찾았다고 만나자더군요."

"이상하군요. 우리 쪽으로는 아무런 연락이 없었는데요. 어쨌든 만나 봐야겠군요. 이야기를 들어 보고 전화주세요. 그쪽 경찰은 믿음이 가지 않아요. 조심하세요."

"그러지요. 그럼 또 연락합시다."

전화를 끊은 니콜은 생각에 빠졌다. 그동안 전혀 수사나 협조 의지가 보이지 않던 얀 경사가 진영을 만나자고 한 이유가 뭘까 궁금해졌다. 나름대로 수사를 진행해 온 얀 경사가 이제야 실마리를 잡은 모양이라는 생각을 했다. 하지만 그렇지 않고 얀 경사가 다른 의도로 진영을 불러들이는 것이라면 하는 생각을 하자 니콜의 머리에는 불길한 단어가 떠올랐다. 그것은 '함정'이었다.

구름 한 점 없이 파란 하늘에는 두세 대의 초음속 비행기가 그려 놓은 비행운만이 있었다.

진영은 이제는 익숙한 브뤼헤 시내에 들어가 적당한 곳에 주차하고는 얀 경사에게 전화를 걸었다.

"김진영입니다. 브뤼헤에 막 도착했습니다."

"좋아요. 한 시간 후에 봅시다. 성혈 사원 알지요?"

"네, 알고 있습니다."

"사원 뒤쪽에 자그마한 정원이 있어요. 그쪽에서 봅시다. 정확히 오후 3시에 가겠습니다."

"알겠습니다. 기다리겠습니다."

진영은 전화를 끊고 차에서 내렸다. 그러고는 브뤼헤 시내를 천천히 걸었다. 날씨 탓인지 거리를 거닐고 있는 사람들의 표정은 밝고 명랑해 보였다.

진영은 바실리카 양식의 사원 외벽을 따라 뒤쪽으로 돌았다. 사원 뒤뜰로 들어간 진영은 장미꽃 봉우리들 사이를 지나 정원 한 켠의 벤치에 앉았다. 얀 경사가 가끔 와서 앉아 있다가 가곤 하던 벤치였다. 그때 휴대 전화가 울렸다.

"여보세요?"

"김진영 씨? 콜브 신용 정보의 알렉스 티로입니다. 말씀하신 장소로 추정되는 곳을 찾았습니다."

"그래요? 잠깐만요. 메모 준비를 하겠습니다."

진영은 휴대 전화를 든 채 방수 재킷 안쪽에서 볼펜과 작은 수첩을 꺼냈다.

"좋습니다. 말씀해 주시지요."

진영은 휴대 전화에서 흘러나오는 목소리에 신경을 집중하고 메모를 했다. 대략적인 위치와 정확한 주소를 받아 적은 후 확인 차 다시 한번 불러 보았다.

"맞습니다. 제대로 받아 적으셨습니다. 그 건물은 미라벨라 인 터내셔널의 건물이고 주로 소속 연예인들의 휴식과 촬영 장소로 쓴다고 합니다. 그러나 회사 업무용으로 사용된 적은 지난 1년간 한번도 없었습니다. 그런데도 상당한 액수의 전기, 수도세를 최근 까지 내고 있었습니다. 미라벨라 소유의 건물 중 유일하게 김진영 씨가 제시한 정황들과 일치하는 건물입니다. 무인 카메라와 경비 견 그리고 무장 경비원들이 지키고 있는 것을 확인했습니다."

"좋습니다. 감사합니다. 수고비는 어떻게 되지요?"

"일이 예상보다 간단했습니다. 주셨던 명단 전체에서 미라벨라 로 축소됐고 대략적인 위치까지 제시해 주셨으니까요. 지난번 받 은 선불금이면 되겠습니다. 이것으로 거래가 완료되었습니다."

"그래요? 고맙습니다. 하지만 이 건물이 아닌 경우에는 다시 연락드리겠습니다."

"물론 그렇게 하십시오. 그 경우에는 별도의 선불금 없이 계약 이 유효한 것으로 간주합니다. 하지만 그럴 리는 없을 겁니다. 자, 이만 행운을 빌겠습니다."

진영은 전화기를 주머니에 넣고 메모한 내용을 다시 찬찬히 살 폈다. 그때 얀 경사가 정원에 들어서는 것을 발견했다. 약속 시간 이 된 것이다. 진영은 수첩과 볼펜을 다시 집어넣고 얀이 다가오 기를 기다렸다. 일어나서 악수를 청할까도 했지만 왠지 장소와 어 울리지 않는 것 같다는 생각을 하고는 묵묵히 앉아 있었다. 얀 경 사 역시 별다른 말없이 진영의 자리 옆에 와 앉았다.

"오랜만이군요. 날씨가 이제 많이 추워졌어요. 오늘은 조금 예외지만 겨울이 그렇게 멀지 않았으니까요."

진영은 전과 달리 상냥하고 낭만적인 어투로 이야기를 하고 있는 얀 경사의 옆모습을 힐끔 보았다. 검은색 정장 바지에 잘 맞는 가죽 잠바를 입은 그는 약간 피곤해 보였지만 진지하게도 보였다.

"혜정이의 행방을 아셨다면서요. 이야기를 해 주시지요."

얀 경사는 가죽 잠바의 안주머니에서 비닐 커버를 씌운 종이 한 쪽을 꺼내 진영에게 건넸다.

"이 글씨의 주인을 알아볼 수 있겠지요? 그 내용도요."

진영은 얀 경사가 내미는 종이를 받아 들자마자 그것이 무엇인지 알 수 있었다. 바로 뇌샤텔에 있던 방명록의 찢어진 한 페이지였다. 거기에는 두 사람이 쓴 한글 메모와 날짜가 장난스럽게 적혀 있었다.

아름다운 도시 브뤼헤에서 아름다운 건물을 만났습니다. 여행의 끝에서 강혜정. 2005년 8월 19일.

아름다운 여자와 여행을 하는 아름다운 여자가 한 자 적습니다. 근데 내일부터는 못생긴 남자 하나가 끼어들 것 같아요. 질투 나는 여자 이유진. 2005년 8월 19일 브뤼헤. 뇌샤텔.

진영은 손 안의 종이 속 혜정의 글씨를 뚜렷하게 알아볼 수 있었다. 의심의 여지가 없는 혜정의 필체였다. 종이를 잡은 진영의 손끝이 조금씩 떨렸다.

"당신네 나라 글씨를 읽을 수는 없지만 당신 친구들이 뇌샤텔의 방명록에 남긴 글이라는 것은 쉽게 알 수 있었습니다."

"이걸 어디에서 찾았습니까?"

"사흘 전 새벽에 발생한 뇌샤텔 화재 사건 알고 있겠지요? 그 화재에도 유일하게 타지 않은 공간이 있었어요. 뒷 정원의 창고에 위치한 비밀 지하실이지요. 거기에는 사람을 묶어 놓을 수 있는 약간의 도구들과 나무 상자가 하나 있었습니다. 그 나무 상자에서 찾았습니다. 원래 뭐가 들어 있었는지는 알 수 없었지만 비어 있는 상자의 밑바닥에 있더군요. 제가 찾았지요."

진영은 얀 경사의 이야기를 들으며 뇌샤텔의 그 지하실을 떠올렸다. 그날 상자 안에서 유진과 혜정의 소지품과 옷가지들을 꺼내면서 상자 밑바닥까지는 살피지 않았다는 생각이 들었다. 생각에 빠진 진영의 표정을 살짝 살핀 얀 경사가 이야기를 계속해 나갔다.

"현장 소방 요원으로부터 지하실의 존재를 보고받고 들어가 이 것을 찾을 수 있었습니다. 이 종이를 본 순간부터 김진영 씨에게 한없이 미안함을 느꼈습니다. 당신 말이 옳았습니다. 그들은 뇌샤텔에서 납치되어서 감금됐다가 다른 장소로 옮겨진 겁니다. 이전 수사 기록들을 다시 살펴보니까 모든 것이 눈에 다시 들어왔습니다. 내 수사를 보이지 않게 방해하던 세력도 알게 되었고요. 뇌샤텔은 당신과 살해당한 알랭의 말대로 커다란 악마 숭배 조직과 연관되어 있다는 것을 알아낸 것이지요. 뇌샤텔에 불을 지른 것도 증거 인멸을 위해 그들이 한 짓이 아닌가 하는 생각이 듭니다. 어쨌든 문제는 납치당한 사람들을 한시라도 빨리 찾아 구해 내는 것이라는 판단을 했습니다. 물론 강혜정 씨도 포함해서요. 화재 며칠 전 입수한 첩보가 있었어요. 어느 연예 기획사 소속의 건물에 대한 것으로 삼엄하게 경비되고 있는 건물인데 그곳에서 불법 포르노 테이프를 촬영하고 있다는 내용이었습니다. 이름을 밝히지 않은 어느 촬영 기자재 설치 기사의 제보였습니다. 그 기획사는 이 브뤼헤 상공회의소 소속 기업체이고 전에 알랭으로부터 귓뜸을 받았던 회사로 미라벨라 인터내셔널이라는 회사입니다. 당연히 그곳을 조사해 봐야겠다는 생각을 하고 영장을 청구했지만 기각됐습니다. 저 윗선에서요. 용의점을 입증할 아무런 단서가 없었던 거지요. 그리고 그쪽에 손대지 말라는 압력을 받았습니다."

"거기가 어디지요?"

진영은 듣고 있다가 질문을 했다. 얀 경사의 이야기를 어디까지 믿어야 할지 몰랐지만 그가 입수한 정보의 건물 위치가 방금 진영이 입수한 정보와 일치한다면 일단 믿어도 좋다고 생각한 것이다.

"이곳에서 약 40킬로미터쯤 남쪽에 위치한 곳입니다. 겐트 쪽 방향이지요. 주소는 가르쳐 드릴 수 없군요."

진영은 머릿속으로 그려 보았던 지도상의 건물 위치가 대략 그쪽 부근이라는 생각이 들었다.

"어떻게 하실 겁니까?"

"들어가 봐야지요. 이렇게 된 이상 어떻게든 확인해서 결론을 내야겠다는 생각입니다. 사실 그것 때문에 연락을 했습니다. 김진영 씨가 나와 동행해 주었으면 합니다. 지금 상황에서는 김진영 씨밖에 믿을 사람이 없어요. 불법 수색이기 때문에 내 동료들을 끌어들일 수 없다는 점 잘 아실 겁니다. 그리고 김진영 씨의 경력에 대해 알랭에게 어느 정도 이야기를 들었습니다. 나를 도와줄 만한 능력이 있는 것으로 알고 있습니다. 더구나 강혜정 씨를 그 곳에서 찾아낸다면 놈들을 바로 현행범으로 체포할 수 있어요."

진영은 선택의 여지가 없다고 생각했다. 혼자서라도 들어갈 생각을 하고 있었는데 현지 수사관과 동행할 수 있다면 일은 더 쉬워진 것이었다.

"그렇게 하지요. 언제 가시겠습니까?"

"오늘은 어려울 것 같군요. 여러 가지 준비도 해야 하니까. 내일 같이 가십시다. 저녁 10시에 출발하면 한 시간 정도 걸릴 겁니다. 숙소가 어디지요? 모시러 가겠습니다."

"그러실 필요는 없습니다. 아직 숙소를 정하지도 못했거든요."

진영은 브뤼헤에 얻어 놓은 아파트의 존재를 알릴 필요가 없다는 생각을 한 것이다.

"그러면 내일 이 시간에 전화하겠습니다. 호텔이든 어디든 그곳으로 내가 가지요."

"그렇게 하시지요. 전화 기다리겠습니다."

"준비할 것은 별로 없을 겁니다. 활동이 편하고 눈에 잘 띄지 않는 복장이면 될 겁니다. 기본적인 준비는 내가 다 알아서 할 테니까요. 그럼 일어나겠습니다. 내일 봅시다."

만날 때와는 달리 두 사람은 일어나서 두 손을 잡고 손아귀에 힘을 잔뜩 넣은 악수를 했다. 진영은 얀 경사의 눈동자에서 진심을 읽은 듯했다.

얀 경사가 먼저 자리를 뜨자 진영은 다시 벤치에 앉아 담배를 하나 피워 물었다. 혜정에게 서서히 다가서고 있다는 느낌이었다.

이미 파리 서편으로 해가 졌고 회색의 석조 건물들이 오렌지빛 조명을 받기 시작했다. 파리의 상징인 노트르담 성당 옆의 센 강에는 오늘도 유람선이 조명을 밝히고 떠다녔다. 그 센 강 사이의 시테 섬 중앙에 있는 파리 경찰국의 청색 대문이 열리자 푸조 806 미니밴 네 대가 빠져나왔다. 각 차량에는 네 명씩 타고 있었는데 그중엔 니콜도 있었다.

엘리제 궁에서 대통령 면담을 마치고 나온 베르트랑은 니콜을 비롯한 수사 팀 전체를 소집해서 준비 상태를 체크한 다음 1진을 바로 브뤼셀로 출발시켰다. 전체 수사팀의 절반에 해당되는 1진은 니콜이 지휘하게 되었으며 내무부 산하의 대테러 특수 부대인 GIGN 1개 분대 아홉 명이 배속되어 있었다. 베르트랑이 내무부 장관을 상대로 GIGN 부대의 차출을 끈질기게 요구한 결과였다.

니콜은 푸조 806 미니밴 네 대 중 선두 차량의 뒷좌석에 앉아 있었다. 그녀 옆에는 갈색 스포츠 머리에 곱상하다 싶을 만큼 잘생긴 젊은이가 타고 있었다.

그는 니콜과 함께 가는 GIGN 분대의 분대장인 크리스티앙 클라비에 중위였다. 니콜 역시 두 시간쯤 전에 처음 만난 크리스티앙 클라비에 중위를 보고 놀랐다. 전 세계에서 가장 유능한 것으로 정평이 난 대테러 특수 부대의 작전 대장치고는 너무나 부드러워 보였기 때문이다. 거구에 육중한 근육질의 남자들을 상상했던 니콜은 마른 체구에 지적인 외모의 남자들을 대하고는 이들이 정말 GIGN 부대원들이 맞나 하는 생각마저 했다. 하지만 그들과 같이 행동을 시작한 지 두 시간 만에 니콜은 그들의 실력을 인정했다.

우선 그들은 아주 낙천적이었다. 부드럽고 수준 높은 유머와 미소가 끊이지 않았고 긴장의 기미는 전혀 보이지 않았다. 그리고 지적 수준이 높았다.

클라비에 중위만 봐도 프랑스 최고의 명문 학교이자 국가의 기둥을 양성하는 사관학교인 에콜 폴리테크닉 출신이었다. 조금 전까지도 그는 허먼 멜빌이 쓴 영어 원서의『모비딕』을 읽고 있다가 지금은 《누벨 옵제르바퇴르(프랑스의 유명 시사 주간지)》의 과학 특집을 읽고 있었다. 다른 대원들과의 대화를 들어 봐도 저속한 농담은 전혀 들을 수 없고 마치 생제르맹 데프레 지역의 문학 카페에서나 들을 수 있는 대화들이었다.

하지만 니콜은 출발 전에 그들이 네 대의 차량에 나눠 실은 장비들을 알고 있었다. 그런 장비들을 잘 다루기 위해서 얼마나 혹독한 훈련을 통과해야 하는지도 알고 있었다. 그리고 전설처럼 전해지는 그들의 작전 성과들을 익히 알고 있었다. 이들 아홉 명이 무척 든든하게 느껴진 니콜은 문득 김진영을 떠올렸다.

그의 능력을 이들과 비교한다면 어느 정도일까 하는 생각이 든 것이다.

차량들은 어느덧 고속도로에 접어들어 북쪽으로 달리고 있었다. 브뤼셀까지 이제 두 시간이면 도착할 수 있을 거라고 생각하면서 니콜은 고개를 살짝 떨어뜨리고 잠이 들었다.

전투는 이겼지만

2005년 10월 14일

　오전에 가벼운 운동과 산책을 마친 진영은 점심식사 후 낮잠을 자고 있었다. 오늘밤의 활동에 대비하기 위해 휴식이 필요했던 것이다. 혜정이 실종되고 한동안 잠 못 이루던 나날도 있었지만 요즘은 숙면을 취하는 것이 상대적으로 쉬워졌다.

　약 두 시간의 시에스타를 즐긴 진영이 막 잠에서 깬 채로 침대 위에 누워 있을 때 휴대폰 중 하나가 울렸다. 프랑스 경찰국에서 준 전화기였다. 전화기를 들자 경쾌한 니콜의 목소리가 그의 남아 있던 잠 기운을 깨끗이 걷어 냈다.

　"전화 기다렸는데요. 니콜이에요."

　"미안해요. 일찍 자 버렸어요. 그렇게 급한 일도 아니었고요."

　"뭐라고 하던가요? 그 앙 경사 말이에요."

　"뇌샤텔 화재 현장 밑의 비밀 지하 공간에서 혜정과 유진의 흔적을 찾아냈다더군요. 뇌샤텔 방명록 중 찢어진 한 장이었어요.

한글로 두 사람의 메모와 낙서가 적혀 있었어요. 미안하다더군요. 그리고 사건의 흐름을 나름대로 재정리했답니다. 우리 측 주장을 받아들여서 말이지요. 요지는 납치된 사람들이 수용되어 있을 곳으로 추정되는 건물을 찾았다는 거였어요. 니콜이 작성한 리스트 상의 미라벨라 인터내셔널 소유의 건물이래요. 그 건물에 촬영 기자재를 설치한 기사의 제보랍니다. 그런데 그가 제출한 수색 영장이 이유 없이 기각되고 비공식적인 압력이 들어왔다는군요. 그쪽에 관심을 두지 말라는 식의."

"그래요? 영장 심사 과정을 확인해 봐야겠군요. 쉽지는 않겠지만 사실 여부는 확인할 수 있을 거예요."

"그렇게 해 보시지요. 하지만 나는 그의 이야기를 신뢰하기로 했습니다. 내가 알아본 것과 얀 경사의 이야기가 일치하는 것 같거든요."

"어느 쪽으로요? 신뢰할 만한 경로로 알아본 거예요?"

"최소한 벨기에 경찰보다는 믿을 만한 정보통입니다. 자세한 이야기는 할 수 없고요."

"그래서 어떻게 하겠다는 거지요?"

"오늘밤에 가 볼 생각이랍니다. 나와 같이 가자더군요. 뇌샤텔에 우리가 같이 갔던 것처럼."

"갈 생각이에요?"

"선택의 여지가 없어요. 나 혼자라도 들어갈 생각이었으니까."

"위치는 어디죠? 나한테 이야기해 줘요."

진영은 콜브 신용 정보를 통해 얻은 건물 정보를 이야기했고 니콜은 받아 적었다.

"좋아요. 가 보세요. 그런데 나 지금 브뤼셀에 와 있어요."

"무슨 일인데요? 저번처럼 벨기에 경찰청에 간 건가요?"

"아니요. 우리 팀과 같이 와 있어요. 비공식적으로요. 우리가 두 사람을 배후 지원 할 수 있도록 할게요. 하지만 얀 경사에게는 끝까지 비밀로 해 줘야 해요."

"좋군요, 여러 가지 의미에서. 물론 비밀로 하겠습니다."

"몇 시쯤 출발할 계획이에요?"

"일단 저녁 6시쯤 통화하기로 했습니다. 밤 늦게 가겠지요."

"좋아요. 그렇게 하세요. 그 대신 들고 있는 전화기는 꼭 가져 가세요. 여차하면 진영 씨의 구명줄이 될 수 있으니까요."

"그렇게 하지요. 자, 끊어요. 오늘밤에 볼 수 있으면 봅시다."

니콜은 전화를 끊고 바로 파리의 베르트랑을 연결했다. 그리고 방금 김진영과 한 통화 내용을 보고하고 출동 허가를 요청했다.

"좋소. 물론 가야겠지. 나는 니콜이나 GIGN 대원들을 믿고 있소, 하지만 신중하시오. 얀 경사가 수상하다면 오늘밤 우리는 함정에 들어가는 것일 수도 있소. 우선 미라벨라 저택에 대한 수색 영장 청구 여부를 확인해 보겠소. 그 말이 진짜라면 문제없지만 아니라면 함정일 거요. 어쨌든 출동은 해야겠지."

"알겠습니다. 저녁까지 준비 마치고 다시 보고드리겠습니다."

니콜은 통화를 마치고 바로 앞의 소파에 편히 앉아 『모비딕』을 읽고 있는 크리스티앙 중위를 바라보았다.

그녀가 앉아 있는 이곳은 브뤼셀 남서부 교외인 생마르셀에 있는 대저택의 2층 거실이었다. 주위보다 높은 지대에 있고 유럽에서는 흔치 않은 높은 담으로 둘러져 있어서 주위의 시선으로부터 완전히 은폐된 곳이었다.

프랑스계 벨기에인 사업가의 소유로 되어 있지만 사실은 프랑스 정보부가 관리하는 건물이었다. 넓은 정원과 지하 주차장이 있고 침실 열두 개와 대형 거실이 위, 아래 두 개 층에 나뉘어 있었다. 별채에 거주하는 관리인 부부가 어젯밤에 도착한 새로운 손님들의 식사 등을 준비해 주었다.

"클라비에 중위, 오늘밤 할 일이 생겼어요."

중위는 읽고 있던 책을 덮어 테이블에 올려 놓은 다음 니콜을 향해 앉았다.

"그런 것 같군요. 이야기해 주시지요. 우리가 할 일이 뭐지요?"

니콜은 거실 중앙 테이블에 이미 깔려 있는 25000분의 1 축척의 벨기에 지도로 걸어가서 진영으로부터 들은 저택의 위치를 찾았다. 그러고는 전체적인 상황과 예상되는 작전 내용 등을 설명했다. 크리스티앙 클라비에 중위는 옆에 서서 팔짱을 긴 채 차분히 니콜의 이야기를 들었다.

진영은 운하 옆의 브뤼헤 공동 어시장 앞에 서 있었다. 해는 이미 져서 오렌지색 나트륨 등 불빛으로 시내는 물들어 갔고 어시장 근처에는 산책을 나온 사람 외에는 인적이 거의 없었다.

진영이 차고 있는 손목시계의 시침이 밤 10시를 막 지나자 어시장 입구의 하얀색 기둥들 앞에 파란색 푸조 306 승용차가 섰다. 진영은 그쪽으로 가서 운전석의 얀 경사를 확인한 다음 조수석 문을 열고 탔다.

"저녁은 먹었습니까?"

얀 경사는 차문이 닫히자마자 차를 출발시키면서 말을 건넸다.

"네. 간단히 먹었습니다. 날씨가 그렇게 좋지는 않군요."

"전형적인 벨기에의 늦가을 날씨입니다. 아마 안개비나 가랑비가 내릴 것 같습니다. 시계가 별로 좋지 않고 소리는 아주 멀리까지 전달되는 날씨지요. 목적지까지는 한 시간 정도 걸릴 겁니다."

얀 경사는 더 이상의 말 없이 차를 몰아갔다.

진영은 이미 오후에 자신의 승용차로 목적지까지 다녀온 상태였다. 편도로 정확히 45분 걸렸다. 그래서 얀 경사가 달리는 길이 밤이지만 익숙하게 느껴졌다. 한참을 달리던 얀 경사가 이야기를 시작했다.

"들어가는 데 장애물이 몇 가지가 있을 겁니다. 요소요소마다 폐쇄 회로 감시 카메라가 있고, 도베르만 경비견이 몇 마리 있습니다. 무장 경비원도 몇 명 있을 겁니다. 문제는 사람들입니다. 어떤 경우에도 죽이거나 중상을 입혀서는 안 됩니다."

"그래야겠지요. 하지만 맞닥뜨린다면 어떻게 하지요?"

"잘해 봐야지요. 상황에 따라 해 봅시다. 무기를 사용하지 않고 그들을 제압하는 거지요."

진영은 묵묵히 차창 밖을 응시했다. 마침내 가는 빗줄기가 차창 앞에 어리더니 방울져 흘렀고 그에 맞춰 와이퍼가 간헐적으로 좌우로 움직였다. 차는 황량한 개활지를 지나 울창한 숲길로 접어들었다. 진영은 목적지에 거의 다 왔음을 깨달았다.

숲길을 5분가량 달리던 얀 경사는 차를 세우고 모든 조명을 껐다. 그리고 뒷좌석에서 검은색 비닐 가방을 뒤져서 야간 투시경을 두 개 꺼냈다. 그는 진영에게 하나를 건네주고 자신도 머리에 착용했다.

"어떻게 사용하는지는 알고 있겠지요? 이제부턴 이걸 씁시다."

녹색의 실루엣으로 다가서고 사라지는 숲속 길은 그로테스크했다. 하지만 오래지 않아 얀 경사는 차를 세워 시동을 껐다.

"이제 들어갑시다. 우선 장비를 챙깁시다. 김진영 씨한테 맡길 것은 별로 없어요. 이 밧줄과 와이어 커터를 부탁합니다. 그리고 이건 만약을 대비해서 주는 겁니다. 내가 쏘기 전에는 절대 사용해서는 안 됩니다."

얀 경사는 원형으로 잘 갈무리된 밧줄 한 타래와 나일론 케이스에 들어가 있는 초대형 와이어 커터, 그리고 묵직한 검은색 리볼버 권총을 차례로 건네주었다. 진영은 그것들을 대충 받아 든 후 차에서 내려 몸에 부착하거나 걸었다. 권총은 안전 장치를 확인한 후 방수 재킷의 앞 주머니에 집어넣었다.

얀 경사는 조금 다른 모습이었다. 어깨에 걸친 권총 홀스터에는 대구경으로 보이는 자동 권총이 꽂혀 있었고 무엇이 들어 있는지 모를 검은색 특수 배낭을 멨다. 그러고는 진영에게 출발하자는 손짓을 보내고 앞장서서 걸었다. 진영도 따라 걸었다. 두 사람은 숲길을 조금 걸어서 철제 담장이 있는 곳까지 이르렀다.

"담을 넘으면 건물까지 150미터 정도 됩니다. 이제부터는 신중해야 합니다. 프랑스식 정원이어서 걸을 때 소리가 날 것이고 몸을 숨길 만한 지형지물도 별로 없어요. 특히 개들을 조심하십시오."

얀은 이야기를 마치고 바로 울타리를 넘었다. 높이 2미터 정도에 격자형 무늬의 철제 울타리라서 넘어가는 데 문제는 없었다.

진영도 바로 얀 경사의 뒤를 따라 담을 넘어 들어갔다.

이제 건물의 정원에 들어선 두 사람은 잠시 움직이지 않고 주위를 살폈다. 멀리 어렴풋이 저택의 실루엣이 보였다. 2층의 방 한 곳에서만 커튼 사이로 희미한 불빛이 새어 나왔고 그 외에는 전부 암흑이었다. 그들이 가야 할 방향으로는 얀의 이야기대로 특별히 몸을 숨길 만한 곳이 없었다. 최대한 빨리 가는 수밖에 없었다.

얀은 돌연 어깨 밑에서 권총을 빼들었다. 그리고 허리띠에 부착된 케이스 하나를 열어서 뭉툭한 소음기를 꺼내 권총에 꼈다.

"개들을 만날 경우 사용할 겁니다. 사람은 안 만나도록 기도하는 수밖에 없겠군요."

권총에 소음기를 부착한 얀 경사는 앞장서서 정원을 가로질러 걸었다. 소리가 그리 나지 않는 무척 빠른 발걸음이었다. 진영도 적당한 거리를 두고 뒤를 따랐다. 진영은 얀이 권총을 빼어 든 후로는 무슨 일이 있어도 시야에서 그를 놓쳐선 안 되겠다는 생각을 하고 있었다. 누가 됐든 권총을 쥔 상대 앞에 무방비로 자신을 내줄 수는 없는 것이다. 그리고 진영은 자신의 허리 뒷춤에 따로 숨겨 둔 스미드 웨슨 리볼버의 무게를 다시 확인했다.

얀 경사가 정원을 지나 건물 옆의 테라스 근처에 도달했을 때 갑자기 그의 앞으로 무척 빠른 검은색 그림자가 으르렁거리며 달려들었다. 진영과 겨우 3미터 정도의 거리였다. 얀 경사의 손에서 둔탁한 총소리가 났고 순간적으로 섬광이 번뜩였다.

진영이 얀의 곁에 다가갔을 때는 이미 커다란 검은색 도베르만이 머리에서 피를 흘리며 쓰러져 있었다. 두 사람은 그 자리에 가만히 주저앉아 주위의 기척을 잠시 살폈다. 그때 어딘가에서 개

두 마리가 으르렁거리며 짖었다. 얀과 진영은 개의 시체를 들어서 치우고는 테라스 계단 밑의 낮은 턱에 몸을 숨겼다.

갑자기 어두웠던 건물 주변이 환해졌다. 외등들을 누군가 켠 것이다. 그리고 현관 쪽 문이 열리는 소리가 나고 개들을 불러들이는 듯한 외침이 들렸다. 정원 여기저기에서 몰려든 개들이 컹컹거렸다. 한 사내의 목소리가 숨어 있는 두 사람의 귓가에 들어왔다.

"제니가 안 보인다. 누가 들어온 것 같아."

곧이어 개들을 다시 풀어 줬는지 으르렁거리며 두 사람이 숨어 있는 건물 뒷편으로 뛰어오는 개들의 기척이 느껴졌다. 잠시 후 도베르만 세 마리가 얀과 진영 쪽으로 똑바로 달려들었다. 얀 경사는 선두의 개를 향해 방아쇠를 당겼다. 약 5미터 거리에서 쏜 첫 번째 사격은 빗나갔고 이어서 발사한 두 번째 총탄이 3미터 정도의 거리에서 개 한 마리를 쓰러뜨렸다. 하지만 남은 두 마리는 바로 두 사람을 엄습했다. 얀 경사는 세 번째 총탄을 바로 눈앞의 개를 향해 발사하고는 같이 옆으로 쓰러졌다. 이미 죽어서 무겁게 느껴지는 도베르만의 시체를 옆으로 치운 얀 경사는 바로 옆에서 아무 일 없다는 듯이 몸을 낮춘 채 전방을 경계하고 있는 진영과 그 앞에 나동그라져 있는 개 한 마리를 볼 수 있었다. 쓰러져 있는 개의 이마에는 투척용 단검이 꽂혀 있었다.

하지만 상황은 오히려 더 심각해지고 있었다. 개들을 뒤따라온 경비원 두 사람이 건물 모서리를 끼고 다가와 사격을 한 것이다. 언뜻 보기에 개량된 M16 자동 소총인 듯했다. 30미터 거리에서 엄청난 발사음과 함께 5.56밀리미터 나토 탄이 날아들었다. 얀과 진영은 일단 바닥에 엎드려 총격을 피했다. 진영은 얀과 눈길이 마주치자 눈으로 물었다. 이제 어떻게 할 거죠?라고. 얀 경사는 아무런 생각이 없는 듯이 보였다.

진영은 더 이상 얀 경사의 뒤를 따를 상황이 아니라고 판단하고 몸을 굴려서 계단 밑을 빠져서 테라스 옆으로 돌아 나왔다. 그는 어느새 허리 뒤춤의 은색 리볼버 권총을 꺼내 들고 있었다.

얀 경사의 시선은 그들에게 사격을 가해 오는 경비원들 쪽이 아니고 진영의 뒤를 쫓고 있었다. 빈틈이 생기는 즉시 그를 사살할 준비를 한 것이다. 원래 얀 경사가 진영에게 건넨 콜트 아나콘다 리볼버의 탄환들은 모두 공포탄이었다. 진영이 옆에서 그것으로 사격 자세를 갖추면 바로 쏴 버릴 생각이었다. 그런데 진영은 몸을 굴려서 테라스 옆으로 빠져나간 것이다. 더구나 진영의 손에서 번쩍이는 권총은 자신이 준 것이 아니었다. 그렇다면 당연히 실탄을 장전하고 있을 것이었다. 얀은 서두르지 않기로 했다. 어쨌든 계산대로 김진영을 덫에 몰아넣은 것이다.

진영은 아주 낮은 자세로 겨우 몸을 숨긴 채 머리 위로 핑핑 스쳐 지나가는 총탄을 피하고 있었다. 예상보다 너무 쉽게 침투를 발각당해서 궁지에 빠진 것이다. 총격전을 벌이기에는 위치가 너무 나빴고 화력도 확실히 열세였다. 하지만 계속 주저앉아 있을 수는 없었다. 마침 이쪽에서 아무런 응사도 하지 않자 집중 사격을 가해 오던 경비원들의 자세가 느슨해지면서 그중 한 명의 상체가 시야에 잡혔다. 진영은 기회를 놓치지 않고 스미드 웨슨을 발사했다. 세 발을 연속으로 당기자 표적이었던 남자가 가슴 오른쪽에 피를 튀기며 옆으로 쓰러졌다. 순간적으로 상대방의 사격이 멈췄고 진영은 이 기회를 타고 몸을 왼쪽으로 날려서 미리 봐 둔 거대한 화분 뒤로 이동했다. 이쪽에서는 적을 상대하기 더욱 편했다. 이제 한 명만 남았다고 생각한 진영은 고개를 살짝 들고 다시 사격을 하려 했다. 하지만 진영의 판단은 틀렸다. 고개를 들자마자 위쪽에서 총알이 날아들었던 것이다.

건물의 3층 창문이 열려 있고 그쪽에서 자동 소총이 발사된 것이다. 진영은 다시 야자수 밑으로 몸을 숨겼다. 원래 자리에 있었으면 온몸에 총탄 세례를 받았을 거라는 생각을 하며 안 경사 쪽을 바라보았다. 그 지점은 건물 윗부분에서의 사격에 완전히 노출되어 있었기 때문이다. 다행히 안도 자리를 옮겼는지 보이지 않았다. 하지만 곧 진영의 비어 있는 오른쪽 편에서도 자동 소총의 사격이 시작되었다. 이제 전면 왼쪽과 윗쪽, 오른쪽의 3면에서 총탄이 빗발치듯 날아왔다. 귀가 멍해질 정도로 난사되는 발사음이 인근 숲 지대를 뒤덮었고, 그가 몸을 숨기고 있는 화분은 벌써 깨어져서 흙이 무너지고 있었다.

그때 볶는 듯한 자동 소총의 발사음과는 전혀 다른 묵중한 발사음이 들렸다. 숲속에 은폐한 채 사격 준비를 하고 있던 GIGN 소속의 저격병이 드디어 체코제 모라비아 OP99형 저격 총으로 브로우닝 50밀리미터 탄환을 건물 3층의 창문 쪽으로 발사한 것이다. 그와 동시에 조금 더 가볍고 경쾌한 자동 화기들의 발사음이 들렸다. 첫 번째 50밀리미터 탄환은 3층에서 사격을 하고 있던 남자의 두개골을 관통했고 건물 왼쪽 모서리에서 M16 A1을 쏘고 있던 경비원 역시 뒤쪽에서 엄습해 오는 두 사람의 조준 사격에 목숨을 잃었다. GIGN 대원들은 검은색 전투복에 주로 HK MP5 기관단총을 들고 얼굴에는 검은색 복면을 하고 있었다.

진영의 오른쪽 방향 정원에서는 좀 더 본격적인 근접 총격전이 벌어졌다. 자동 소총으로 사격하던 두 명은 진영을 포기하고 등 뒤로 다가와 사격을 개시한 두 명의 GIGN 대원들에게 응사했다.

적들은 제대로 훈련받은 병사들이었다. 바닥에 완전히 엎드린 채 적절한 타이밍으로 교차 사격을 했다. 그리고 건물 내부에 있었던 적들이 현관 쪽으로 나와 건물 벽을 엄폐물로 삼고 사격을 개시했다. 진영은 기대했던 니콜의 지원 병력이 이제야 전투에 돌입했구나 하는 생각을 하며 안도의 한숨을 쉬었다.

하지만 얀 경사는 사정이 달랐다. 김진영을 완전히 함정에 몰아넣고 끝장내려는 순간 대단한 능력의 훼방꾼들이 등장한 것이다. 그는 정원 한가운데의 연못 옆 청동 조각상 밑에 몸을 숨긴 채 사태의 추이를 지켜보며 머리를 굴렸다.

전투의 향방은 GIGN의 저격병이 갈랐다. 그가 발사한 두 번째 총탄이 정원에 엎드려 있던 사내 중 한 명의 두개골을 관통하고 나자 바로 다른 한 명 역시 우회한 GIGN 요원의 조준 사격에 쓰러지고 말았다. 이제 건물 현관 쪽만 남은 셈이었다.

정원 쪽을 처리한 두 대원은 바로 건물 쪽으로 붙어 창문 하나를 부수고 건물 내부로 들어갔다. 저격병 역시 자리를 건물 정면 쪽으로 이동했다. 진영은 이제 자리에서 일어나 권총을 든 채 얀 경사를 찾았다. 그가 걱정이 된 것이다.

연못 옆의 얀 경사는 몸을 숨긴 채 자기 쪽으로 천천히 걸어오는 진영을 노려봤다. 상황이 계획에서 벗어났지만 김진영을 죽이고 이 자리를 피할 수 있다면 그로서는 목표 달성이라는 생각을 한 것이다.

얀은 소음기가 붙은 토러스 자동 권총을 들어 김진영이 다가오는 방향으로 겨누었다. 거리는 20미터 정도였다.

바로 그때 진영의 뒤에서 조용히 진영을 부르는 소리가 났다. 니콜이었다. 그녀 역시 검은색 전투복에 베레타 권총을 들고 있었지만 복면은 하지 않고 대신 검은색 직조 모자를 뒤집어 써서 갈색 머리를 가렸다. 진영은 리볼버를 내리고 그녀에게 다가갔다.

건물 내부와 현관 쪽에서의 총성이 차츰 가라앉고 있었다.

"기병대 작전 어땠어요? 이제 거의 끝나 가고 있어요."

"사람을 놀라게 하는군요. 니콜, 저 사람들 누굽니까? 대단한 솜씨들이던데."

"GIGN이라고 들어 봤어요? 전문가들이에요."

"그렇군요. 나는 얀 경사를 찾고 있어요. 어디 있는지 모르겠군요."

"걱정 말아요. 저기 잘 누워 계시니까."

니콜은 얀 경사가 엎드려 있는 곳을 손짓했다. 그러고는 목소리를 조금 더 높여서 얀 경사를 불렀다.

"얀 경사님. 이제 나오시지요. 거의 끝나 갑니다."

얀은 자신의 위치를 이미 파악하고 있다는 것이 약간 계면쩍어서 천천히 일어났다. 그리고 설마 자기의 권총이 진영을 노렸다는 것은 모를 거라 생각하며 두 사람의 곁으로 다가갔다.

"인사는 천천히 나누고 현관 쪽으로 갑시다."

니콜은 얀이 근처에 오자 바로 조심스러우면서도 빠른 걸음으로 걸었다. 진영과 얀 경사도 그녀를 뒤따랐다. 얀 경사는 걸으면서 니콜 뒤의 어둠 속에서 나와 그들의 뒤를 따르고 있는 두 검은 복면을 보았다. 그는 속으로 귀신 같은 놈들이라고 생각을 하며 니콜과 함께 현관에 다다랐다. 그쪽은 이미 조용해진 다음이었다. 하지만 검은색 전투복 차림의 요원 몇 명이 아직 경계 태세를 갖추고 요소요소에 숨어 있었다. 니콜은 이동 중에 계속 뭐라고 속삭였다. 그들은 극소형의 근거리 통신 장비들을 장착하고 있어서 전원이 자유롭게 의사 소통을 하고 있었다.

이들 다섯 명이 자세를 낮춘 채 현관에 도착하자 문 앞에 서 있던 대원 한 명이 니콜에게 손짓을 해 왔다. 들어오라는 표시였다. 니콜과 진영과 얀이 그의 뒤를 따라 건물 내부로 들어섰다. 화려하게 꾸며진 건물 현관 안쪽의 거실은 엉망으로 부서져 있었고 네명 정도의 남자가 피를 흘린 채 죽어 있었다. 거실 구석마다 한 명씩 세 사람의 GIGN 대원이 경계를 하고 있었다.

"저항은 끝났습니다. 이제 수색을 하겠습니다."

그들을 불러들였던 복면의 남자가 차분히 이야기를 해 왔다.

"그렇게 하시지요, 중위님. 인질이 있을지 모르고 저항 세력이 남아 있을 수도 있습니다. 최선을 다해 주십시오."

중위라 불린 대원은 마이크를 통해 계속 뭔가 지시를 내리면서 민첩하게 움직였다. 곧 대원 세 명이 더 건물 내로 들어와 2인 1조의 3개조로 나뉘어 수색을 했다. 두 조는 거실 뒤편의 계단을 통해 위층으로 올라갔고 다른 한 조는 1층의 주방 등 각 방을 뒤졌다. 저격병과 다른 한 명의 대원은 외곽 경계를 맡은 모양이었다.

얀은 머릿속으로 계산을 하고 있었다. 원래 이 작전에 투입된 기사단 측 요원은 전부 열세 명이었다. 아직 안토니오를 위시한 요원 네 명이 남아 있었고 얀은 그들의 행방이 궁금해졌다.

"인질들을 숨긴 곳은 아무래도 지하 쪽이 아닐까요? 비밀리에 만든 입구가 있을 겁니다."

진영이 니콜에게 이야기했다.

"그럴지도 모르지요. 저쪽 책임자한테 미리 이야기해 뒀어요. 우선 건물 내부 수색이 급하겠지요. 안전 구역을 우선 확보하고 천천히 수색해 나갈 겁니다."

얀 경사가 앞으로 나섰다.

"그런데 당신들은 누구요?"

니콜은 얀 경사를 지긋이 바라보며 대답을 했다.

"저는 파리 경찰국 특수 수사과의 니콜 형사입니다. 저 사람들은 프랑스 GIGN 대원들이고요."

"위기에서 우리를 구해 준 것은 고맙소만 프랑스 경찰 병력이 벨기에 땅에서 이런 작전을 펼치다니 놀랍군요. 물론 우리 정부와 사전 협의가 있었겠지요?"

"아니요. 유감이지만 그렇지 못합니다. 아시다시피 벨기에 정부 측에서는 이 사건에 대한 수사 자체를 원치 않고 있어요. 어쨌든 이 건물에 프랑스인 인질이 잡혀 있다는 첩보를 입수하고 온 겁니다. 우리는 우리 국민을 구출한 후 지체 없이 돌아갈 겁니다."

"대단하군. 좋소, 어차피 지금 상황이 정상적인 것은 아니니까 따지는 것은 나중에 하고 할 일부터 합시다. 나는 이 건물 내부에 대한 정보를 가지고 있소. 지하에 인질들이 있을 것 같소."

"지하실 입구가 어딘지 아십니까?"

"여기가 아니오. 밖의 주차장 안에 비밀 입구가 있다고 들었소. 그쪽으로 갑시다."

니콜은 본관 건물과 20미터 정도 떨어져 별도로 위치한 주차장 건물이 떠올랐다.

"좋아요. 우선 대원들이 이 건물의 수색을 마친 다음 가지요."

"내 생각에는 지금 당장 가야 할 것 같소. 총격전이 시작된 지 꽤 시간이 흘렀소. 우리들의 안전보다는 인질들의 신변 확보가 더 중요하지 않겠소? 나나 니콜 형사, 그리고 여기 김진영 씨라도 먼저 가야 할 것 같소."

니콜은 얀의 이야기가 타당하다는 것을 인정했다. 진영도 눈빛으로 동의를 표했다.

"좋아요. 우리 세 사람이 가 보도록 하지요."

세 사람은 바로 건물 바깥으로 나섰다. 니콜은 턱 밑에 설치된 통신 장치를 이용해서 세 사람의 이동을 타 대원들에게 알렸다. 크리스티앙 중위는 건물 수색이 끝나는 대로 바로 이동해서 엄호를 하겠다고 대답했다.

주차장 건물은 단층에 옆으로 길게 지어졌다. 상하 개폐식 자동차 수납용 문 다섯 개가 이어져 설치되어 있고 출입문 하나가 본관 건물 쪽으로 나 있었다. 크림색 출입문 입구에는 산탄 총을 든 GIGN 대원 한 명이 있었다. 밖에서 경계 임무를 맡고 있던 대원으로 크리스티앙 중위가 수색을 지원하라는 명령을 내린 것이다.

네 사람은 곧 출입문을 열고 들어갔다. 문이 잠겨 있지는 않았다. GIGN 대원이 앞장을 서고 니콜 형사, 얀 경사, 진영의 순서였다. 칠흑같이 어두운 실내로 들어서자 모두들 야간 투시 장비를 눈에 덮어썼다. 실내에는 차량이 세 대 있었다. 크라이슬러 미니밴 한 대와 메르세데스 벤츠 E 클래스 그리고 레인지 로버 한 대였다. 네 사람은 차분히 실내를 수색했다. 하지만 비밀 통로 같은 것은 쉽게 발견할 수 없었다. 길쭉한 건물의 실내를 출입문 쪽에서 그 반대쪽 끝까지 다 수색한 일행은 다시 뒤로 돌았다.

그 순간 주차장 내의 조명이 번쩍 하고 켜졌다. 대낮같이 환한 백열등 조명 아래서 네 사람은 순간적으로 눈이 멀었다. 그들이 쓰고 있는 야간 투시 장비가 외부 광선을 오히려 폭발시키듯 증폭해서 시신경을 마비시킨 것이다. 동시에 자동 소총 여러 정이 격렬한 발사음을 내면서 일제 사격을 시작했다.

진영은 실내 조명이 켜지는 순간 본능적으로 옆에 보아 둔 레인지 로버 차량의 밑으로 몸을 굴렸지만 선두에 섰던 GIGN 대원은 온몸에 소총탄이 박히면서 쓰러졌다. 진영은 눈 위의 야간 투시 장비를 젖혀 내고 눈을 감은 채 손안의 리볼버 권총을 가슴에 올린 다음 귀에 온 신경을 집중했다. 눈이 보이지 않자 진영은 축축한 공포심이 자신의 목 뒷부분을 죄어 오는 듯했다.

지하 공간에 대기하던 안토니오와 다른 기사 세 명은 폐쇄 회로 카메라로 니콜과 진영 등 네 사람이 주차장으로 들어오는 것을 보자 계단을 올라와서 선반식 공구함 뒤편의 비밀 입구에 서 있었다. 그리고 니콜 일행이 빈틈을 보이는 순간 그쪽에도 장치된 조명 스위치를 올려서 네 사람을 장님으로 만들고 자동 소총을 난사하며 주차장 쪽으로 나온 것이다. 안토니오의 눈에는 피를 흘리며 쓰러져 있는 검은색 전투복 차림의 남자와 야투 장비를 벗은 채 엎드려서 혼란에 빠져 있는 두 사람이 보였다. 니콜은 공격받았다는 메시지를 계속 보내고 있었다.

“두 사람을 차에 태워 벗어나야 한다. 시간이 없다.”

두 기사가 얀 경사와 니콜 쪽으로 신속히 달려갔고 그중 한 명이 니콜의 명치 부분을 전투화 발로 걷어차 버렸다. 그리고 권총을 뺏어서 챙긴 다음 그녀를 레인지 로버의 트렁크에 던져 넣었다. 그 사이 다른 한 명은 얀 경사를 부축해서 뒷 좌석에 앉힌 후 운전석에 앉아 시동을 걸었다. 안토니오와 다른 기사는 벤츠 E 클래스의 시동을 걸고 기어를 넣은 다음 최대 출력으로 나무로 된 주차장의 상하식 개폐 문을 부수고 나왔다.

갑작스러운 경보에 첫 번째 표적인 벤츠를 놓친 저격병이 두 번째로 나오는 레인지 로버에 50밀리미터 탄환을 발사했다. 탄환은 전면의 유리를 뚫었지만 운전자나 다른 사람을 맞추지는 못했다. 본관 건물에서 수색을 하다가 급히 달려나온 크리스티앙 중위는 미친 듯이 달려나가는 차량 두 대를 바라볼 수밖에 없었다.

진영은 자신을 덮고 있던 커다란 차체가 굉음을 내며 사라진 다음에야 망막에 뭔가 조금씩 잡히는 것을 느꼈다. 그는 사람들의 격렬한 움직임을 들었다. 급하게 달리는 소리, 퍽 하고 차는 소리, 무거운 신음. 그리고 차가 튀어나가면서 급가속되어 마찰된 타이어의 타는 냄새가 났다. 진영이 할 수 있는 일은 아무것도 없었다. 뿌옇게 사물이 보이기 시작할 즈음 검은색 물체가 눈에 잡혔다.

"어떻게 된 거요? 니콜 형사는?"

진영은 일이 순식간에 뒤집힌 것을 깨달았다. 누워 있던 몸을 일으켜 세우자 쓰러져 있는 검은 옷의 남자에게서 흐르는 붉은 피가 먼저 눈에 들어왔다. 그의 옆엔 두 대원이 앉아 있었다. 갑자기 크리스티앙 중위가 진영의 먹살을 거칠게 잡아 왔다.

"말을 해 봐. 어떻게 된 거야?"

진영은 저항할 의지도 대답할 말도 없었다.

"모르겠소. 주차장의 조명이 갑자기 켜지면서 야간 투시 장비를 쓴 우리들은 순간적으로 시력을 잃었소. 나는 차 밑으로 굴러 들어갔고 이제 눈이 보이기 시작한 거요."

"대장님. 비밀 통로의 문이 여기 보입니다."

크리스티앙 중위는 진영의 멱살을 놓고 그쪽으로 갔다. 진영도 뒤를 따랐다. 주차장 한편의 공구 선반 너머로 조금 열려 있는 어두운 부분이 틈을 보였다. 그들은 경계하며 공구 선반을 젖히고 지하 출입구를 열고 들어갔다. 아래로 7미터 정도의 계단이 있었고 문 두 개가 좌우로 나 있었다. 한쪽 문의 안쪽은 일종의 상황실이었다. 여섯 개 정도의 모니터에는 본관, 주차장, 정원 등등 저택 곳곳에 설치된 폐쇄 회로 카메라에 잡힌 영상이 출력되고 있었다. 사무용 의자 몇 개가 있었고 다섯 정 정도의 M16 A1 자동 소총이 한쪽에 정리되어 있었다. 안토니오 일행은 이곳에서 상황을 파악하고 있었던 것이다.

다른 쪽 문 너머에는 완전히 다른 세계가 있었다. 진영은 그곳이 장 뤽 케트너를 통해 본 동영상의 장소라는 것을 알 수 있었다. 넓은 방의 바닥에는 여러 가지 색깔의 대리석으로 모자이크된 육각형의 별이 그려져 있었다. 그리고 뇌샤텔의 첨탑 부분에서 본 것과 비슷한 제대가 중앙에 있고 벽면에는 숫염소의 해골 등이 걸려 있었다. 그 뒤편의 폐쇄된 공간은 감금 시설과 고문실이 있었다. 고문실 역시 장 뤽 케트너의 컴퓨터에서 찾아냈던 스너프 필름의 촬영 장소와 동일한 것 같았다. GIGN 대원 중 한 명이 소형의 SONY 디지털 캠코더를 들고 여기저기를 자세히 촬영했다.

하지만 사람은 아무 곳에도 없었다. 진영은 기대했던 혜정의 흔적이 아무 데도 없음을 확인하고는 허탈감에 빠졌다. 오늘밤 완전히 농락당했다는 생각이 들었다. 벽에 기대어 천천히 헛점이 어디였는지를 되짚어 봤다. 그 와중에도 크리스티앙 중위와 그 대원들은 증거 수집 등을 위해 바삐 움직였다.

크리스티앙 중위가 진영에게 다가왔다. 조금 전과 같이 거친 모습은 아니었다. 검은색 복면을 말아 올려 머리에 빵모자처럼 쓰고 있는 그의 표정은 차분해 보였다.

"갑시다. 이제 우리가 여기에서 할 일은 다 했소."

진영은 고개를 끄덕였다. 생각은 나중에 하자고 결정한 것이다. 두 사람은 계단을 뛰어 올라가 주차장을 통해 정원으로 다시 나갔다. 바깥의 대원들도 무척 바쁘게 움직이고 있었다. 우선 사망한 대원을 옮기고 사살된 적들의 얼굴을 모두 촬영한 다음 지문을 채취했다. 그리고 그들의 무기들을 모두 수거해서 멀리 떨어진 곳에 있는 그들의 차량에 실었다.

잠시 후 진영과 GIGN 대원들을 태운 미니 밴 세 대가 숲속을 빠져나갔다.

길고 긴 비극의 날
2005년 10월 15일

어두운 밤길을 엄청난 속도로 달려온 차량 두 대가 정문을 통해 드 레미 남작의 영지 안으로 들어왔다. 차들은 저택이 있는 방향이 아닌 남쪽 우회로를 따라 커다란 창고 건물로 향했다.

건물 앞의 공터에 차 두 대가 정지하자 남자 다섯이 뛰어내렸다. 그들의 손에는 각자 권총과 자동 소총 등의 무기가 들려 있었다. 그중 두 사람은 자기들이 타고 온 레인지 로버의 뒤쪽으로 돌아가 트렁크 문을 열고 쓰러져 있는 니콜을 끄집어 내렸다. 미라벨라 저택을 빠져나온 직후 마취제를 흡입시켰던 것이다. 두 손을 뒤로 묶인 니콜은 두 남자에게 들리워서 안으로 운반됐다.

곳곳에 각종 농기구와 비료 포대 등이 있는 창고의 실내에는 조명이 훤히 밝혀져 있었고 드 레미 남작과 앙드레 집사가 버티고 서 있었다. 조금 전에 안토니오의 전화를 받고 이 창고를 지정해 준 다음 나와 있었던 것이다. 안토니오가 남작 앞으로 다가섰다.

"어떻게 된 건가? 미라벨라 저택은?"

"우리만 살아 나왔습니다. 대단한 놈들이 기습을 해 왔습니다. 별수 없었습니다."

"프랑스의 GIGN였습니다. 프랑스 정부가 개입한 것이지요. 대신 저 여자를 잡아 왔으니 소득이 아주 없는 것은 아닙니다."

뒤늦게 창고로 들어온 얀 경사가 두 사람의 대화에 끼어들었다. 그의 왼손은 이제 막 들려와 창고 바닥에 눕혀진 니콜을 가르키고 있었다. 드 레미 남작이 그쪽으로 가서 질문을 했다.

"이 여자가 누군가?"

"니콜이라고 파리 경찰국 특수 수사과의 형사입니다. 이 사건의 시작부터 수사를 해 온 여잡니다. 주로 브뤼헤에서요. 수사 상황을 가장 잘 알고 있겠지요. 빨리 심문을 해서 조치를 해야 합니다. GIGN까지 나섰다면 프랑스 정부가 아주 적극적으로 이 사건에 나서고 있다는 겁니다. 우리는 긴장해야 합니다."

드 레미는 그 말을 듣는 둥 마는 둥 하며 니콜을 내려다보다 안토니오 쪽으로 몸을 돌렸다.

"일이 점점 커지는군. 어떻게 할 건가? 김진영 하나 잡으려고 우리의 거점 하나를 없앤 셈이야. 자네를 계속 믿어도 되는 걸까?"

드 레미의 말투에는 명백한 적의가 서려 있었다. 아들의 죽음에 대한 책임이 안토니오에게 있음을 알고 있고 또 그 책임을 추궁하겠다는 내심이 담겨 있는 것이다. 사실은 당장 눈앞의 이 건방진 자식을 죽이고 싶었다. 하지만 아직 자제력은 있었다.

"걱정하지 마십시오. 최선을 다해서 사태를 종결시킬 겁니다.

상황을 이 지경으로 만든 것이 남작님의 책임인 것은 말 안 해도 잘 아실 겁니다. 물론 단장님도 아시고요. 들어가 보시지요."

안토니오는 냉정한 말투로 드 레미의 말을 자르고는 몸을 돌려 버렸다. 드 레미는 적개심 가득한 눈빛으로 그쪽을 보다가 고개를 돌려 앙드레를 불렀다.

"그거 이자들한테 줘. 그리고 가세."

드 레미는 창고 문을 나서서 옆 공터 한쪽에 세워 놓은 전기 동력의 카트에 올라 앉았다. 주로 골프장에서 사용하는 차였다.

잠시 후 안토니오 일행에게 뭔가를 넘긴 앙드레가 황급히 달려 나와 남작의 옆에 올라탔다. 그러고는 본관으로 출발했다.

안토니오는 앙드레로부터 전해 받은 두 뭉치의 열쇠 꾸러미 중 한 개를 자기 부하 한 명에게 건넨 후 맞은편 창고의 벽 쪽으로 갔 다. 그리고 그곳 벽에 부착된 플라스틱 덮개를 들어 올리고 그 안 에 있는 자물쇠 구멍에 자기가 받은 열쇠 꾸러미 중 열쇠 하나를 넣고 돌렸다. 그러자 진동음과 함께 그들이 서 있는 창고 바닥 한 쪽 부분이 열리며 지하로 내려가는 계단이 보였다. 벨기에 지역에 마지막으로 남은 그들의 아지트로 최근에 만든 공간이었다. 드 레 미 가문의 개인 영지에 있는 관계로 외부의 시선이나 간섭으로부 터 완벽히 자유로울 수 있었다. 최근까지 사용치 않다가 얼마 전 안토니오의 주장에 따라 미라벨라 소유의 저택에 있던 여자들과 기사단의 요원들이 이쪽으로 옮긴 것이다.

창고의 문을 안에서 걸어 잠근 후 다섯 남자들은 계단을 내려갔 다. 니콜은 그중 한 남자의 어깨에 걸쳐 올려진 상태였다. 콘크리 트 냄새와 페인트 냄새가 나는 계단을 조금 내려가자 단단해 보이는 회색빛 철제 문이 가로막고 있었다.

안토니오는 문 위의 감시 카메라를 향해 손짓을 했다. 곧 문이 열렸다. 두께 10센티미터 정도의 강철 문이었다. 문 안쪽에서 두 남자가 그들을 맞이했다. 그들의 복장은 괴상했다. 두건이 달린 검은색의 수도사 복장과 비슷해서 통으로 발목까지 늘어진 옷의 허리에는 역시 검은색의 가는 띠를 매고 있었다. 그들의 체구는 육중했으며 머리카락은 물론이고 수염과 눈썹도 없는 얼굴은 번들거렸다. 무표정하면서도 잔인한 인상의 남자들이었다. 하지만 안토니오를 맞는 그들의 자세는 공손해서 동양식으로 고개를 숙여 절을 한 다음 옆으로 비켜서서 상급자를 맞이했다.

"우선 저 여자를 정신 차리게 하고 심문을 시작해."

안토니오는 길게 복도로 난 지하 공간을 잠시 걸어서 오른쪽 문 하나를 열고 들어갔다. 얀 경사는 안토니오의 뒤를 따라 그쪽으로 갔지만 니콜과 다른 세 사람은 그전에 왼쪽의 문 하나를 열고 들어갔다. 수도사 복장을 한 남자의 안내에 따라서였다.

니콜은 머리에 극심한 통증을 느끼면서 의식을 찾았다. 이상한 냄새가 코로 들어왔다. 그녀는 눈을 뜨기 전에 자신이 처한 상태를 파악하고자 노력했다. 미라벨라 저택의 주차장에서 순간적으로 시력을 잃은 뒤에 극심한 고통과 함께 의식을 잃었다.

지금 그녀는 누워 있었다. 하지만 곧 자신이 자유롭지 않다는 사실을 깨달았다. 두 손과 두 발이 묶여 있었고 벌거벗고 있다는 사실도 알 수 있었다. 그녀는 눈을 뜨는 것이 두려워졌다. 하지만 강렬한 조명이 눈꺼풀을 뚫고 들어와 망막을 자극했다. 니콜은 천천히 눈을 뜨면서 고개를 살짝 들었다.

하얗게 페인트칠 된 천장에는 강한 촉도의 할로겐등이 달려 있었고, 자신의 좌우에 한 명씩 수도사 복장의 괴한이 서 있는 것이 보였다. 그들을 보는 순간 니콜은 그들이 장을 통해 입수했던 동영상의 주인공들이라는 사실을 깨달았다. 끔찍한 악몽을 꾸는 듯한 기분이어서 자신이 처한 상황이 너무나 비현실적으로 느껴졌다. 하지만 곧바로 니콜은 이 모든 것이 사실이라는 것을 받아들여야만 했다. 도살장의 백정 같은 얼굴을 한 두 남자와 눈길이 마주친 것이다. 그들은 싱긋 만족스러운 미소를 지었다. 그러고는 묶여 있는 니콜의 나체를 더듬었다.

니콜은 온몸에 아플 정도의 소름이 돋는 것을 느꼈다. 곧이어 양 발을 묶고 있던 구속구가 풀리고 두 남자에게 한 발씩 들리워 공중에 걸린 족쇄에 다시 모아져 묶였다. 발버둥 쳐 보았지만 소용없었다. 백정 한 명이 묶기를 마친 후 구석에 있는 도르래를 돌리자 니콜의 두 발이 공중으로 올라갔다. 그리고 천장의 도르래가 얼굴 쪽으로 이동하자 니콜은 누운 채 자신의 무릎이 얼굴 쪽으로 다가오면서 굴욕적인 자세가 되고 있음을 느꼈다. 몸이 포개지면서 허벅지와 엉덩이 그리고 성기와 항문까지 노출된 것이다. 서늘한 공기가 노출된 부위에 닿고 있음을 느낀 니콜은 온몸을 흔들며 저항했고 고함과 비명을 질렀다.

두 백정은 침착하게 일을 마친 후 지름 5센티미터 정도에 길이 1미터 정도의 몽둥이를 하나씩 들고 양 옆에 섰다. 그러고는 니콜의 비명에 아랑곳하지 않고 그녀의 엉덩이와 허벅지를 몽둥이로 두들겨 팼다. 하얗던 니콜의 피부는 금방 서너 줄의 검붉은 자국으로 물들었다. 쩍쩍 하고 살을 두들겨 대는 몽둥이질 소리가 30번 이상 계속되자 니콜은 침을 질질 흘리고 소변을 지리며 정신을 잃었다. 그러자 왼편의 백정이 기다렸다는 듯이 떠다 놓은 양동이의 물을 니콜에게 퍼부었다. 니콜은 곧 정신을 차렸다.

니콜의 안색을 살핀 후 두 남자의 매질은 바로 계속되었다. 니콜의 허벅지와 엉덩이는 피범벅이 되었다. 잠시 후 더 이상 그쪽에 때릴 곳이 없다는 생각이 들었는지 둘은 도르래를 조금 내리고는 발바닥에 새로이 몽둥이질을 했다. 니콜은 새로운 고통을 맛보았다. 두 사람의 매질은 그치지 않았다.

잠시 후 고문실의 문이 열리자 매질이 멈추었다. 니콜은 멍한 상태에서 새로 나타난 사람의 얼굴을 바라보았다. 얀 경사였다. 니콜의 나체를 한번 훑어본 그는 잔인한 미소를 띄고 니콜의 앞에 섰다.

"어때? 니콜 형사. 몽둥이질을 당하니까 즐겁지? 계속 이 맛을 보게 될 거야. 죽을 때까지."

니콜은 순간 그의 정체를 깨달았다. 그는 실은 아켈다마 조직원이었던 것이다.

"그런데 말이야. 그전에 우리에게 이야기를 해 줄 것이 조금 있어. 그렇게 많지는 않아. 우선 베로니카는 어디 있지?"

니콜은 고개를 살짝 저으며 적의에 찬 눈빛으로 노려보았다.

"아니지. 그런 눈빛은 나빠. 맛을 조금 더 봐야겠군. 진행해."

얀 경사는 몸을 돌려서 백정 한 사람에게 지시했다. 지시를 받은 남자는 고문실의 한구석의 책상 위에서 뭔가를 준비해 왔다.

그것은 주사기 하나와 이상하게 생긴 약이었다.

다른 남자가 그 약을 받아들고는 니콜의 아랫도리로 다가왔다. 완전히 벌어져 있는 니콜의 엉덩이 사이는 이미 니콜의 몸에서 흘러나온 갖가지 체액으로 번들거렸다.

남자는 왼손의 검지를 니콜의 항문으로 가져가서 조금 문지르더니 세게 삽입했다. 니콜은 새로운 고통이 뒷골을 자극하는 것을 느꼈다. 항문에 넣었던 손가락을 뺀 남자는 이어서 오른손에 들고 있던 길쭉한 약을 꽂아 넣었다. 다른 한 남자는 묶여 있는 니콜의 왼팔의 정맥에 주사를 했다. 두 사람이 작업을 마치고 한발씩 물러나자 얀 경사가 호기심 어린 눈빛으로 니콜의 상태를 살폈다.

니콜은 뜨겁고도 차가운 기운이 항문 쪽에서 올라오는 것을 느끼며 온몸이 차츰 풀어졌다.

"이봐. 너는 지금 아주 값비싼 약을 맛보는 거야. 누구라도 이런 약을 투입하면 맛이 가지. 아주 즐거울 거야. 굉장한 최음제거든. 그리고 네 의지 자체를 소멸해 버릴 거야."

얀 경사는 니콜에게 다가와 허리를 약간 굽히고 니콜의 풍만한 젖가슴 중 한쪽을 손에 쥐었다. 그러고는 힘주어 일그러뜨리며 희롱했다.

"멋진 몸매야. 천천히 즐겨 보자고. 어때, 느낌이 좋지 않아?"

니콜은 식은땀을 흘리며 몸 전체가 이상해지고 있음을 느꼈다. 갑자기 후각과 미각이 예민해짐을 느꼈고 온몸의 감각 세포들이 아우성치는 것 같았다. 간지러운 느낌과 가려운 느낌이 섞여서 온몸을 감쌌으며 특히 활짝 노출된 성기 부분이 민감해졌다. 쾌감의 증거인 애액이 흐른 것이다. 얀이 제멋대로 주무르고 있는 젖가슴

쪽에서도 열기와 함께 형언할 수 없는 쾌락이 일어났다. 심지어 매질로 생긴 상처들의 고통마저도 미묘한 쾌감으로 바뀌었다. 니콜은 스스로가 무서워졌다. 몸이 더욱 떨렸다.

"좋아. 약 기운이 도는 모양이군. 이년한테 맛을 보여 주라고."

두 백정들은 이제 양손에 이상한 도구들을 들고 섰다. 주로 남자의 성기 모양을 한 길쭉한 기구들이었다. 다양한 도구들을 이제 하나씩 니콜의 몸에 시험해 볼 생각인 것이다.

안토니오는 꽤 오래 계속되고 있는 니콜에 대한 심문 과정을 자신의 사무실에 설치된 LCD 모니터를 통해 보고 있었다. 별도로 설치된 스피커를 통해서는 니콜의 신음과 비명소리가 들렸다.

본격적인 능욕이 시작된 지 40분 정도 흘렀다. 화면 속에서는 얀이 자신의 성기를 니콜의 입에 들이대고 있었다. 계속되는 살인적인 자극으로 거의 이성을 잃은 니콜은 아무런 저항 없이 얀의 성기를 입 안에 집어넣었다. 백정 같은 남자 중 하나는 흉측하게 생긴 기구 두 개를 하나는 니콜의 성기에, 나머지 하나는 항문에 집어넣고 흔들어 댔고, 다른 한 명은 구석에 서서 목이 마른 듯 꿀꺽꿀꺽 물을 마셨다.

자극적인 화면을 보고 있는 안토니오의 눈빛은 여전히 냉정했다. 그에게는 수없이 보아 온 장면 중 하나에 지나지 않았다. 다른 점이 있다면 이전까지는 납치해 온 여자의 굴복이 목적이었던 것에 비해 니콜의 경우는 정보를 캐내는 것이 목적이었다.

안토니오는 화면 속 상황 전개에 만족하고 있었다. 니콜은 이미 인격적으로 붕괴해 가고 있었다. 당연한 일이었다. 저들 두 사람은 이제까지 수백 명의 여자들을 저런 식으로 다뤄 온 전문가들이었다. 이러한 과정을 거치면 모든 여자들은 의지가 완전히 소멸된 채 살아 있는 인형들이 되고 마는 것이다.

화면 속의 얀이 니콜의 입에 들어가 있던 성기를 빼내고 그녀의 얼굴에 침을 뱉으면서 뭔가를 물어보고 있었다. 니콜이 신음으로 떨며 대답하는 말이 스피커를 통해 안토니오의 귀로 들어왔다.

"베로니카는……. 으응, 파리의 제 집에……있어……요."

얀의 다그침에 따라서 니콜은 집의 주소 경비 상태에 대한 이야기를 계속했다. 안토니오는 책상 위의 메모지에 니콜의 이야기를 메모했다. 그들이 원하는 정보들이 이제 천천히 나왔다.

파리 16구에 위치한 자신의 아파트에서 늦게야 잠자리에 든 베르트랑은 잠깐 잠이 들었다가 전화를 받았다. 크리스티앙 중위였다. 그의 보고를 받던 베르트랑은 잠이 확 깨어 버렸다. 인질들을 구출하기는커녕 역습을 당해 니콜이 납치됐다는 이야기를 듣고는 전화기를 내던지고 싶은 충동을 애써 눌러야 했다.

크리스티앙 중위의 보고는 시종일관 냉정하게 진행되다가 곧 끝났다. 향후 행동을 묻는 그에게 베르트랑은 할 말이 없었다. 일단 전화를 끊은 검사는 잠옷 차림으로 거실로 나와 담배부터 물었다. 냉정을 유지해야 한다고 자기 최면을 거듭하면서 사태를 정리했다. 어디부터 잘못되었는지 연구해 보았지만 해답을 얻기 쉽지 않았다. 놈들은 이쪽의 움직임을 미리부터 읽고 대처해 온 셈이다.

낙천적인 베르트랑으로서도 다시 잠을 청할 생각은 들지 않았
고 어두운 거실에는 차츰 담배 연기가 자욱해졌다.

브뤼셀 외곽에 자리 잡은 프랑스 정부 소유의 저택 거실에는 의
기소침한 남자들이 앉아 있었다. 사망한 대원의 시체를 차에 실어
서 파리로 출발시킨 크리스티앙 중위는 베르트랑에게 보고하고
여러 가지 자료들을 전송했다. 그러고는 진영이 앉아 있는 소파
반대편에 앉았다.

두 사람 사이에 놓인 티 테이블에는 모서리가 파손된 휴대 전화
와 이어폰 형태의 송수신기와 검은색 통신 장비들이 있었다. 니콜
을 납치한 자들은 저택을 빠져나가자마자 그녀의 몸에 있던 모든
통신 장비를 제거해서 차창 밖으로 던져 버렸다. GPS 연계 위치
추적 장치로 그것들을 찾아냈다.

진영은 앉아서 눈앞의 주인 잃은 통신 장비들을 멍하니 바라보
고 있었다. 자기의 코 앞에서 두 사람이 납치된 것이다. 급히 몸을
굴려 차 밑으로 숨지 못했다면 그 역시 사살됐거나 납치됐을 것이
라는 생각을 하자 아주 씁쓸한 느낌이 들었다.

돌이켜 생각해 보면 오늘의 작전은 이해하기 어려운 점이 많았
다. GIGN 대원들이 나타나기 전에 진영과 얀 경사는 완전히 궁지
에 몰려 있었다. 마치 두 사람의 침투와 그 경로를 미리 알고 있었
다는 듯이 포위 공격해 온 것이다. 침투 중에 감시 카메라 같은 장
비에 포착된 것이 아닌가라고 생각하던 진영은 생각났다는 듯이
주머니에서 권총을 꺼냈다. 크리스티앙 중위가 그의 행동을 물끄

러미 바라보았다. 진영은 권총을 테이블에 올려놓았다.

"얀 경사가 나한테 주었던 물건입니다. 같이 보관하시지요."

크리스티앙 중위는 고개를 가볍게 끄덕이고는 테이블 위의 권총을 들어서 익숙한 솜씨로 점검해 본 후 약실 실린더를 젖혀서 탄환을 꺼냈다. 황금빛 탄환 여섯 개를 손바닥에 올려놓은 크리스티앙의 눈빛이 번득였다. 바라보고 있던 진영의 표정도 일변했다. 크리스티앙은 총알들을 테이블 위에 가볍게 쏟았다. 그것들은 탄두가 없었다.

"공포탄들이군요."

크리스티앙 중위가 중얼거리듯 말했고, 진영은 이것을 어떻게 해석해야 하는지 고심했다. 그러나 답은 쉽게 나왔다. 얀 경사는 처음부터 진영의 편이 아니었던 것이다. 이제야 모든 의혹이 걷히는 듯했다. 그들은 진영을 노리고 얀 경사를 통해 함정을 판 것이다. 비록 예상하지 못했던 GIGN의 개입으로 진영을 살해하는 데 실패했지만 술책을 부려 니콜을 납치하고 도망친 것이다. 진영은 얀의 간교한 술수가 훤히 보이자 분노가 치밀어 올랐다.

"얀 그놈의 짓이오. 그놈이 나를 함정에 밀어 넣고 니콜을 납치한 거요."

그때 거실 한쪽의 테이블에 놓인 전화기가 울렸다. 크리스티앙 중위가 그쪽으로 가서 전화를 받았다. 베르트랑이었다.

"날세. 베르트랑."

"네. 검사님."

"그쪽에서 철수할 준비를 하게. 지금 즉시. 우리의 니콜 형사뿐 아니라 브뤼헤의 얀 경사까지 납치된 상황이니까 벨기에 당국의 대응이 시작될 거야. 불필요한 마찰을 자초할 필요는 없지. 지금 그쪽에서 할 수 있는 일도 없고."

"죄송합니다마는 검사님. 지금 김진영 씨와 이야기하고 있었습니다. 얀 경사에 대해서요."

"그런데?"

"우리의 결론은 얀 경사가 저쪽의 첩자라는 겁니다. 그가 김진영 씨에게 건넨 권총의 총알들 모두가 공포탄이었습니다. 모든 상황이 이해가 됩니다. 마지막에 그 친구가 우리들을 배제하고 주차장 수색을 제안한 것까지요. 우리는 함정에 빠졌던 겁니다."

"그래? 그랬군. 그자가 다시 양지로 나올지는 모르겠지만 빚을 갚아 줘야겠군. 그렇다면 철수 명령은 일단 보류하겠네. 그래도 준비는 해 두게. 그리고 김진영 씨를 바꿔 주게."

"알았습니다."

크리스티앙 중위는 진영을 손짓으로 부른 다음 전화기를 건넸다.

"김진영 씨? 나 베르트랑이오."

"검사님 면목 없습니다. 나 때문에 니콜 형사가 납치된 것 같습니다. 얀 그놈을 믿지 말았어야 했습니다."

"그거야 더 할 말이 없소. 거기 있는 우리 팀은 곧 철수할 거요. 하지만 가만 있을 수는 없는 일 아니오? 김진영 씨가 역할을 해 주시오. 당신은 이제 빚을 진 거요. 니콜 형사에게 말이오."

"맞습니다. 뭐든지 할 생각입니다."

"좋소. 요점은 같소. 당신의 여자를 데리고 있는 놈들이 니콜을 데려간 거요. 당신이 할 일은 두 가지요. 우선 얀 그놈을 잡는 거요. 아마 잠깐이라도 놈은 브뤼헤로 돌아올 거요. 놈의 신상을 조사해서 통보하겠소. 검사로서 할 말은 아니지만 방법을 가리지 말고 잡아서 족치시오. 니콜을 구출하는 데만 최선을 다하시오. 그리고 내가 제안했던 당신의 법적인 지위에 대해 조치하겠소."

"그런 것은 관계 없습니다. 어쨌든 얀을 잡겠습니다."

"좋소. 움직이시오. 앉아 있을 때가 아니오. 브뤼헤로 가시오. 도착할 때쯤이면 얀에 대한 정보 조회가 완료될 거요."

진영은 전화를 끊었다. 이미 저택 내부는 부산해지고 있었다. GIGN 대원들이 이동 준비를 시작한 것이다. 진영은 바삐 통신 장비들을 챙기고 있는 크리스티앙에게 다가갔다.

"가 보겠소. 기회 되면 봅시다. 놈을 잡으면 이쪽으로 데리고 오겠소."

진영은 인사말을 건네며 손을 내밀었다. 크리스티앙 중위는 마주 손을 잡아 왔다.

"놈을 꼭 잡아 오십시오. 기다리겠습니다."

진영은 정원을 거쳐 관리인의 배웅을 받으며 저택을 나섰다. 골목길을 걸어 나가자 곧 차량 소통이 많은 큰길이 나왔다. 그리고 오래지 않아 택시를 잡을 수 있었다. 진영이 70킬로미터 정도 떨어진 브뤼헤를 행선지로 이야기하자 콧수염을 기른 택시 기사는 환호하듯 대답을 해 왔다. 진영은 달리는 택시 안에서 니콜을 떠올렸다. 그의 가슴은 더욱 무거워졌다.

몇 시간에 걸친 짐승 같은 유린이 끝난 후 니콜은 묶여 있던 손, 발이 풀리고 대신 목에 가죽으로 된 구속구를 찬 채 고문실에서 들려 나왔다. 그녀는 실신 상태였다. 그녀의 성기와 항문에서는 정액과 체액이 말라붙어 있었다. 니콜을 어깨에 멘 백정 같은 사내는 복도를 걷다가 복도 끝에 있는 문을 열쇠로 열고 들어갔다.

그곳은 다른 방과 달리 온기가 느껴졌다. 희미한 등이 밝히고 있는 실내는 양 옆으로 30개 정도의 1인용 침대가 쭉 놓여 있었는데 대부분의 침대에는 목에 걸린 구속구와 연결된 쇠사슬로 벽에 고정된 여자들이 누워 있었다. 그녀들은 모두 벌거벗은 상태였다.

남자는 몇 개의 침대를 지나 비어 있는 침대 하나에 니콜을 던지듯이 내려놓았다. 이어서 벽에 고정된 채 늘어져 있는 쇠사슬의 한끝을 당겨서 니콜의 목에 채워진 개 목걸이 같은 구속구의 한 부분과 연결했다. 그리고 니콜의 상처 투성이 엉덩이를 한 번 철썩 손바닥으로 두들긴 남자는 밖으로 나갔다.

니콜은 푹신하지는 않지만 부드러운 침대 위에서 정신이 들었다. 마약을 투여받고 약 기운이 돌기 시작한 다음부터의 기억은 확실치 않았다. 하지만 자아가 서서히 기억을 회복하기 위해 애썼다. 그러자 니콜의 모든 감각 기관을 헤집어 내서 쾌락의 노예로 만들었던 남자들의 얼굴이 떠올랐고, 그들에게 쾌락을 구걸하며 울부짖던 추태가 떠오르자 그녀는 눈물이 났다. 지금 니콜에게 남은 것은 치욕과 절망뿐이었다. 자신이 모멸스러워졌고 죽고 싶다는 생각이 들었다. 그때 누군가 말을 붙여 왔다.

"괜찮아요?"

니콜은 침대에 파묻었던 얼굴을 조금 들어서 목소리가 들린 쪽을 바라보았다. 길다란 검정 머리가 늘어져서 반쯤 가려진 얼굴이 어렴풋하게 보였다. 희미한 불빛에 점점 익숙해지자 윤곽이 선명하면서도 신비한 아름다움이 있는 동양 여자의 얼굴이 보였다. 니콜은 어딘가에서 본 적이 있는 얼굴이라는 생각을 하다가 그녀가 바로 강혜정이라는 사실을 깨달았다. 그녀는 바로 옆 침대에서 옆으로 상체를 세운 채 니콜을 바라보고 있었다.

"괴롭고 힘들지요? 하지만 참고 견뎌야 해요. 굴복해서는 안 돼요."

니콜은 당차게 이야기를 해 오는 혜정의 목에도 자신과 같은 구속구와 쇠사슬이 걸려 있음을 보았다.

"탈출할 가능성은 없어요. 현재로서는요. 하지만 기회가 올 거라고 믿어요. 힘내세요."

니콜도 옆으로 상체를 일으켜서 혜정을 마주 보았다. 진영의 얼굴이 떠오르면서 만감이 교차했다.

"이름이 강혜정이지요? 한국 사람이고요."

니콜의 말에 혜정은 깜짝 놀랐다. 그녀의 얼굴이 굳어지면서 눈빛이 반짝였다.

"어떻게 나를 알지요? 만난 적이 있나요?"

"아니 없어요. 하지만 혜정 씨를 애타게 찾고 있는 남자를 알고 있지요. 김진영 씨 말이에요."

"진영이를 아세요? 어떻게요? 이야기 좀 해 봐요."

혜정은 윗몸을 벌떡 일으키면서 놀라워했다.

니콜은 자기가 프랑스 경찰이라는 것부터 진영을 만난 일, 이유진이 발견됐다가 살해당한 일 등 그간의 일을 간추려서 이야기해 주었다. 그리고 몇 시간 전만 해도 김진영과 함께 혜정을 찾는 일을 하다가 납치되어 왔다는 사실도 이야기했다. 유진의 죽음을 전할 때 약간 찌뿌리기도 했지만 혜정의 표정은 싱싱하게 살아났다.

"그렇군요. 그렇다면 곧 진영이가 우리를 찾을 거예요. 나는 그이를 믿어요."

"그래요. 보통 사람은 아니더군요. 프랑스 정부에서도 포기하지는 않을 거에요. 버텨 봅시다."

"이름이 어떻게 되지요? 아직 이름도 안 물어봤네요."

"니콜이에요."

"좋아요. 니콜. 여기 시스템에 대해 설명해 줄게요. 무엇보다 여기서 제정신을 유지하는 방법을 가르쳐 드리죠. 저기 누워 있는 여자들 대부분이 제정신이 아니에요. 약 때문에 그래요. 무슨 성분인지는 모르지만 마약류인 것 같아요. 매일 한 번씩 투여되지요. 자국을 내지 않으려고 그러는지 주사는 놓지 않아요. 그 대신 좌약을 투여하지요. 아침에 일어나면 모두 엎드려서 엉덩이를 들어 올려야 해요. 그러면 항문에 약을 하나씩 꽂지요. 이때 조심해야 해요. 약이 몸에 들어오는 것을 막을 수는 없어요. 하지만 일단 들어오면 최대한 빨리 몸 밖으로 배출해야 해요. 약을 투여하면 놈들은 대개 바로 밖으로 나가요. 그때 아래에 힘을 줘서 배출하세요. 침대 밑에 휴대용 변기가 있어요. 하지만 거기 두어서는 안 되지요. 휴지에 싸서 두었다가 소변으로 녹여야 해요. 의외로 잘 녹아요. 그것만 유념하면 별 문제 없을 거에요. 물론 저놈들이 있을 때는 약 기운에 취한 것처럼 멍청해 보여야 하고 수동적이어야 하며 고분고분해야 해요. 나도 얼마 전까지는 자주 불려 나가서 능욕을 당하기도 했지만 최근에는 그나마 없어졌어요."

"그렇군요. 고마워요. 그런데 머리가 너무 무겁네요. 어지럽고요. 몸도 너무 아프고요."

"그럴 거에요. 그렇게 형편 없이 당했으니까요. 누워서 잠을 청하세요. 이곳에서는 시간이 아주 많아요. 너무 많아요."

니콜은 머리를 침대에 내려놓자 바로 잠에 빠져들었다. 혜정은 다시 침대에 바로 누우면서 진영을 떠올렸다. 그는 포기하지 않고 거의 다 쫓아온 것이다. 거의 사그라들었던 희망의 불씨가 조금씩 살아나는 것을 느꼈다. 유진의 죽음을 들었을 때 그녀는 별다른 감정의 동요가 없었다. 혜정은 그녀가 죽었다고 단정하고 있었다.

니콜에게 차마 말하지 않았지만 미라벨라 저택의 지하는 문자 그대로 지옥이었다. 혜정은 그 지옥 속에서도 스스로를 지켜 왔다. 아주 강한, 강철같이 강한 정신력으로 스스로를 지탱해 왔다. 그 원동력은 자신의 자궁 속에서 자라고 있는 작은 아기였다. 혜정은 납치된 이후 처음, 기쁜 마음으로 다시 잠을 청했다.

안토니오의 책상 위에는 니콜이 실토한 수사 진행 상황과 베로니카의 소재 그리고 요나단 신부에 대한 제보가 펼쳐져 있었다. 그들의 예상보다 훨씬 수사의 진도는 그들의 실체에 다가와 있었다. 그리고 놀라운 것은 요나단 신부라는 사람이었다. 아켈다마 기사단 소속의 기사가 조직을 벗어나 살고 있었다는 것은 상상도 못했던 일이고 말 그대로 충격이었다.

"저는 어떻게 할까요?"

안토니오의 앞에는 얀 경사가 앉아 있었다. 안토니오는 생각을 해 보았다. 그는 지금 납치된 것으로 알려져 있을 것이다. 하지만 그것은 프랑스 당국 쪽이었고 벨기에 당국과는 아무런 관계가 없는 일이었다. 프랑스 공권력이 불법적으로 벨기에 내에서 작전을 펼친 것이기 때문에 심각한 외교 문제를 야기하면서까지 얀 경사의 실종을 통보하지는 않을 것이라는 생각이 들었다. 그렇다면 브뤼헤 경찰서에 앉아 지금까지 상당한 역할을 해 오던 얀으로 하여금 그 역할을 포기하도록 할 필요가 있나 하는 생각이 들었다.

"어떻게 하는 것이 좋겠소? 물론 선택은 당신이 하시오. 우리와 같이 사르데냐로 돌아가 조금 쉬다가 새로운 신분으로 사회에 다시 나올 수도 있고 브뤼헤로 다시 돌아갈 수도 있소."

"브뤼헤로 다시 돌아가서 경찰 업무를 계속한다는 것은 무리라고 생각됩니다. 니콜까지 납치된 상황에서 프랑스 정부 쪽이 우리를 포기할 리는 없습니다. 제가 돌아간다면 곧 알아채고 저를 노릴 겁니다. 두 경찰이 납치됐는데 한 명은 아무 일 없다는 듯이 돌아와 있다면 무슨 뜻이겠습니까?"

안토니오는 얀의 논리가 옳다는 것을 인정했다.

"맞는 이야기요. 그럼 여기 드 레미 저택에 머물다가 사르데냐로 가도록 하시오. 그게 좋겠소."

"그런데 부탁이 있습니다. 집에 한 번 다녀왔으면 합니다. 챙겨올 것이 있거든요."

"위험하지 않겠소? 조금 전의 논리대로라면."

"제가 브뤼헤 경찰서에 복귀한다면 그렇겠지만 지금 당장 저를 의심해서 수배하고 있지는 않을 겁니다."

"좋아요. 그렇다면 조심해서 다녀오시오. 오전 9시까지 돌아오지 않으면 문제가 생긴 것으로 알겠소."

"그렇게 하겠습니다. 하지만 별 문제 없을 겁니다."

얀 경사는 곧 일어나 안토니오의 방을 나갔다.

새벽 여명이 동쪽에서부터 브뤼헤의 하늘을 물들이면서 아침이 시작됐다. 브뤼헤 남부의 한적한 주택가에는 아직 움직이는 사람도 차도 보이지 않았고 그저 어딘가에서 청명한 새 울음소리가 들릴 뿐이었다.

그때 엔진 음이 거의 들리지 않을 정도의 느린 속도로 레인지 로버 한 대가 동네에 접어들었다. 무슨 영문인지 그리 크지 않은 동네를 두 번 정도 돈 차량이 얀 경사의 집 건너편에 정차했다.

그리고 조용히 운전석 쪽의 문이 열리고 얀 경사가 내렸다. 그는 좌우를 용의주도하게 살피고는 자기 집으로 서둘러 들어갔다. 그리고 주머니에서 열쇠를 꺼내 문을 열고 실내에 들어섰다.

그는 자기의 비밀 금고에 넣어 둔 몇 가지 물건을 챙겨 가려고 온 것이다. 그가 그동안 아켈다마 기사단이 준 돈으로 구입한 상당한 금액의 채권이었다. 그리고 그가 기사단으로부터 별도로 받아서 즐기던 비디오 테이프가 몇 개 있었다. 그중에는 그가 직접 출연하여 연출한 스너프 필름도 있었다. 무슨 일이 있어도 남의 손에 들어가서는 안 되는 물건들이었던 것이다.

실내가 생각보다 밝아서 불을 켜지는 않았다. 일단 집에 들어오자 마음이 푹 놓였다. 밤을 새워서 움직였고 특히 니콜을 고문하면서 네 번이나 사정을 한 그는 무척 피곤했다. 침실로 들어가 침대를 보자 당장 눕고 싶어졌다. 하지만 그는 경쾌하게 움직여서 옷장 속에 설치된 개인 금고를 열었다.

세 번 다이얼을 조작해서 문을 열고 두툼한 서류 봉투 하나와 쌓아 둔 비디오 테이프 여섯 개를 꺼냈다. 그리고 옷장 안에서 오랫동안 사용한 적이 없는 손가방을 꺼내서 그것들을 담았다. 금고 문과 옷장 문을 다시 닫은 후 그는 침실에서 조금 지체했다. 그가 10년 이상을 살아온 터전과 이제는 영원히 작별해야 했기 때문이다. 놓고 가려니 아쉬운 것이 참 많았다. 특히 올해 봄에 구입한 골프 장비가 아까웠다. 이제 손에 좀 익었다 했는데 두고 가야 하는 것이다. 그는 거실로 나와 현관 쪽으로 나가다가 구석에 세워 놓은 캘러웨이 골프 백을 다시 돌아봤다. 그러고는 고개를 저으며 말했다.

"미안해 친구. 이번엔 같이 갈 수 없는 여행이야."

바로 그때 등 뒤의 화장실 문이 열리면서 누군가가 말했다.

"아니. 이번 여행은 취소된 것 같은데."

얀 경사는 허리춤의 권총을 뽑으면서 돌아섰다. 하지만 그쪽의 주먹이 더 빨리 얀의 턱을 후려치고는 오른발로 사타구니를 가격했다. 얀은 가방을 놓치고 그 자리에 쓰러졌다. 이어 자신의 오른손을 발로 밟고 선 상대의 얼굴을 볼 수 있었다. 김진영이었다.

새벽 4시쯤 브뤼헤의 아파트에 도착한 진영은 곧 연락해 온 베르트랑으로부터 얀 경사의 집 주소를 받았다. 그리고 바로 이쪽으로 와서 잠복해 있었던 것이다. 조금 열려 있던 화장실 창문으로 들어오는 것은 아주 쉬웠다.

얀은 진영의 발에 걸어채인 낭심 덕분에 오금도 펴지 못할 상황이었다. 진영은 은색 권총으로 자신을 겨누고 있었다.

"이거 왜 이러십니까? 나 지금 간신히 탈출해 오는 길입니다. 너무 심하지 않습니까."

얀은 나름대로 머리를 굴려서 항변을 했다. 그러자 진영은 한 손으로 바지 주머니에서 뭔가를 꺼내 얀의 얼굴에 떨어뜨렸다. 얀이 진영에게 줬던 권총에 들어 있던 공포탄들이었다.

"이 더러운 자식아. 더 이상 거짓말을 하려고 했다가는 몸 한 곳에 구멍을 내 주겠어."

"어떻게 하려는 거야? 뭘 어떻게 하겠다는 거지?"

얀 경사는 자신을 바라보는 진영의 눈빛이 심상치 않음을 느끼며 두려움을 느꼈다.

"나와 같이 가 줘야겠어. 사실은 지금 당장 죽여 버리고 싶지만 그럴 수는 없지."

"어디로 가자는 거야?"

"네가 지금 다녀왔던 곳, 여자들이 갇혀 있는 곳 말이야."

얀 경사는 빠져나갈 구멍이 없다는 사실을 깨달았다. 우선은 시간을 벌면서 기회를 엿보기로 마음 먹었다.

"오해를 하고 있어. 모두가 오해야. 나는 지금 놈들의 손에서 겨우 살아나 프랑스로 도망치려고 온 거야. 공포탄은 당신이 불필요하게 누군가를 살상하는 일이 없도록 넣어 둔 거라고. 어차피 권총 한 자루로는 마음을 편하게 해 주는 역할밖에 할 수 없다고."

"너를 우선 묶어야겠어. 뒤로 돌아 엎드려."

얀은 진영의 얼굴을 한 번 더 바라보고는 몸을 굴려서 거실 바닥에 엎드렸다. 진영은 권총을 겨눈 채 철사 줄을 꺼냈다. 그리고 권총을 주머니에 넣고 얀의 양팔을 뒤로 돌려서 철사로 묶었다.

50센티미터 길이의 철사로 두 번 정도 돌려서 완전히 묶은 후 진영은 다시 일어섰다. 그리고 얀의 몸을 수색했다. 일반적인 소지품 외에는 별것이 없었다. 다음으로는 가방 안을 뒤졌다. 먼저 꺼낸 봉투를 열자 상당한 금액의 채권 증서들이 나왔다.

"그동안 돈을 많이 모았군. 경찰 월급으로 모을 수 있는 수준은 아닌 것 같아. 이건 뭐야! 이 와중에 챙겨 갈 정도로 중요한 비디오 테이프라니 궁금하군. 한번 봐야겠어."

진영은 얀을 일으켜서 식탁용 나무 의자에 앉힌 후 여분으로 챙겨 온 밧줄로 묶어 버렸다. 몸뿐 아니라 다리까지 완전히 결박했기 때문에 얀은 꼼짝도 할 수가 없었다. 진영은 이어서 비디오 테이프 중 하나를 거실에 있는 VTR에 집어넣고 소파에 걸터앉아 리모콘으로 테이프를 처음으로 되감아 갔다. 진영의 손가락이 리모콘의 재생 버튼을 누르자 영상이 나왔다.

분명히 어젯밤에 갔던 미라벨라 저택 지하의 고문실이었다. 진영은 전에 파리 경찰국에서 보았던 장 뤽 케트너의 동영상을 떠올렸다. 실제로 화면은 그와 비슷하게 진행됐다. 라틴 계통으로 보이는 검정 머리의 미녀가 복면을 한 두 남자에게 끌려 들어와 옷이 벗겨지고 벽에 묶였다. 그리고 검은색 수도사 복장의 남자가 여자의 벌려진 채 묶인 다리 사이에 앉아 처녀막 검사를 하는 듯했다.

"재미있는 테이프군. 어떻게 이것을 구한 거지?"

진영은 테이프를 뒤로 감아 가면서 내용을 대략 살폈다. 그러고는 테이프를 빼내고 다른 비디오 테이프를 집어넣었다. 내용은 비슷했지만 이번 것은 훨씬 더 흥미로왔다. 바로 얀이 복면도 없이 화면에 등장한 것이다. 복면을 한 두 남자들이 동일하게 여자를 고문했지만 처음에는 구석에서 구경만 하던 얀이 하체를 드러낸 채 나타나 묶여 있는 소녀를 능욕한 것이다.

"아주 재미있군. 이것으로 당신의 인생은 끝장이야. 자, 어디로 갈까? 바로 브뤼헤 경찰서로 갈까, 아니면 프랑스로 갈까?"

"경찰서로 가야겠지. 여기는 벨기에야. 너나 프랑스 경찰들은 권리가 없어. 그리고 너는 지금 범죄 행위를 하고 있는 거야."

자신이 나오는 화면을 잠깐 보다 고개를 숙이고 있던 얀이 고개를 들고 항의하듯 소리쳤다. 진영은 소파에서 일어나서 얀의 명치 부분을 오른발로 걷어찼다. 악 소리를 지르며 얀은 뒤로 넘어갔다.

"돼지 같은 새끼. 너는 떠들 권리도 없어."

진영은 내뱉듯이 말한 다음 주머니에서 휴대 전화를 꺼내 들고 베르트랑의 번호를 눌렀다. 검사는 차 안에서 전화를 받았다.

"김진영 씨. 어떻게 됐소?"

"놈을 잡았습니다. 도둑놈처럼 들어오는 것을 잡아서 묶어 놓았습니다. 그리고 부수입도 조금 있고요."

진영은 얀에게서 얻은 채권 뭉치와 비디오 테이프 등에 대해서 이야기를 했다.

"본인이 나오는 스너프 필름이라! 재미있군. 그 친구를 브뤼셀의 우리 안전 가옥으로 데려오시오. 우리 측 요원들이 놈을 취조할 거요. 그리고 벨기에 당국과의 담판도 다시 해 봐야겠소. 경우에 따라서는 GIGN 부대가 곧바로 출동할 수도 있을 것이오."

"알았습니다. 그쪽으로 가지요. 다시 연락드리겠습니다."

"수고했소. 놈의 입을 여는 것이 가장 중요하오. 조심하시오."

진영은 전화를 끊고 얀의 가방을 다시 챙겼다. 물론 채권 봉투와 비디오 테이프도 다시 넣었다.

그리고 얀을 일으켜 세운 다음 밧줄을 풀었다.

"이제 가겠어. 허튼 짓 하지 마. 바로 죽여 버리겠어."

진영은 허리춤에서 날이 시퍼런 전투용 나이프를 꺼냈다. 그리고 얀을 앞세우고 밖으로 나섰다.

잠시 후 얀의 집에서는 두 남자가 사이좋게 걸어 나왔다. 바바리 코트를 어깨에 걸치고 가방 하나를 어깨에 맨 얀과 그의 허리에 팔을 두른 동양 남자가 나온 것이다. 두 사람은 세워 놓은 레인지 로버 차량으로 가서 얀이 조수석에 앉고 동양 남자는 운전석에 앉았다. 누가 보면 애정 넘치는 동성 커플로 보일 만큼 진영은 정성스럽게 얀을 부축해서 차고가 높은 레인지 로버의 좌석에 앉는 것까지 도와주고 차문을 닫아 주었다.

진영은 조금 전 얀의 주머니에서 찾은 레인지 로버의 키를 운전대 옆의 시동 장치에 꽂아 넣고 시동을 걸었다. 그는 브뤼셀 방향의 고속도로를 향해 힘차게 차를 출발시켰다.

자기가 데려온 아켈다마 기사 두 명을 파리로 급히 출발시킨 안토니오는 자신의 방 안락의자에 기대 잠시 눈을 붙였다가 아침 9시경에 깨어났다. 시계를 본 안토니오는 인터폰을 눌러서 출입문을 지키는 요원에게 얀의 귀환을 확인했다.

"아니오. 아직 돌아오지 않았습니다."

안토니오는 불길한 예감이 들었다. 그를 보내지 말았어야 했다는 후회가 물밀듯이 덮쳐 왔다. 평소엔 거의 피우지 않는 담배를 두 개피 연달아 태운 그는 얀이 저쪽 손에 들어갔다는 결론을 내렸다. 안토니오는 인터폰을 다시 눌러서 요원들을 집합시켰다.

오전 10시가 조금 넘은 시간이었다. 니콜의 아파트에서 무료하게 잡지를 뒤적거리던 기욤은 초인종이 두 번 울리는 소리를 들었다. 그는 문 앞에 가서 누구인지 물었다.

"전기 검침 나왔습니다."

기욤은 출입문에 설치된 감시 렌즈에 눈을 갖다 대고 바깥을 살펴보았다. 어두컴컴한 복도에는 아무도 보이지 않았다. 그때 문 밖에 몸을 숙인 채 우지 기관총을 문에 갖다 댔던 남자가 방아쇠를 당겨서 난사했다. 그와 동시에 그의 옆에 서 있던 남자가 대구경의 산탄총을 문 손잡이가 있는 쪽을 향해 엄청난 총성과 함께 발사했다. 기욤은 나무 문을 쉽게 관통한 철갑탄에 온몸을 난사당하면서 뒤로 넘어졌고 바깥에서 두 남자가 부서진 문을 열어젖히고 뛰어 들어왔다. 마침 주방에서 커피를 끓이고 있던 베로니카는 총소리에 놀라 몸을 돌린 순간 자기를 겨누고 있는 기관총의 총구와 검은색 복면의 얼굴을 보고 말았다.

기관총은 기다리지 않고 발사되었다. 순식간에 일고여덟 발을 베로니카의 심장 부분에 박아 넣은 암살자 두 사람은 바로 현장을 떠났다. 화약 연기가 매캐하게 찬 아파트 바닥에는 검붉은 피와 베로니카의 손에서 떨어져 깨진 커피 포트 속 커피가 섞여 갔다.

겨우 1분 만에 상황은 끝나고 주위는 다시 조용해졌다. 총소리에 놀란 아파트의 주민들은 10분 이상 지나고서야 하나둘씩 복도로 나왔고 그 후로 5분 정도 지나서야 경찰차들이 도착했다.

　새벽 7시쯤 브뤼헤의 얀의 집에서 떠난 진영은 50분 정도 고속도로를 달려서 브뤼셀 남쪽 주택가에 위치한 프랑스 정부 소유의 저택에 도착했다. 그는 얀을 크리스티앙 중위에게 인계한 다음 2층으로 올라가서 빈 침대에 몸을 던졌다. 너무나 피곤했던 것이다.
　옆에 폭탄이 떨어져도 모를 만큼 곤히 자던 진영을 누군가 급히 깨웠다. 진영은 바윗돌만큼 무겁게 느껴지는 눈꺼풀을 힘겹게 올려 눈을 떴다. 몸은 더 무겁게 느껴졌다. GIGN 대원 중 하나가 그를 깨운 것이다.
　"아래로 내려가 보시오. 파리에서 큰일이 벌어졌소."
　진영은 벌떡 일어나 계단을 내려갔다. 크리스티앙 중위가 전화기로 통화를 하다가 진영을 보고는 손짓으로 불러서 전화기를 넘겼다. 베르트랑이였다.
　"베로니카 수녀가 습격을 당했소. 기관총탄 일곱 발을 가슴에 맞았소. 경호 임무를 맡았던 형사도 살해됐고."
　진영은 잠이 덜 깬 머리가 욱신하게 아파 옴을 느꼈다.
　"니콜 형사가 입을 열었군요."
　"고문을 받았겠지. 놈들의 행동이 이렇게 빠를 줄은 몰랐소. 지금 남은 것은 요나단 신부요. 아마 그의 목숨도 노리고 있을 거요. 최대한 빨리 브뤼헤로 가서 그를 여기로 데려오시오. 아주 급하게 됐소."

"알았습니다. 지금 출발하겠습니다."

진영은 전화를 끊고 바로 준비를 했다. 풀어 놓은 권총과 단검 등을 챙기고 방수 재킷을 위에 걸쳤다.

"우리 쪽 요원 두 명과 같이 가시오. 도움이 될 거요."

진영은 크리스티앙 중위의 말에 고개를 끄덕였다.

간밤에 안개비를 뿌렸던 구름이 완전히 걷히고 맑고 푸른 하늘이 모습을 드러냈다. 관광철도 지났고 주말도 아니어선지 브뤼헤 시내는 한적했다.

브뤼헤 중심부에서 남쪽으로 빠져나가는 주요 도로 중 하나인 에젤 거리의 끝 자락에는 수수한 외양의 성당이 있었다. 규모나 화려함에서는 브뤼헤의 다른 유명한 성당이나 교회에 미치지 못했으나 경건한 신자들이 많이 모이는 진정한 성당의 역할을 하고 있었다. 물론 갈멜 교단 소속으로 사람들도 그냥 갈멜 성당이라고 불렀다.

그 성당의 앞에 검은색 벤츠 E 클래스 자동차 한 대가 와 멈췄다. 운전석의 남자는 시동을 끄지 않고 앉아 있었고 조수석과 뒷자리에 앉아 있던 두 사람이 차에서 내려 성당 안으로 들어갔다.

약간 어두운 듯한 성당 내부에는 인적이 느껴지지 않았다. 구석마다 세워진 헌촉단에는 촛불 몇 개만이 일렁였다.

방금 들어온 두 사람은 성당 안쪽으로 걸어가면서 인기척을 살폈다. 앞장서는 사람은 안토니오였다. 그렇게 넓지 않은 실내를 다 돌아본 그들은 고해 성사를 위한 칸막이식 고해실 앞에 섰다.

나무로 짠 고해실의 가운데 칸막이 밑으로 샌들을 신은 남자의
맨발이 보였다. 안토니오가 옆에 선 남자에게 눈짓을 보내자 그는
신부가 앉아 있는 가운데 부분의 문을 거칠게 열어제꼈다. 안에
앉아 있던 신부가 놀란 눈으로 그들을 바라보았다.

안토니오는 검은색 재킷 안에서 소음기가 달린 권총을 꺼내 들
어 신부를 겨눴다. 신부는 놀란 눈이 더욱 커진 채 자신을 노리는
권총의 총구를 보고 있었다. 짙은 갈색 머리에 30대 후반으로 보
이는 젊은 신부였다. 전에 니콜로부터 요나단 신부에게 전할 편지
를 받기도 했던 신부는 지금 자기에게 권총을 겨누고 있는 검은색
정장 차림의 남자를 올려다보았다. 그의 무심한 눈 속에 감춰진
잔인함을 읽어 낸 신부는 가볍게 몸을 떨었다.

"요나단 신부를 찾고 있소. 지금 어디 있소?"

신부는 고개를 가볍게 저었다. 안토니오는 권총의 안전장치를
풀고 공이를 뒤로 젖히더니 방아쇠를 당겼다.

"악!"

안토니오의 권총에서 발사된 탄환이 앉아 있는 신부의 발등을
관통했다.

"다시 묻겠소. 요나단 신부는 어디 있소?"

신부는 다시 고개를 저었고 두 번째 총탄이 그의 다른 쪽 발등
을 꿰뚫었다.

한편 옆에 서 있던 남자는 몸을 움직여서 성당 안쪽의 정원으로
연결되는 작은 문으로 갔다. 성당 바깥은 차에 앉아 있는 동료가
지키고 있었기에 성당 내부의 유일한 문을 지키기 위한 것이었다.

안토니오가 한 번 더 질문했으나 결과는 같았다. 그는 세 번째

총탄을 신부의 오른쪽 무릎에 쐈다. 이미 상당한 피가 흘러내려서 고해실 바닥에 고여 있었다.

그때 성당 뒷뜰과 통하는 작은 문이 열리고 키가 크고 나이가 들어 보이는 신부가 들어섰다. 바로 요나단 신부였다. 동시에 그 문을 지키던 남자가 겨드랑이에서 권총을 꺼내 들었다. 그를 본 요나단 신부는 들고 있던 두꺼운 성경책을 집어던졌다. 그리고 달려들어서 권총을 쥔 상대의 손목을 잡고 힘을 주어서 꺾어 올렸다. 요나단 신부의 힘은 놀라웠다.

안토니오는 갑작스레 나타난 노신부가 요나단 신부라는 것을 알아차렸다. 그는 혼절한 젊은 신부를 내버려 두고 요나단 신부 쪽으로 총을 겨누며 급히 뛰어갔다.

두 사람의 육박전은 치열했다. 권총을 쥔 한 손을 맞잡고 버티면서 온몸으로 싸우던 두 사람은 갑자기 균형을 잃으며 쓰러졌다. 안토니오는 의자들이 가려서 넘어져 있는 두 사람을 볼 수가 없었다. 거친 숨소리가 엉키면서 풋 하고 소음기 달린 권총이 발사되는 소리가 들렸다. 그러고는 한동안 숨소리를 포함해서 아무 소리도 들리지 않았다. 안토니오는 신중하게 한 발자국씩 내딛으면서 동료의 이름을 불렀다. 잠시 후 굵직한 다른 목소리가 들려왔다.

"그 자리에 서게. 미안하지만 자네의 친구는 죽었네. 내 손에는 그 친구의 총이 있어."

안토니오는 이제 자세를 완전히 낮추고 조금씩 전진했다.

"자네들이 여기 왜 왔는지는 알고 있어. 그럼 내가 누군지도 알고 있을 거라 생각하네. 오랜만이지만 이런 무기를 사용하는 법쯤은 알고 있어. 돌아가게. 자네마저 죽이고 싶지는 않아."

안토니오가 다시 한 발짝을 움직이자 풋 하는 발사음과 함께 안토니오의 머리 위로 총탄이 지나갔다. 안토니오는 오히려 몸을 조금 일으키면서 요나단이 있을 것으로 추정되는 방향을 향해 두 발을 발사했다. 퍽퍽 소리가 나며 요나단이 몸을 숨기고 있는 두꺼운 나무 벤치의 등판에 구멍이 났다.

"당신은 우리 기사단을 배신했어. 죽음의 심판을 하러 왔다."

"심판은 하느님만이 하시지. 이제 돌아가. 다음 총알은 자네 머리를 노릴 거야."

안토니오는 몸을 완전히 엎드려 벤치 밑으로 요나단의 자취를 살폈다. 그와의 사이에는 열 개 이상의 벤치 밑 부분이 겹쳐 있어서 요나단을 발견할 수가 없었다. 안토니오는 자세를 낮춘 채 성당 벽을 따라 조금씩 전진했다. 너무도 조용한 성당의 실내에서는 안토니오가 신고 있는 신발의 고무 밑창이 바닥과 마찰하면서 나는 미세한 소리마저도 크게 들렸다. 요나단 신부도 천천히 몸을 움직였다. 안토니오가 접근하는 쪽과 반대로 돌기 시작한 것이다. 한동안 계속되던 정적은 통로 이쪽과 저쪽 끝에서 서로를 발견한 두 사람이 사격을 하면서 깨졌다.

소음기로 억제된 권총 발사음이 양쪽에서 터졌고 요나단 신부는 사격을 하는 한편 몸을 굴리면서 안토니오의 사격권에서 벗어나려고 했다. 하지만 안토니오 역시 요나단 신부에게 다가서면서 사격을 계속했다. 몇 번의 사격 끝에 약속이나 한 듯이 두 사람이 들고 있던 권총의 약실이 비면서 정적이 다시 찾아왔다.

안토니오는 빈 탄창을 제거하고 휴대한 여분의 탄창을 끼워 넣어 재장전할 수 있었지만 요나단 신부는 그럴 수가 없었다. 조금 전 몸싸움 끝에 사살된 남자의 몸에서 여분의 탄창을 챙길 틈이 없었던 것이다. 요나단 신부는 선택의 여지가 없었다. 두 사람 사이를 가로막고 있는 미사용 나무 의자들을 뛰어넘어 이제 막 새 탄창을 끼워 넣은 안토니오에게 달려들었다.

안토니오는 예상하지 못했던 육탄 돌격에 쥐고 있던 권총을 놓치고 신부와 같이 바닥을 뒹굴었다. 서로 엉켜서 바닥을 구르는 상태에서는 힘이 우열을 나누었다. 요나단 신부의 힘도 대단했지만 한참 어린 안토니오의 상대가 되지는 못했다. 안토니오는 곧 요나단 신부의 두 손을 자신의 몸에서 풀어 내고 유도의 기술을 응용한 던지기로 신부를 성당 안쪽의 제대 앞으로 집어던졌다.

요나단 신부는 격심한 어깨 통증을 견디며 서둘러 일어나 안토니오 쪽을 바라보았다. 그도 일어서서 이쪽으로 다가오고 있었다. 오른손을 왼쪽 허리춤에 넣었다 뺀 안토니오의 손에는 고풍스러운 생김새의 단검이 들려 있었다.

"이제 그만하고 편하게 최후를 맞으시오. 선배에 대한 예우로 이야기하겠소."

요나단 신부는 단검을 들고 다가오는 안토니오의 모습을 뚫어져라 바라보았다.

처음으로 그의 모습을 바라보는 셈이었다. 안토니오의 표정은 단호했고 눈빛은 고요했다. 요나단 신부도 곧 자세를 가다듬고 맨손으로 대적할 준비를 했다. 두 사람의 거리는 이제 2미터가 채 되지 않았다. 두 사람은 서로의 눈을 주시한 채 떨어지지 않고 있었다.

요나단 신부의 눈은 이제 평소의 자애로운 눈빛이 사라지고 전사의 그것처럼 예리하게 번쩍였다.

안토니오가 쥔 단검이 먼저 요나단 신부의 좌우를 번갈아 노리며 날아들었다. 요나단 신부는 노련한 몸놀림으로 몸을 틀어 피하면서 두 걸음 뒤로 물러섰다. 안토니오의 이번 공격은 요나단 신부의 실력을 가늠해 보려는 것이었다.

요나단 신부의 시선은 여전히 요동 없이 안토니오의 시선과 팽팽하게 맞섰다. 안토니오는 늙은 신부가 만만치 않음을 느꼈다. 시간은 계속 흘렀고 그것이 자신에게 불리하다는 것을 안토니오는 알고 있었다. 이제 서둘러야겠다고 생각한 안토니오는 한쪽 발을 내밀면서 오른손의 단검을 그어 올렸다. 요나단 신부는 몸을 옆으로 돌리면서 칼날을 피하고는 비어 있는 안토니오의 얼굴을 향해 주먹을 날렸다. 하지만 안토니오는 자신의 의도대로 날아드는 주먹을 가볍게 피하면서 오른발로 신부의 옆구리를 찍어 찼다. 그러고는 자세가 흐트러진 신부의 옆으로 돌면서 재차 발길질을 했다. 요나단 신부는 급소를 맞고 바닥에 쓰러지고 말았다.

그때 감색의 푸조 806 미니 밴이 빠른 속도로 달려와서 갈멜 성당 앞에 급정차했다. 앞의 운전석에 앉은 GIGN 대원의 운전 솜씨는 최고였다. 브뤼셀을 떠나 이곳까지 겨우 35분 만에 도착한 것이다. 세 사람은 거의 동시에 차의 문을 열고 뛰어내렸다. 그때 길 건너편에 서 있던 벤츠 E 클래스 승용차가 진영의 눈에 들어왔다. 운전석에 앉아 있던 검정 양복에 선글라스를 낀 남자가 차에서 내렸고 그의 손에 뭉툭한 모양의 소음기가 달린 기관총이 들려 있는 이 보였다. 진영은 소리를 쳐서 동행들에게 경보를 발했다.

진영을 포함한 세 사람은 일제히 바닥에 엎드리며 권총을 뽑아 들었고 벤츠에서 내린 남자의 손에 쥐어진 우지 기관총이 방금 진영이 서 있던 곳을 향해 난사됐다. 역시 철갑탄이었는지 푸조 806의 차체 옆면에는 균일한 구멍이 퍽퍽 소리를 내며 연달아 생겼다. 하지만 진영과 같이 내린 GIGN 대원은 더 이상의 기회를 주지 않았다. 그가 빼든 베레타 권총이 소음기로 억누른 사격음을 내면서 발사된 것이다. 15미터 정도 거리에서 쏜 권총탄 세 발은 하체를 벤츠에 숨긴 채 사격을 하던 남자의 상체에 모두 명중했다. 특히 세 번째 총탄은 왼쪽 눈으로 들어가서 두개골을 관통했다.

방금 사격을 한 대원은 길을 건너서 벤츠 쪽으로 달려갔고 진영과 다른 한 명의 대원은 성당 안으로 뛰어 들어갔다. 마침 에젤 거리에는 지나던 차량도 없었고 총격전을 목격한 행인도 없었다.

쓰러진 요나단 신부는 몸을 급히 돌려 엄습해 오는 안토니오의 단검을 막으려 했다. 하지만 이미 그 단검은 요나단 신부의 손을 피해 가슴 아래쪽의 옆구리에 박혔다. 신부는 자기의 몸에 꽂힌 단검의 손잡이를 잡고 있는 안토니오의 손목을 틀어 쥐었다. 안토니오는 한쪽 무릎을 꿇고 앉아 왼손으로는 신부의 목을 잡은 채 신부에게 잡힌 손목을 뿌리치면서 단검을 빼들고 최후의 일격을 가하기 위해 손을 치켜들었다. 그러고는 신부의 가슴을 향해 단검을 내려 찍었다. 하지만 요나단 신부의 두 손이 내려오는 안토니오의 단검을 쥔 손을 움켜잡고 버티었다.

그때 안토니오는 등 뒤로 급한 발자국 소리를 들었다. 그로서는 머뭇거릴 틈이 없었다. 왼손 주먹으로 신부의 턱을 내려 치고 오른손의 단검을 놓아서 떨어트리고는 손을 뿌리쳐서 뽑아 냈다. 그러고는 자기가 권총을 떨어뜨린 장소로 몸을 날렸다.

순간 진영과 동행한 대원이 쏜 권총탄 한 발이 그의 옆을 스쳐 지나갔다. 안토니오는 그의 권총을 찾기 위해 벤치 사이의 바닥을 기었다. 곧 권총을 찾아 손에 쥔 안토니오는 나무 의자들 사이에서 고개를 들어 갑자기 나타난 침입자들의 위치를 찾으려 했지만 이미 진영이 그의 눈앞에 엄습했다.

사로잡아서 납치된 사람들의 행방을 알아내기 위해 진영은 총을 쏘지 않았다. 그 대신 나무 의자를 박차고 뛰어올라 오른발로 안토니오의 얼굴 정면을 타격했다. 안토니오는 격렬한 고통을 느끼며 나무 의자 뒤로 나가떨어졌다. 그러자 쓰러진 그의 오른손을 진영이 밟아 눌렀다.

다음 순간 두 사람의 권총이 안토니오의 미간을 겨누고 있었다. 안토니오는 오른손에 쥔 권총을 힘없이 바닥에 떨어뜨렸다.

진영은 나란히 안토니오의 머리를 겨냥하고 있는 대원에게 눈짓으로 부탁한 다음 성당의 제단 앞에 쓰러져 있는 요나단 신부에게로 갔다. 옆구리의 상처에서 상당한 피가 흐르고 있었지만 신부는 안토니오가 떨어뜨린 단검을 들고 뚫어지게 바라보고 있었다.

"요나단 신부님이시지요? 괜찮으십니까?"

진영은 신부에게 다가가 옆구리의 상처를 살폈다. 날카로운 칼날은 깊은 상처를 냈고 붉은 피가 쉼 없이 흘렀다. 진영은 자기 옷소매를 찢어서 일단 상처에 갖다 대고 지혈을 시도했다. 신부는 여전히 단검을 들여다 보고만 있었다.

"자네가 김진영인가? 반갑구먼. 한번 보고 싶었는데……. 결국 이렇게 만나는군. 부탁이 있어."

요나단 신부의 어조는 담담했다.

"무슨 부탁이신데요? 우선 지혈을 하셔야 합니다. 말씀을 안 하시는 것이 좋겠습니다."

"아니야. 내 목숨이야 뭐가 대수겠는가. 그보다 저 친구를 불러 주게. 꼭 해야 할 말이 있거든."

진영은 안토니오를 감시하던 대원을 불러서 안토니오를 데려오도록 했다. 안토니오는 아직 묶이지 않은 채 권총으로 감시를 받으며 신부 쪽으로 왔다. 신부는 안토니오에게 단검을 내밀었다.

"자네 것이니 가져가게. 정말 오랜만에 봤어. 이 칼에 죽을 줄은 몰랐지만 말이야."

신부를 둘러싼 세 사람은 침묵을 지키고 있었다.

"자네 이름은 안토니오 기도야. 그렇지? 아마 1967년에 태어났을 것이고. 이 칼은 자네 아버지가 쓰던 거였지. 자네에게 할 이야기가 있네."

신부는 안토니오에게 손짓을 했다. 안토니오는 신부의 옆에 무릎을 꿇고 그의 입가에 귀를 가져갔고 요나단 신부는 소곤거렸다. 이야기를 듣던 안토니오의 안색이 아주 짧은 시간에 빠르게 변했다. 곧 이야기를 마친 신부는 진영에게 말했다.

"부탁이 있네. 저 친구를 놓아 주게. 나의 마지막 소원이고 그대들의 목적을 이루는 단 하나의 방법이야. 그렇게 해 주게."

"죄송합니다. 그럴 수는 없습니다. 베로니카가 살해됐습니다. 니콜 형사도 납치됐고요."

진영은 흥분했다. 안토니오는 복잡한 표정으로 요나단 신부를 내려다보고 있었다.

"어쩔 수 없군. 내 얘기를 들어주게. 촉박하니 간단히 하겠네."

요나단 신부는 점차 기력을 잃어 가는 듯했고 출혈 쇼크로 이따금씩 몸을 떨었다.

"이야기는 천천히 하십시오. 우선 병원으로 모시겠습니다."

"제발 내 이야기를 듣고 저 친구를 놔주게. 내 목숨보다 중요한 이야기니까."

앉아 있는 안토니오의 등 뒤에서 권총을 겨누고 있던 GIGN 대원은 진영에게 손짓으로 안토니오를 감시하라고 지시한 뒤 고해실에 총탄을 맞고 쓰러져 있는 젊은 신부 쪽으로 황급히 걸어갔다.

진영은 안토니오의 뒤편으로 갔다. 그의 손에는 알랭이 남긴 은색 리볼버가 번쩍였다. 요나단 신부의 이야기가 시작됐다.

"40년 전 사르데냐의 황무지에서 같이 뛰고 구르며 큰 꿈을 꿈꾸던 세 친구가 있었지. 한 명은 브뤼헤의 금융 귀족의 후예였고, 한 명은 전쟁 고아였어. 그리고 다른 한 명은 그리스 조선업계 거물의 아들이었고. 하지만 세 사람은 똑같은 교육 과정을 거쳐서 저주받은 악마의 기사들이 됐지. 그 과정에서 세 사람은 뜨거운 우정을 키웠네. 그런데 약 3년 후에 문제가 생겼어. 그리스 출신의 친구가 금지된 사랑에 빠져 버린 거야. 사이프러스 섬에서 막 납치되어 온 아름다운 소녀를 사랑하게 된 거지. 어느 날 그 친구는 사르데냐의 본부에서 그 처녀를 구출해서는 탈출을 해 버렸어. 아켈다마 기사단 설립 이래 가장 큰 사건 중 하나였을 거야. 단장은 우리 둘에게 그들을 찾아 없애라는 명령을 내렸어. 거부할 방법이 없었지. 약 1년 후 조직의 정보망에 의해 도망자의 은신처가 알려지고 두 친구는 에게 해의 크레타 섬에 있는 작은 어촌으로 그들을 찾아갔어. 오랜만에 본 그 친구는 너무나 행복한 생활을 하고 있었어. 아름다운 아내는 막 귀여운 아들을 낳았고 친구는 낮에 나가 고기를 잡고 저녁때 돌아오곤 했던 거야. 그들 부부 앞에 우리가 나타났을 때 친구는 당황했지만 우리를 따뜻하게 맞아 주었어. 갓 태어난 아기는 따뜻한 엄마의 품에서 옹알거렸고."

그때 자리를 잠시 비웠던 GIGN 대원이 돌아왔다. 그의 손에는 하얀색 구급 키트가 들려 있었다. 요나단 신부에게 응급처치를 하러 온 것이다. 그는 우선 주사기를 꺼내서 모르핀 성분의 강한 진통제를 투여했다. 그리고 지혈을 위한 조치를 했다. 잠시 끊어졌던 요나단 신부의 이야기가 계속됐다.

"황혼이 무척 아름다웠던 저녁이었어. 우리는 묵묵히 앉아 식사를 했어. 아마 그 친구는 우리가 온 목적을 알고 있었던 것 같아. 그 역시 말이 없었지. 우리는 악마의 기사들이었어. 그렇게 교육을 받았지. 하지만 도저히 형제와도 같은 친구와 그의 아름다운 부인, 그리고 막 태어난 아기를 죽일 수는 없었어. 식사를 마치고 우리 세 사람은 집 밖으로 나왔어. 그리고 내가 그 친구에게 충고를 했지. 오늘밤 사이에 이 섬을 떠나라고, 그 길만이 살 수 있는 길이라고 했어. 그때 샤를이 제안을 하나 했지. 그러지 말고 벨기에로 가자고 말이야. 그곳에서라면 자기가 무슨 수를 써서라도 이 세 식구를 숨길 수 있을 거라고 했지. 우리는 그렇게 하기로 하고 그날 밤 바로 고기잡이 배에 몸을 싣고 크레타 섬을 떠났어.

하지만 운명의 밤은 오래지 않아서 우리를 찾아오고 말았어. 우리는 브뤼셀로 가는 기차로 갈아 타기 위해서는 밀라노에서 하룻 밤을 묵어야만 했지. 오랜 여행에 지친 갓난아기는 계속 칭얼댔고 아기 엄마도 지쳐 있었지. 밀라노 중앙역 근처의 허름한 호텔이었 어. 침대에서 잠을 청하던 나를 샤를이 불러 일으켰어. 그리고 악 마와 같은 제안을 해 온 거야. 그 불쌍한 친구를 배신하자는 것이 었지. 나는 그 제안을 차마 받아들일 수 없었고 우리는 말다툼을 벌였지. 샤를은 결국 무척 화를 내더니 호텔 밖으로 나가 버렸어. 그것으로 우리들의 우정은 끝장이 난 거지.

잠깐 잠이 들었던 나는 새벽에 들이닥친 기사단의 요원들이 옆 방에서 자고 있던 친구 가족들을 덮치는 소리에 눈을 뜨고 그 방 으로 갔어. 샤를은 이미 우리 몰래 기사단의 요원들과 연락을 하 고 있었던 거야. 나는 방문을 열자마자 온몸으로 저항하는 친구의 가슴에 단검을 꽂아 넣는 샤를을 볼 수 있었어. 나는 달려들었지 만 여러 명의 요원들에게 잡히고 말았지. 그리고 몸이 묶인 채 이 후 벌어지는 비극을 봐야만 했어. 친구는 그 자리에서 칼에 난자 당한 채 죽었고 샤를과 그 일당들은 친구의 부인을 강간했어. 아 기는 울다가 지쳐서 파랗게 질려 있었고. 나는 죽어 가던 친구가 마지막으로 나에게 부탁한 것을 실천했지. 샤를을 불렀어. 나도 좀 끼워 달라고 했지. 그는 음침하게 웃더니 내 몸을 묶은 밧줄을 풀어 주더군. 나는 윤간을 당하고 늘어져 있는 친구 부인 앞에 섰 지. 침대 옆에 떨어져 있던 단검을 주워 들고 말이야. 죽은 친구가 항상 소지하던 칼이었어. 그것을 들어서 혼절해 있는 친구 부인의 심장에 꽂아 주었어. 그 단검이 바로 이 칼이야."

요나단 신부는 자신을 찌른 칼을 다시 들여다 보면서 한숨을 크게 쉬었다. 안토니오의 얼굴은 참혹했다.

"나는 그리고 선언했어. 이제 배신자에 대한 응징은 끝났다고. 그리고 그 갓난 아기를 안았어. 샤를도 그것마저 막을 수는 없었지. 우리는 두 사람의 시체를 요원들 손에 남겨 두고 밀라노를 떠나 사르데냐로 돌아왔지. 샤를은 나의 행동에 대해 별다른 보고를 하지 않았고 우리는 단장의 칭찬을 받았어. 칭찬의 대가로 나는 아기의 보육을 청했고 그것은 받아들여졌어. 그 아기의 이름은 안토니오야. 그 아버지로부터 받은 성이 기도이고."

진영은 멍한 표정으로 앉아 있는 안토니오를 내려다 봤다. 그의 두 주먹이 부들부들 떨리고 있었다.

"나는 곧 임무 수행차 사르데냐를 떠날 수 있었지. 그러고는 곧바로 모종의 계획을 세워서 남부 프랑스 아를르에 있는 갈멜파 수도원에 들어간 거야. 더 이상 내 영혼을 악마에게 팔아먹으면서 살 수는 없다고 생각한 거지."

"나를 놓아 주시오. 제발."

멍하게 앉아 요나단 신부의 이야기를 듣고 있던 안토니오가 갈라진 목소리로 말했다. 진영은 이제 그를 어떻게 하겠다는 생각이 들지 않았다. 안토니오는 신부에게서 단검을 받아들고는 일어났다.

"신부님. 감사합니다. 그리고 죄송합니다. 정말 죄송합니다."

"아니야. 다 하느님의 뜻인 거야. 잘 가게. 저 뒷문으로 가야 할 거야. 내 사랑하는 아들."

요나단의 눈에서 눈물이 흘렀고 안토니오의 검은 눈동자에서도 눈물이 흘렀다. 안토니오는 눈물을 훔치면서 뒷문으로 나가려다 진영에게 다시 돌아섰다.

"여자들은 드 레미의 영지 내 창고 밑 지하실에 있소. 오늘밤에 오시오."

그리고 그는 다시 몸을 돌려 성당의 뒷문을 통해 정원 쪽으로 뛰어나갔다. 진영은 천천히 주저앉아 요나단 신부를 살폈다. 신부는 눈물로 젖은 두 눈을 편안히 감고 있었다. 손을 내밀어 신부의 목에 대자 맥박이 느껴지지 않았다. 할 일을 다 하고 평온하게 잠든 듯 누워 있는 요나단 신부를 뒤로 하고 두 사람은 성당 밖으로 걸어 나갔다. 정면에서 태양의 빛이 진영의 눈으로 부서져 들어왔다. 진영의 눈에서도 눈물이 조금씩 흘렀다.

샤를 드 레미는 자기의 서재에서 술을 마시고 있었다. 손에 들고 있는 크리스털 잔 안에서 출렁이고 있는 호박색 액체와 함께 어우러지는 얼굴이 있었다. 20여 년 전 처음 보았을 때의 아름답고 발랄한 모습의 캐서린이었다. 밝게 웃으며 자기를 처음 바라보던 그 모습을 그는 지금까지 잊은 적이 없었다.

그는 조금 전에 파리에서 발생한 총격 사건의 보고를 들었다. 베로니카가 죽은 것이다. 드 레미가 일생 동안 유일하게 사랑한 여자의 죽음을 들은 것이다. 그는 손에 든 위스키 잔을 들어 한 모금 마시고는 다시 잔을 바라보았다. 흔들리는 액체와 함께 다른 얼굴이 떠올랐다. 외아들 로베르의 얼굴이었다. 정원 쪽으로 난 창문을 통해 작은 새들의 맑은 울음소리가 들려왔다. 그는 스스로의 삶이 끔찍하다고 생각했다. 천문학적인 재산과 엄청난 권력, 높은 사회적 지위와 존경 그리고 끝없이 즐겨 왔던 온갖 형태의 성적인 쾌락, 그것들 모두가 끔찍하다는 생각이 든 것이다. 타인을 짓밟고 죽이면서 유지한 자신의 성채가 완전히 공허해졌다.

남작은 인터폰으로 집사인 앙드레를 불렀다. 집사는 주인의 표정을 잠깐 읽고는 고개를 숙인 채 지시를 기다렸다.

"오늘밤에 연회를 열어야겠어. 내 생일 파티 이상의 성대한 연회 말이야. 장소는 농기구 창고로 해 주게. 벨기에 최고의 음식과 세계 최고의 술들이 넘치도록 해 줘. 그리고 우리 주요 멤버들에게 연락을 해. 저녁 파티에 참석해 달라고 말이야."

"네. 알겠습니다."

"파티 준비가 끝날 때까지는 나를 방해하지 말게."

앙드레는 고개를 숙이고 서재에서 나갔다. 드 레미는 전화기를 들고 창고 밑 지하실을 연결했다. 베로니카와 기욤을 사살하고 막 돌아온 아켈다마 기사 중 한 명이 전화를 받았다.

"나 드 레미일세. 안토니오 보좌관을 바꿔 주겠나?"

"나가셔서 아직 돌아오지 않으셨습니다."

"어디 갔는지 말해 줄 수 있겠나?"

"자세히는 모르겠지만 브뤼헤로 가셨답니다. 마지막으로 처리해야 할 인물이 있다고요. 아마 곧 돌아오시지 않을까 싶습니다."

"얀 경사로부터는 아직 연락이 없고?"

"네. 전혀 없습니다. 혹시 체포된 것이 아닐까 하고 정보를 모으고 있습니다."

"베로니카 건은 잘 해결됐다고 들었네. 수고했어."

"별 말씀을요."

"오늘밤에 파티를 할 생각이네. 여기 벨기에의 기사들이 거의 다 모일 거야. 자네가 구경한 적도 없는 화려한 연회가 될 걸세. 물론 자네들도 같이 즐겨야겠지. 그래서 장소를 그쪽으로 할 거야. 지하 쪽 통로를 아예 열어 놓고 여자들을 꺼내서 즐거운 놀이도 할 거고. 그렇게 알고 준비해 주게. 뭐 준비랄 것도 없겠지만."

"그런데 죄송합니다마는 안토니오 기사님과 상의하셨습니까? 아마도 허락치 않으실 텐데요."

드 레미는 그 이야기에 분노가 폭발하고 말았다. 그는 전화기의 상대에게 고함을 질렀다.

"뭐라고? 이런 개새끼가! 여기는 내 땅이야. 내가 내 땅에서 내 마음대로 하겠다는데 어떤 놈이 허락을 하고 말고 한다는 거야! 헛소리 집어치우고 그렇게 전해!"

드 레미는 집어던지듯 전화기를 내려놓고는 책상 위에 놓아둔 술잔을 들어 단번에 비워 버렸다. 안토니오의 얼굴이 떠올랐다. 그놈을 그때 부모와 같이 죽였어야 하는데 하는 생각이 들었다. 남작은 결국 자기의 아내와 아들의 목숨을 그에게 빼앗긴 셈인 것이다. 남작은 다시 빈 술잔에 술을 따르며 이를 갈았다.

진영과 두 GIGN 대원이 탄 푸조 미니밴이 브뤼셀 남부의 안전 가옥에 들어서자 의외의 사람이 그들을 마중했다. 베르트랑이었다.

"수고했소. 들어가서 자세히 들어 보고 준비를 합시다."

돌아오는 차 안에서 무선 전화로 대략적인 상황을 보고했지만 베르트랑은 여전히 궁금한 것이 많아 보였다.

"우선 얀을 다그쳐야 합니다. 여자들은 지금 드 레미의 영지에 갇혀 있답니다. 자세한 이야기를 들어야겠습니다."

진영은 베르트랑과 어깨를 나란히 하고 저택 내로 걸어 들어가면서 이야기를 했다.

"그러면 그렇게 하지. 아직까지는 별로 진행된 게 없소."

두 사람은 바로 얀이 결박된 채 앉아 있는 방으로 향했다. 수사 요원 한 명이 그와 마주 앉아 있다가 일어섰다. 얀의 얼굴은 피로와 불안 속에 일그러져 있었다. 진영은 얀의 바로 앞에 섰다.

"오늘밤에 드 레미의 영지에 쳐들어 갈 거야. 그곳에 대한 이야기를 해 줘야겠어."

진영의 이야기에 얀은 깜짝 놀란 듯했다. 그는 의심과 당혹에 찬 표정으로 진영을 올려다보았다.

"놀랄 것 없어. 네가 이야기하지 않아도 이미 알 만한 것은 다 알아 왔으니까. 안토니오를 만나고 왔지. 그에게서 들었어. 이제 이야기를 좀 해도 될 것 같지 않은가?"

얀의 눈은 더욱더 커졌다. 안토니오가 직접 이야기하지 않았다면 그의 이름을 이들이 알 수는 없었을 것이라는 생각이 든 얀은 자포자기의 심정이 되고 있었다.

"자. 이야기를 해 보지. 우선 드 레미의 영지 약도를 그려야겠군."

베르트랑은 구경만 하고 있었다. 얀의 바뀐 얼굴 표정을 읽어 내고는 그가 지금 해야 할 일은 없다고 생각한 것이다.

얀은 이제 순순히 입을 열어 진영의 질문에 착실히 대답을 했다. 배석한 수사 요원이 노트에 급히 적었다. 창고의 대략적인 위치와 구조, 지하실로 통하는 입구의 위치와 여는 방법, 지하실의 규모와 구조, 지키고 있는 아켈다마 요원들의 숫자, 갇혀 있는 여자들의 숫자와 그들의 위치 등등. 1차 심문이 끝나자 드 레미의 영지 전체에 대한 질문이 이어졌다. 감시 카메라의 위치, 경비견의 숫자, 경비원의 숫자, 무장 수준 등 심문은 쉽게 끝나지 않았다.

한참 동안의 심문이 끝나고 베르트랑과 진영은 방에서 나왔다.

"이제 나와 이야기 좀 하지. 브뤼헤에서 지금 무슨 일이 벌어졌는지 자세히 이야기해 주게나."

"그러시죠. 그전에 드 레미의 영지 전체에 대한 위성 사진을 얻을 수 있을까요?"

"그렇지. 그게 필요하겠군. 어젯밤 미라벨라 저택에서의 낭패를 반복할 수는 없으니까. 부탁해 보지."

진영과 베르트랑 두 사람은 2층 거실로 가서 자리에 앉았다. 우선 검사가 전화를 걸어서 프랑스 정보부에 부탁을 했다. 프랑스가 보유한 정찰 위성을 통해서 드 레미의 저택을 포함한 영지 전체의 상세한 위성 사진을 찍어 보내겠다는 대답을 들은 검사는 전화를 끊고 진영의 얼굴을 지긋이 바라보았다. 진영은 천천히 요나단 신부의 최후와 안토니오의 이야기를 했다.

오후 5시경부터 드 레미의 영지 정문은 붐비기 시작했다. 대규모 연회를 치르는 데 필요한 탁자와 의자를 실은 트럭과 벨기에 최고급의 출장 요리팀들이 들어왔다. 이어서 갖가지 식자재와 음료, 주류 등을 배달하려는 차들도 들어왔다. 저녁 8시까지 준비를 마쳐 달라고 요청받은 그들은 무척 바쁘게 손발을 놀렸다.

　드 레미 가문의 영지를 표시하는 정문에서 100미터 정도 떨어진 2차선 도로 위에는 하얀색 소형 유개 트럭이 길 옆으로 서 있었다. 트럭 옆의 화물 적재함에 표시된 상호는 '안젤로 축산'이었다. 하지만 트럭의 전후면에는 위장된 고성능 망원 카메라 등의 감시 장치가 있었고 내부에는 다양한 고성능 통신 장비와 영상 재생 장치들이 가동되고 있었다. 그리고 두 요원이 드 레미 가문의 영지 정문에서 벌어지는 일들을 상세히 보고하고 있었다.

　오후가 되면서부터 브뤼셀 남부 주택가에 자리 잡은 프랑스 정부 소유의 저택 외곽은 완전 무장한 벨기에 경찰 병력이 포위하고 있었다. 그리고 거실에서는 베르트랑이 심각한 표정으로 전화 통화를 하고 있었다. 통화 상대는 프랑스 법무 장관이었다.

　"네. 오늘밤 11시를 기해서 작전을 개시할 생각입니다."

　"증거는 충분합니까? 조금 전에 벨기에 법무 장관과 전화 회의를 끝냈소. 일단 오늘밤 작전은 묵과해 주겠다는 동의를 얻었소. 하지만 조건이 있소. 인명 피해는 최소한으로 줄일 수 있도록 노력할 것, 그리고 작전 후 인질 구출 등 구체적인 증거로 범법 사실 등을 입증하지 못할 경우 외교적, 사법적인 모든 책임을 지겠다는 것이오. 그럴 리는 없겠지만 만약 잘못 짚은 것이라면 당신은 물론 나도 사퇴해야 할 거요. 물론 대통령께서도 상당한 정치적 타격을 입을 것이고. 부디 신중히 하시오. 곧 벨기에 검찰청의 담당 검사가 영장을 가지고 가서 작전에 동행할 거요. 그리고 작전 지역 외곽에는 벨기에 경찰의 특수 기동대가 만약의 사태에 대비해서 대기하고 있을 거요. 그들과 최대한 협조하도록 하시오."

"알겠습니다. 최선을 다하겠습니다."

전화는 끊겼다. 약 두 시간 전에 베르트랑은 상부의 지시에 따라 얀 경사와 여러 증거물들 그리고 그들이 심문해서 얻은 진술 기록의 사본 등을 벨기에 검찰 요원들에게 넘겼다.

벨기에 정부 측도 어제 미라벨라 저택 사건 등을 계기로 프랑스 요원들의 존재와 활동을 알아차렸고 프랑스 외무부를 통해 강력한 항의와 경고를 전하면서 저택의 위치를 파악해서 봉쇄했다. 다행히 얀 경사의 압수물들과 자백 내용, 그리고 프랑스 경찰 요원인 니콜 형사의 납치 사실을 들어 벨기에 당국을 설득할 수 있었다.

베르트랑은 한숨을 쉬고는 머리칼을 쓸어 올렸다. 벨기에 정부는 커다란 정치적 위험을 안을 수 있는 사건임을 파악하고는 모든 책임을 프랑스 측에 미루겠다고 결정했다. 즉 프랑스 정부의 손을 빌려 사건을 해결하고 자기들은 뒷처리만 하겠다는 것이었다.

드 레미 남작의 영지 정문으로 들어온 베이지색 벤츠 택시 뒷좌석에는 안토니오가 앉아 있었다. 택시는 저택 쪽으로 가지 않고 한창 파티 준비로 분주한 창고 앞으로 가 섰다.

안토니오는 택시에서 내린 후 바삐 오가는 사람들 가운데에 섰다. 일하고 있는 사람 중에서 그에게 신경을 쓰는 사람은 아무도 없었다. 안토니오의 얼굴은 잔뜩 굳어 있었다. 그는 고개를 설레설레 흔들다가 일꾼들을 큰 소리로 다그치고 있는 앙드레를 발견하고 그의 곁으로 다가갔다. 앙드레는 안토니오가 바로 옆에까지 다가서고야 알아보았다. 앙드레는 마치 나쁜 짓을 하다가 들킨 사람 같은 표정을 하고 그의 반응을 살폈다.

"이것이 다 뭔가?"

"남작님께서 오늘밤에 파티를 열겠다고 하셨습니다. 친구 분들을 다 모시고 말이지요."

"허락할 수 없어. 지금 파티를 할 때가 아니란 말이야. 더구나 어떻게 이곳에서 파티를 할 생각을 했지?"

"모르겠습니다. 제가 남작님을 모신 이후로 오늘처럼 이상하신 것은 처음 봤습니다. 어떻게 할까요?"

"내가 가 보지. 지금 어디 계시나?"

"서재에 계십니다."

안토니오는 몸을 돌려서 저택 건물 쪽으로 서둘러 발걸음을 옮겼다. 그는 걸어가면서 휴대 전화를 꺼내 사르데냐의 알게로 공항 내에 대기하고 있는 자가용 제트기의 조종사를 연결했다. 느긋한 목소리의 조종사가 전화를 받았다.

"날세. 안토니오야. 그쪽으로 돌아가야겠네. 이쪽으로 와 주게."

"몇 시쯤 떠나시겠습니까?"

"두 시간쯤 후인 저녁 7시 정도가 될 것 같아. 하지만 자네는 그 전에 도착해 있게."

"지금 바로 출발해야겠군요."

"그렇게 해 주게."

안토니오는 전화를 끊고 저택 현관에 들어섰다. 그는 다가서는 하녀들을 무시하고 곧바로 서재로 가서 노크도 없이 문을 열었다.

드 레미 남작은 무척 피곤하고 침울해 보이는 모습으로 앉아 있었다. 그의 앞에 있는 탁자에는 반쯤 비워진 위스키 병과 크리스털 잔이 놓여 있었다. 안토니오는 문을 닫고 드 레미 쪽으로 걸어갔다. 그의 눈에는 전에 볼 수 없던 증오의 불길이 타오르고 있었다.

"뭔가? 뭐 하다가 이제 들어왔지? 얀 경사는 어디 가고 말이야."

남작은 고개를 들어서 안토니오의 눈을 노려보았다. 증오의 눈길이 격렬하게 부딪쳤다.

"브뤼헤에서 신부 하나를 죽이고 돌아오는 길입니다. 지금은 신부이지만 한때 우리 기사단의 정예 요원이었지요."

드 레미는 잠시 의혹의 표정을 지었다.

"그런 일이 있을 수 있나? 금시초문이로군."

"저는 그분의 이름을 모르지만 아마 남작님께서는 알고 계실 겁니다. 남작님의 친구였으니까요."

드 레미의 표정은 다시 일변해서 놀라움으로 잔뜩 커진 눈동자로 안토니오를 보았다.

"남작님과 같이 기사 서품을 받은 두 사람 중 한 명입니다. 누군지 아실 겁니다. 다른 한 명은 남작님 손으로 죽였을 테니까요."

"어디에서 그런 터무니없는 소리를 들었어? 말도 되지 않는 이야기야."

"저는 돌아가겠습니다. 지금 기분으로는 당장 내 손으로 당신을 죽이고 싶지만 그렇게 하진 않겠습니다. 그동안 나에게 주었던 작은 호의들에 대한 보답이라고 생각하십시오. 그리고 나도 남작님의 부인과 아들을 죽였으니까 그렇게 손해를 봤다는 생각은 들지 않는군요."

드 레미는 테이블 위의 위스키 병을 들고 비어 있는 잔을 가득 채웠다. 그리고 두세 모금을 연거푸 마시고는 내려놓았다. 그는 믿을 수가 없었다. 사고로 죽었다고 생각했던 미켈레 브루넬리오가 살아 있다가 오늘에야 안토니오의 손에 죽었다는 것을. 그리고 오래전 밀라노 중앙역 앞의 싸구려 호텔 방에서 벌어진 일들이 생생히 떠올랐다. 잔을 들고 있는 손이 부들부들 떨려 왔다. 지금 눈앞의 안토니오가 이미 그 사실들을 알아차렸을 것이라는 생각이 들었다. 그를 지금 죽여야 한다고 남작의 이성은 속삭였지만 지금의 그에게는 그럴 능력도 의지도 없음을 깨달았다.

"내 부하들을 데리고 지금 사르데냐로 돌아갑니다. 어젯밤에 잡은 프랑스 여자 경찰도 데리고 가겠습니다. 파티 준비는 그만두라고 하시지요. 파티를 할 때는 아닌 것 같습니다마는."

드 레미는 안토니오의 이야기에는 전혀 귀를 기울이지 않은 채 묵묵히 위스키 잔을 비웠다. 안토니오는 더 이상 할 이야기가 없음을 깨닫고 서재를 나섰다. 그러고는 창고로 다시 내려갔다.

창고 앞은 어느덧 한산해져 갔다. 탁자와 의자들을 배치하고 탁자보와 각종 식기류들의 셋팅도 끝나 있었다. 요리는 저택 쪽에서 준비하고 있었기 때문에 창고 쪽에서는 앙드레와 몇몇 일꾼들이 파티 준비를 마무리하고 있었다. 어느덧 해가 지고 어둠이 내렸다. 안토니오는 앙드레를 불렀다.

창고 밑의 지하 공간에 위치한 커다란 방에는 적지 않은 여자들이 여전히 누워 있었다. 오전에 극히 작은 양의 식사 배식이 있은 다음 그녀들은 줄줄이 묶여서 지하 공간을 벗어나 창고 실내로 옮겨졌다. 물론 옷을 걸치는 것은 용납되지 않았다. 약 한 시간 동안 그곳에서 그녀들은 걷고 움직이는 운동을 했다.

니콜은 그곳에서 새로운 활력이 차오름을 느꼈다. 아침에 혜정이 이야기해 준 대로 좌약을 삽입당했지만 바로 배출해서 소변으로 녹여 없앴다. 고문으로 상처가 여전히 욱신거리면서 고통스러웠지만 잠이라는 것이 묘해서 어제의 자괴감은 없어졌고 살아 나가야 한다는 의욕이 그녀를 일깨웠다. 니콜과 혜정은 눈빛으로 서로를 격려하면서 운동을 하다 내려왔다.

니콜이 본 바로는 이곳에 갇혀 있는 여자는 모두 열아홉 명이었다. 정확히 알 수는 없지만 프랑스어를 사용하는 여자들이 태반인 것으로 봐서는 상당수가 프랑스 여자들인 듯했다.

침대 머리맡에 연결된 쇠사슬에 목을 묶인 채 조용히 이야기를 하고 있던 니콜과 혜정은 문이 열리는 기척이 있자 바로 다른 여자들과 같이 멍한 표정을 지으며 침대에 누웠다. 두 사내가 니콜의 침대로 다가와서 니콜의 목에 걸린 고리의 자물쇠를 열어서 풀어 냈다. 니콜은 또다시 끌려 나가서 짐승 같은 고문을 당하지 않나 하는 공포심에 사로잡혔다. 하지만 지금 니콜의 사슬을 풀어 준 사람들은 어제 그녀를 고문한 인간 백정들은 아니었다.

쇠사슬이 풀리자 한 남자가 니콜의 오른팔을 잡고 주사기를 꽂았다. 고농도의 수면제였다. 니콜은 곧 나른함을 느끼며 허물어졌다.

혜정은 그 행동을 보고 그들이 니콜을 어딘가 멀리 데려 가려 한다는 것을 알 수 있었다. 납치당해서 감금된 이래 수없이 본 일이었다. 남자들은 늘어진 니콜을 떠메고 밖으로 나가 버렸다.

　안토니오와 두 기사가 커다란 철제 트렁크를 창고 앞에 주차된 르노 에스파스 미니 밴에 밀어 넣고 차에 올랐다. 운전대를 잡은 사람은 앙드레였다. 앙드레는 자동차의 뒤쪽으로 고개를 돌려서 지금 막 실린 철제 트렁크를 잠깐 살펴보았다. 검은색 페인트 위로 스킨 스쿠버 장비라는 영문이 하얗게 도색되어 있었다.
　"이제 출발하세."
　안토니오는 출발을 재촉했다. 이곳에 잠시도 더 머물고 싶지 않다는 생각이 들었다. 차가 움직이자 안토니오는 겨우 며칠 전에 같이 왔지만 지금은 없는 부하 여덟 명을 떠올렸다. 이전까지는 느끼지 못했던 감정이었다. 그들 한 명 한 명의 이름과 얼굴과 목소리들이 떠오르자 안토니오의 마음은 뜨거워졌다. 요나단 신부가 죽어 가는 모습을 보면서부터 그는 달라진 것이다.
　그들이 탄 차는 정문을 나서서 브뤼셀 국제 공항 쪽으로 달리기 시작했다.

　진영은 브뤼헤의 임시 거처인 아파트에 돌아와 있었다. 베르트랑에게 자초지종을 설명한 다음 점심식사를 하고 오후 2시경 저택을 떠나 이곳으로 온 것이다. 돌아오자마자 샤워를 한 진영은 침대에 몸을 누이고 잠을 청했다. 피곤한 육체와 달리 정신과 신경은 시퍼렇게 날이 선 칼날과 같이 살아서 숙면을 방해했다.

피 속에 누워 있는 요나단 신부의 모습과 혜정의 얼굴이 겹치면서 잠을 이루지 못하고 뒤척이던 진영은 어느 순간 잠이 들었다. 그리고 조금 전에 깨어나 창문 쪽을 바라보았다. 커튼 틈으로 살짝 보이는 창문 밖은 이미 캄캄했다. 진영은 침대에서 일어나 우선 전기 포트에 물을 담아서 끓이고 커피를 준비했다. 시계를 보니 저녁 7시가 조금 넘어 있었다.

지난 8월 하순부터 지금까지, 즉 혜정이 실종되던 그날부터 오늘까지의 일들이 슬라이드 사진처럼 하나하나 진영의 뇌리를 스쳐 지나갔다. 지금까지 그가 겪었던 일들과 지금의 처지 모두가 낯설게 느껴졌다. 생경한 꿈속인 것도 같고 영화 속 한 장면에 들어와 있는 것 같기도 했다. 공허함과 외로움이 그의 어깨를 눌렀다. 영문 모를 눈물이 진영의 속눈썹에 살짝 어렸다. 진영은 피우던 담배를 한 모금 깊게 빨아들이고 재떨이에 눌러 껐다. 그리고 벌떡 일어나서 배낭에 넣어 둔 혜정의 회색 스웨터를 꺼냈다. 그는 스웨터를 얼굴에 비비며 은은하게 느껴지는 혜정의 냄새를 맡아 보았다.

아파트 이웃집 어딘가에서 아이들의 웃고 까부는 소리와 어머니인 듯한 여자의 애정 어린 고함소리가 들려왔다. 진영은 혜정의 스웨터를 안고 다시 침대에 누웠다. 그가 꿈꿔 왔던 것들이 뇌리에 떠올랐다. 혜정과 같이 밥 먹고, 잠자리에 들고, 일어나 볼에 입맞추고, 그들을 닮은 아기를 낳아서 공원을 산책하는 일이었다.

진영은 자신을 덮고 있는 무력감과 고독함을 떨치려고 애썼다. 혜정과 자신을 닮았을 아기의 얼굴을 머리에 떠올려 보았다. 그리고 언젠가 길거리에서 넋을 잃고 보았던 예쁜 아기 속옷과 신발을 떠올렸다. 진영의 복잡한 감정이 정리되고 있었다.

이제 그는 자신의 것들, 그의 소중한 것들을 되찾기로 마음 먹었다. 그는 차분하게 준비를 했다. 칼날을 점검하고 실탄을 챙겼다. 그가 가지고 있는 물건들을 하나하나 꺼내서 다시 챙겨 넣었다.

진영이 두 개째의 담배에 불을 붙였을 때 휴대 전화의 신호음이 들렸다. 폴더를 열고 귀에 갖다 대자 베르트랑의 목소리가 들렸다. 차분한 목소리로 그들은 이야기를 했다.

해가 지고 어둠이 깔린 드 레미의 영지 곳곳에 불이 밝혀졌다. 저녁 8시가 되자 영지의 정문으로 차들이 하나둘씩 들어왔다. 주로 검정색의 최고급 승용차들이었다. 메르세데스 벤츠 S 클래스가 가장 많았고 벤틀리와 롤스로이스도 한 대씩 들어왔다. 차들은 모두 저택 현관에 그들의 주인들을 내려놓고는 다시 밖으로 나갔다. 길고 화려한 파티가 끝나면 다시 호출되어 들어올 예정인 모양이었다. 물론 그것이 언제가 될지 운전기사들은 알 수 없었다.

로코코 취향의 화려한 장식으로 꾸민 넓은 응접실에 차츰 사람들이 모여 들었다. 거의 대부분 부부 동반이었고 나이는 주로 중년 이상이었다. 턱시도와 이브닝 드레스로 치장한 그들의 목이나 귀나 손에는 조명에 번쩍이는 각양각색의 보석들이 걸려 있었다. 삼삼오오 모여서 대화를 나누던 그들은 새로이 일행이 들어설 때마다 분주히 인사를 나누고는 했다. 그들은 우아하고 상냥해 보였고 물론 부유해 보였다.

사람들의 숫자가 30명 정도 됐을 때 응접실의 문이 열리고 드 레미 남작이 걸어 들어왔다. 그는 금실로 수놓은 아름다운 검은색 재킷을 걸치고 있었다. 조금 전 샤워와 면도를 마친 그는 평소의 품위 있고 활기 찬 모습이었다.

낮에 마신 위스키의 영향은 약간 붉게 느껴지는 그의 눈동자에만 조금 남아 있었다. 분방하게 떠들던 손님들이 일순 조용해졌다. 모든 사람들의 시선이 자기에게 모아졌음을 깨달은 남작은 미소를 지으며 응접실 중앙에 가서 인사말을 했다.

"신사 숙녀 여러분. 동지 여러분. 급하게 연락을 드렸는데도 이렇게 와 주셔서 대단히 감사합니다. 오늘 모임의 목적은……"

남작의 인사말이 여기에서 멈추자 일동 모두의 표정이 심각해졌다. 최근에 벌어진 일련의 사태들을 그들도 물론 알고 있었고 그 추이가 궁금했던 차에 연락을 받고 온 것이다. 잠시 침묵이 흐르고 남작의 인사말이 계속됐다.

"없습니다. 그저 오랜만에 한동안 즐기지 못했던 것들을 즐기기 위해섭니다. 잠깐 동안의 위협은 모두 분쇄됐고 전부 이전으로 돌아갔습니다. 모두 즐거운 시간 보내십시오."

드 레미의 인사말이 끝나자 모인 사람들은 박수를 쳤다. 그리고 웃음소리와 유쾌하게 떠드는 대화 소리가 응접실을 가득 메웠다. 드 레미 역시 사람들과 어울려 담소를 나누면서 샴페인 잔을 하나 들었다. 그의 주위에 있는 사람 대부분은 예전에 니콜이 작성했던 리스트 속 기업체들의 실제 소유주들이었다. 그리고 옛날에 로베르의 악마적인 세례 의식에 모여서 드 레미의 부인을 충격에 빠뜨렸던 사람들이기도 했다.

즐거운 대화 속에 저녁 9시 반 정도가 되자 앙드레 집사가 들어와 드 레미 남작에게 저녁식사가 준비되었음을 알렸다.

"자! 신사 숙녀 여러분. 저녁식사가 준비됐습니다. 오늘의 식사는 밀짚과 말똥이 깔려 있는 창고에 준비되었답니다. 가시지요. 말똥 냄새 맡으러!"

드 레미의 이야기에 모두들 폭소를 터뜨리며 응접실을 빠져나갔다. 저택에서 창고에 이르는 길에는 횃불을 양 편에 이어서 달아 놨다. 그들은 일렁이는 그림자를 밟으며 걸어갔다.

진영은 밤 10시가 조금 넘은 시각에 드 레미의 영지 북쪽에 있는 한 사료 창고에 설치된 작전 본부에 도착했다. 그는 이미 베르트랑과의 전화 통화로 벨기에 당국이 관여하고 있음을 알고 있었다. 창고 주위에는 중무장한 벨기에 경찰 기동대가 배치되어 있었다. 진영은 차를 길 한쪽에 세우고 창고 안으로 들어갔다.

내부는 진영의 예상보다 많은 사람들로 붐볐다. 우선 2개 분대 규모의 GIGN 대원들이 장비를 점검하고 있었고 역시 검은색 전투복을 입은 프랑스 경찰 요원 여럿이 상황판 아래에 모여서 이야기들을 하고 있었다. 복장이 약간 다른 사람 몇몇도 함께였다.

그 가운데 서 있던 베르트랑이 진영을 발견하고는 소리쳐서 불렀다. 진영은 그들에게 다가가면서 로마노도 와 있음을 보았다. 둘은 살짝 눈인사를 나눴다. 베르트랑은 예의 신사복 대신 검은색 전투복 차림이었다. 하지만 어울리지 않기는 마찬가지였다.

"어서 오게. 잘 쉬다 왔는가? 인사 나누지. 여기는 제 보좌관 김진영입니다."

베르트랑은 복장이 다른 세 명의 남자에게 진영을 소개했다. 진영은 차례로 악수를 나누었다.

"여기는 벨기에 고등 검찰청의 골만 검사이고 여기는 벨기에 경찰 본부의 안톤 경감 그리고 벨기에 경찰 특공대 대장이신 클로드 베링거 총경이시네. 마침 작전 회의를 시작할 참이었네. 시작하지."

사료 창고 내의 모든 인원이 상황판 앞으로 모였다. 영지 전체의 지도가 걸려 있었고 감시 카메라와 감시 초소 등의 위치가 상세하게 표시되어 있었다. 베르트랑이 입을 열었다.

"상황이 예상과 다르게 흐르고 있습니다. 조용하게 들어가서 인질들만 구출해 오려고 했는데 아시다시피 많은 사람들이 모여서 파티를 하는 모양입니다. 자동차들의 번호판을 추적한 결과 모두 아켈다마 기사단과 관계 있다고 여겨지는 사람들입니다. 아마도 그들 방식의 회합이 진행되는 모양입니다. 작전을 하루 정도 연기할 생각도 해 보았지만 그대로 진행하겠습니다. 오전에 만들었던 작전 계획은 취소됐고 로마노가 새로운 계획을 지금부터 브리핑하겠습니다. 작전은 11시 30분부터 개시할 예정입니다. 잘 듣고 각자 임무를 완전히 숙지하시기 바랍니다. 시작하게."

베르트랑은 로마노를 지목한 다음 한쪽 옆으로 빠졌다. 로마노가 지시봉을 들고 상황판 앞에 섰다. 모두의 눈이 그에게 쏠렸다.

밤 10시경부터 시작된 만찬은 이제 대략 끝나 가고 있었다. 식사 시중을 드는 웨이터들이 디저트 접시를 걷어 갔고 에스프레소 커피나 코냑이 나왔다. 캐비어와 훈제 연어로 시작된 만찬은 무려 아홉 종류의 접시가 나오고서야 끝났다. 샹베르탱이나 로마네 콩티 같은 최고급 부르고뉴산 포도주 병들이 수도 없이 비워지고 이제 탁자 위에는 에네시 사가 특별 제조한 코냑을 따른 술잔이 놓였다. 풍부하고도 화사하면서 깊이 있는 코냑의 향이 넓은 창고 공간을 채웠다. 만찬 테이블의 중앙에 앉은 드 레미는 자못 즐거운 모습이었다. 그는 코냑 잔을 들고는 앙드레를 불렀다.

"이제 서서히 여흥을 준비하세."

앙드레는 고개를 꾸벅하고 남작의 앞을 떠났다. 식사 후의 뒷처리는 생각보다 간단했다. 앙드레는 만찬의 진행에 동원된 20명 정도의 인원을 지휘해서 마무리한 다음 창고 밖으로 나갔다. 이제 창고 안에는 그들만 남은 것이다.

드 레미는 자리에서 일어나서 들고 있던 크리스털 코냑 잔을 은제 티스푼으로 챙챙챙 두드렸다. 각자 대화에 빠져 있던 사람들이 남작에게 시선을 집중했다.

"오늘은 저에게 무척 기쁜 날입니다. 우선 한때 저의 아내이기도 했던 여자가 오늘 우리 요원에게 사살됐습니다."

이 말에 자리에 앉아 있던 모든 사람이 놀랐고 잠깐의 웅성거림이 있었다. 드 레미는 이야기를 계속해 나갔다.

"그녀는 우리 아켈다마 기사단의 보호를 거부하고 더러운 가톨릭 수녀가 되었다가 우리의 비밀을 팔아 먹으려 했습니다. 다행히 우리는 그녀의 흉계를 미리 파악해서 적절한 대가를 치뤄 준 것이지요. 아울러 제가 한때 가장 사랑했던 친구도 죽었습니다. 아시는 분도 몇 분 있을 겁니다. 미켈레 부르넬리오 기사지요."

이번 이야기에 놀란 사람은 적었지만 웅성거림은 더 심해졌다. 미켈레 부르넬리오 기사라는 이름을 아는 사람들은 경악 속에서 남작의 이야기를 기다렸다.

"그는 약 30년 전에 임무 수행 중의 교통 사고로 프랑스 남부 코트 다쥐르 해안 절벽에서 차와 추락한 것으로 알려져 있었습니다. 그런 그가 오늘까지 살아 있었습니다. 그 역시 우리를 팔아 먹으려다가 안토니오 수석 보좌관에게 목숨을 바치고 말았습니다. 저는 이로써 우리 기사단을 위협하던 모든 요소가 오늘로서 완전히 제거됐음을 선언합니다. 저는 그들의 죽음이 기쁩니다. 내 아들 로베르의 죽음조차도 저를 기쁘게 했습니다. 왜냐하면 나에게는 우리 아켈다마 기사단만이 나의 아내이고 친구이고 아들이기 때문입니다. 여러분처럼 말입니다."

드 레미의 이 말에 몇 명의 사람이 박수를 치기 시작했고 곧 우뢰와 같은 박수가 이어졌다.

"그렇습니다. 우리에게 이 모든 것들, 우리를 즐겁고 행복하게 하는 모든 것들을 허락하신 우리의 주인 루시퍼님께 오늘밤을 바치겠습니다. 영원한 권세와 지혜와 해방을 주신 그분께 이제 피의 제물을 바치겠습니다. 여러분 모두 일어나 그분을 맞이하십시오."

드 레미가 짧은 연설을 마치자 장내의 일행 전원이 일어나 박수를 쳤다. 그리고 곧 엄숙한 표정으로 무엇인가를 기다렸다.

드 레미가 창고 벽으로 가서 한편에 위치한 열쇠 구멍에 열쇠를 밀어 넣고 돌렸다. 창고 바닥 한편이 미세한 진동과 함께 열리면서 계단이 드러났다. 어두운 계단에 불이 켜지면서 안쪽에서 문이 열리고 숫자를 알 수 없는 사람들이 걸어 올라왔다. 선 채로 기다리던 일행들이 그쪽을 향해 "아켈다마, 아켈다마."라고 외쳤다.

곧 계단에서 사람의 그림자가 모습을 드러냈다. 놀랍게도 쇠사슬 갑옷과 강철 투구 그리고 갑옷 위로 검정색 바탕 위에 빨간 역십자가가 그려진 외투를 걸친 두 기사가 장검을 뽑아 세워 들고 나왔다. 그리고 그 뒤로 역시 같은 복장의 기사 두 명이 장검을 찬 채 앞뒤로 서서 황금 상자를 장대로 어깨에 메고 나왔다. 다음에는 두건이 달린 검은색 망토를 걸친 두 명이 청동으로 만든 악마의 상을 들고 나왔다.

이마에 뿔 두 개가 튀어나와 있고 섬뜩한 얼굴을 한 악마가, 갈고리 같은 발톱이 위에 붙은 날개를 달고 갑옷을 입은 모습이었다. 눈동자에는 빨간색 루비가 박혀 있었고 전신 갑옷은 황금과 갖가지 색깔의 보석으로 치장되어 있었다. 번쩍이는 붉은 눈이 마치 살아 있는 것처럼 느끼게 해 주었다.

창고 내에 서서 그것들을 맞이하는 사람들의 주문이 더욱 커졌다. 악마의 상을 들고 나온 두 사람 뒤로 쇠사슬이 부딪치는 소리를 내며 완전히 발가벗은 여자들이 끌려 나왔다. 목에 걸린 고리에 쇠사슬을 연결해서 함께 묶인 스무 명 정도의 여자들이 두 줄로 걸어 나왔다. 모두 수준 이상의 뛰어난 미모와 몸매였고 나이도 10대 후반에서 20대 중반 정도로 보였다. 그녀들의 둔부에는 모두 A자 형태의 낙인이 찍혀 있었는데 한결같이 무표정하고 몽롱한 눈빛들이었다. 그녀들의 행렬엔 혜정도 물론 끼어 있었다. 여자들의 뒤로는 가죽 채찍을 하나씩 손에 든 백정 같은 두 사내가 웃통을 벗은 채 올라왔다.

먼저 장검을 뽑아 든 두 기사가 창고 한편에 무대같이 설치된

단의 양 옆에 나누어 섰다. 그리고 다른 두 기사가 어깨에 메고 온 황금 상자를 단 아래 정중앙에 내려놓았다. 망토를 입은 두 사람이 그 뒤로 악마의 청동상을 단 가운데에 내려놓았다.

이제 채찍을 든 두 사내가 여자들을 몰아 세워서 제단 앞에 두 줄로 무릎 꿇게 했다. 여자들이 앉자 실내는 조용해졌다.

드 레미는 천천히 걸어서 제단의 가운데에 섰다. 그리고 사람들을 향해 양손을 들어올린 후 일종의 기도문을 외웠다. 묶여 있는 여자들을 제외한 모든 사람들이 따라 외웠다. 라틴어로 된 기도문은 꽤 긴 시간에 걸쳐 이어지다가 끝났다.

드 레미는 뒤로 돌아서서 황금 상자의 뚜껑을 열어젖혔다. 그리고 빨간색 공단으로 꾸민 상자 안에서 이상한 물건을 꺼냈다.

그것은 사람의 손과 팔 모양을 한 일종의 금속 막대기였다. 자세히 보면 진짜 인간의 뼈에 청동과 황금을 씌워 만든 것으로 뭉툭한 몽둥이 같았으나 손끝 부분은 아주 날카롭게 모아져 있었다. 말하자면 사람의 손뼈로 만든 커다란 황금 정인 셈이었다. 누렇게 변색된 뼈들이 황금과 청동 사이로 곳곳에 드러났고 박혀 있는 붉은색 루비 몇 개가 빛을 반사하며 반짝였다.

남작이 이것을 두 손으로 소중하게 받쳐 들어 올리자 모인 사람들의 입에서는 다시 "아켈다마"라는 주문이 이어졌다.

지금 드 레미가 들고 있는 물건은 아켈다마 기사단을 상징하는 보물 중 하나였다. 바로 예루살렘 서쪽 성곽 밖에 있는 가룟 유다의 무덤 터, 바로 아켈다마에서 발굴해서 가져온 가룟 유다의 왼손 뼈였던 것이다.

이제 드 레미가 눈짓을 하자 제단 양 옆에 서 있던 백정 둘이 앉아 있는 여자들 중 가장 앞 줄의 한 명에게 다가갔다. 금발 머리칼에 파란 눈동자의 아름다운 소녀였다. 사내 중 하나가 큼직한 열쇠를 꺼내 소녀의 목에 걸린 고리를 풀어 내고 쇠사슬을 벗겨 냈다. 그리고 소녀의 팔을 양쪽에서 붙잡고 제단 위로 올라갔다. 몽롱하던 소녀의 눈빛에도 공포의 기운이 어렸다.

　밤 11시 반이 되었다. 드 레미 가문의 영지 정문에 위치한 경비실에 앉아서 농담을 주고 받던 두 경비원은 천천히 다가와서 닫힌 정문 앞에 서는 아우디 한 대를 발견했다. 두 사람 중 조금 더 젊어 보이는 사람이 검은색 모자를 눌러 쓰고 경비실 한편에 앉아 있던 커다란 세퍼드를 끌고 밖으로 나갔다. 그들의 재킷 상의에는 워키토키가 달려 있고 허리에 두른 두꺼운 가죽 벨트에는 권총과 전기 충격기, 수갑 등의 도구가 달려 있었다.

　밖으로 나온 경비원이 문 너머에 정지한 승용차 앞에 가 설 때쯤 살짝 열려 있는 경비실 문으로 검은 그림자가 스며들었다. 경비실에 남아 정문 앞 상황에 집중하고 있는 경비원 뒤로 소리없이 다가간 그림자는 십자가 모양의 스패너로 그의 뒤통수를 내려 쳤다.

　뒷머리에 충격을 받은 경비원은 정신을 잃고 쓰러졌다. 검은 옷의 침입자는 쓰러져 있는 경비원을 엎어 놓고 그의 두 손을 뒤로 모아 수갑을 채운 뒤 자기의 머리 부분에 고정된 무선 통신 장치에 대고 OK 신호를 보냈다.

　정문 앞에 서 있던 차는 쓸데 없는 질문으로 다가선 경비원의 주의를 산만케 하다가 곧 차를 후진시키더니 어둠 속으로 사라졌다. 정문으로 나갔던 경비원은 투덜거리면서 경비실로 돌아왔다.

검은 옷의 침입자는 쓰러진 경비원을 묶은 다음 일으켜서 의자에 앉혔다.

그는 바로 진영이었다. 진영은 왼팔에는 형광색 비표를 매고 있었고 권총과 나이프로 무장했다. 오늘의 작전은 인명 피해를 절대 내지 않고 진행하는 것이 원칙이었다. 당연히 총기류의 사용은 자제하고 잠입하여 격투기로 한 명씩 제압해 가기로 결정했다. 이러한 침투에 가장 부합되는 능력이 있는 진영이 침투로를 뚫는 임무를 수행하기로 한 것이다. 진영의 손에는 지금 소음기가 달린 글록제 권총이 들려 있었다.

정문에 나갔다가 문을 막 열고 들어오던 경비원은 잡고 있는 개의 기색이 조금 이상한 것을 느꼈다. 흥분과 긴장의 표시로 으르렁거리는 개를 달래면서 경비실로 막 들어선 경비원은 문 뒤에서 검은 그림자가 튀어나오는 것을 보고 깜짝 놀랐다. 약 2미터 거리에서 진영은 먼저 권총을 발사해서 막 달려들려던 세퍼드를 쓰러뜨린 후 경비원의 미간을 겨냥했다. 경비원은 대항할 엄두도 내지 못하고 두 손을 머리 위에 얹었다. 진영은 손짓으로 그를 돌려 세운 후 바닥에 엎드리게 했다. 경비원을 무장 해제시키고 역시 수갑으로 묶은 다음 두 번째 OK 신호를 보내자 경비실 외곽에 잠복하고 있던 요원 두 사람이 들어왔다. 한 사람은 감시용 전자 장비 전문가였고 다른 한 명은 엄호를 맡은 GIGN 대원이었다.

경비실에 들어온 전자 장비 전문가는 경비실 한편의 폐쇄 회로의 감시 카메라 시스템으로 다가가 작업을 개시했다. 영지 곳곳에 설치된 감시 카메라의 출력 화면이 모두 정지 화면이 되도록 하려는 것이다. 그렇게 되면 모든 감시 카메라들은 계속 같은 화면만, 즉 아무 일도 벌어지지 않은 조치 이전 화면만 보여 준다. 그것으로 영지 전체를 관할하는 경비실의 눈을 전부 마비시키는 것이다. 벨기에 당국의 협조로 드 레미 가문 영지의 감시 시스템을 설치한 회사에게 모든 정보를 얻은 다음이기 때문에 가능한 일이었다.

잠시 후 작업을 끝낸 전문가는 손을 들어 OK 신호를 보냈고 진영은 버튼을 눌러서 정문을 활짝 열었다. 곧이어 모든 조명을 끈 차량들이 들어왔다. 정문에서 목표인 저택이나 창고까지는 거의 3킬로미터나 되는 거리로 걸어서 가기엔 너무 멀었다. 진영은 밖으로 나가서 첫 번째로 들어온 푸조 806 밴에 올라탔다. 차량 네 대가 이제 영지 깊숙한 곳으로 조용히 이동했다.

그때 창고에서는 끔찍한 일이 벌어지고 있었다. 아름다운 금발 소녀가 끌려 나와 네 명의 남자에게 사지를 잡힌 채 허공에 들려 있었다. 양 다리는 넓게 벌려져 있어서 성기가 그대로 노출됐다. 드 레미는 가롯 유다의 손뼈를 소녀의 다리 사이로 가져갔다. 그러고는 그대로 밀어 넣었다. 천장을 보며 두려움에 떨던 소녀의 목에서 처절한 고통의 비명이 터져 나왔다. 날카로운 해골의 손끝이 파고 들어가면서 소녀의 사타구니에서는 피가 흘렀다. 꽤 굵고 긴 흉기가 30센티미터 미터 정도 들어가자 마침내 소녀는 고개를 떨어뜨리면서 정신을 잃었다. 드 레미는 그것을 천천히 빼냈다.

금속과 보석으로 그로테스크하게 치장된 가롯 유다의 손뼈는 더 이상 누런색이 아니었다. 전체가 붉은 피로 번들거렸다. 맨 정신으로 그 같은 장면을 바라보고 있던 혜정은 공포로 온몸이 굳어지면서 기분 나쁜 식은 땀이 났다. 소녀는 이제 바닥에 눕혀졌다. 드 레미는 가롯 유다의 손뼈를 세워서 들고 그녀의 옆에 가 섰다. 그러고는 날카로운 손뼈의 끝 부분이 밑으로 가도록 두 손으로 잡은 다음 누워 있는 소녀의 심장에 힘차게 꽂았다.

정확한 솜씨로 심장을 찌르자 소녀는 순간적으로 온몸을 떨다가 숨을 거뒀다. 소녀의 입과 코에서 피가 흘렀고 손뼈가 만든 커다란 상처에서는 훨씬 많은 양의 피가 흘렀다. 드 레미는 핏물로 번들거리는 손뼈를 들고 가운데 놓인 악마상 앞으로 다가섰다.

"루시퍼여. 당신에게 향기로운 처녀의 피를 바칩니다. 흠향하시고 당신의 권력을 우리에게 허락해 주시옵소서."

희생당한 소녀는 처녀의 몸이었던 것이다. 피 묻은 가롯 유다의 손뼈를 악마상 밑에 내려놓은 드 레미는 돌아서서 사람들을 한 번 훑어보았다. 묶인 채 앉아 있는 여자들은 극심한 공포로 굳어 있었고 둘러선 아켈다마의 일원들은 피를 본 야수처럼 흥분에 떨었다.

"이제 제사는 끝났습니다. 향연을 시작하겠습니다."

드 레미의 말이 떨어지자 백정 하나가 열쇠를 꺼내 여자들의 목의 쇠사슬을 풀었다. 이제 혼음이 시작되려는 것이다.

그때 드 레미의 눈에 혜정의 모습이 잡혔다. 유일한 동양 여자일 뿐 아니라 숨기지 못한 맑은 눈빛이 그의 눈과 부딪친 것이다. 드 레미는 그녀가 지금 계속 문제를 일으키는 동양 남자 놈이 찾는 여자임을 깨달았다. 또 다른 제물을 찾아낸 그의 눈이 붉게 충혈되며 반짝였다.

"잠깐 기다리십시오. 미안하지만 우리 가족 예배당에서 또 한 번 제사를 드려야겠습니다. 원하시는 분들은 같이 가시고 나머지 분들은 향연을 즐기십시오. 오래 걸리지는 않을 겁니다."

남작은 검정 망토를 걸친 두 사람에게 혜정을 잡아 올 것을 지시했다. 혜정은 다가오는 두 사람을 상대로 저항했지만 한 남자의 주먹이 복부에 꽂히자 혼절했다. 두 남자는 혜정의 손을 뒤로 묶은 뒤 흰색 망토를 걸쳐 주었다.

드 레미가 앞장서고 열 명 정도의 인원이 그 뒤를 따랐다. 검은 망토의 두 남자가 흰색 망토를 걸친 혜정을 양손에 잡고 그 뒤를 따랐다. 창고의 문을 열고 나가자 문 바깥에서 경비를 맡고 있던 두 남자가 양 옆으로 물러섰다. 그들은 검은색 양복을 입고 각각 손에 벨기에제 FNC 자동 소총을 들고 있었다. 드 레미 일행이 어둠 속으로 사라지자 그들은 다시 문 앞에 서서 지켰다.

정문을 통과한 차량은 2킬로미터 이상을 들어와서 저택과 창고 근처에 다다르자 멈췄다. 진영을 포함한 열일곱 명의 대원들은 차량 네 대에 나누어 타고 왔는데 일단 두 개조로 헤쳐 모였다. 한 개 조는 저택 본관으로 가서 그쪽의 경비 병력을 진압하며 경비실을 비롯한 저택 전체를 장악하고 다른 한 개 조는 창고로 이동해서 인질들을 구출하기로 한 것이다.

정문 쪽 경비실에는 베르트랑이 로마노와 다른 한 개 분대의 GIGN 대원을 거느리고 지원 태세를 갖추고 있었다. 그들은 상황에 따라 바로 쳐들어갈 준비를 했다. 저택 본관 쪽 조의 책임자는

크리스티앙 중위였고 창고 쪽은 부대장인 폴 상사가 맡았다. 양쪽
모두 각각 한 명씩 벨기에 경찰 특공대의 요원이 따랐다. 지원이
라기보다는 감시의 역할이 더 중요한 사람들이었다.

어쨌든 진영이 앞장 선 아홉 명이 먼저 출발하고 이어서 크리스
티앙 중위의 지휘를 따르는 분대가 어두운 길을 따라 이동했다.

드 레미와 그 일행은 창고를 떠나 저택의 입구 쪽으로 왔다. 저
택 앞에 조성된 화려한 프랑스식 정원에는 경비원 두 사람이 도베
르만 한 마리를 데리고 경계 근무를 하고 있었다. 남작 일행은 저
택으로 들어가지 않고 건물을 끼고 돌아서 저택 뒤쪽에 있는 음산
한 분위기의 고풍스러운 건물 앞에 도착했다. 400년쯤 전에 세워
진 드 레미 가문의 가족 예배당이었다. 그곳에 들어갈 수 있는 열
쇠는 오직 드 레미만이 가지고 있었다. 남작은 주머니에서 열쇠
뭉치를 꺼내서 크고 무거운 열쇠 하나를 골라 냈다. 흔히 볼 수 없
는 옛날 양식의 열쇠였다. 남작이 문을 열고 예배당에 들어가자
일행들도 차례로 뒤를 이어 들어갔다. 남작은 입구에 놓인 촛대
위 양초에 불을 붙여서 들었다. 뒤를 따르던 일행 역시 촛대를 하
나씩 들었다.칠흑같이 어두웠던 예배당의 실내는 불어나는 촛불
의 갯수에 따라 차츰 밝아졌다.

건물은 그리 크지 않았다. 일렁이는 촛불에 예배당 전면 제대에
놓인 악마의 조각상이 흔들리는 것처럼 보였고 그 뒤 벽면에는 역
십자가가 걸려 있었다. 바닥엔 갖가지 색깔의 대리석으로 모자이
크된 거대한 별 모양이 깔려 있었다. 정삼각형 두 개가 거꾸로 겹

쳐진 형태의 별이었다. 그 밑에는 역대 드 레미 가문 남자들의 유골이 묻혀 있었다. 자세히 보면 바닥에 태어난 연도와 죽은 연도가 망자의 이름과 같이 조각되어 있는 것을 볼 수 있었다. 예배당 내의 벽면에 둘러져 있는 붙박이 의자들에는 지옥의 광경을 묘사한 갖가지 그림들이 나무 모자이크로 표현되어 있었다. 그리고 벽 곳곳에 붙어 있는 인간과 갖가지 동물들의 해골들이 촛불에 비치면서 더욱 괴기스러운 분위기를 연출했다.

남작은 제대 중간에 들고 있던 촛대를 올려놓고 문으로 가서 다시 열쇠로 잠궈 버렸다. 이제 그의 열쇠 없이는 누구도 들어오거나 나갈 수 없는 것이다.

남작은 두 사람에게 명령해서 혜정을 바닥에 있는 별의 중간에 눕히도록 했다. 그리고 뒤로 묶었던 손을 풀고 걸쳤던 흰색 망토를 벗겨 냈다. 차가운 바닥에 누운 혜정은 공포와 긴장 속에 온몸이 움츠려 들었다. 남자들은 예배당 벽 밑부분의 고리 네 개에 달린 가죽 끈으로 혜정의 두 손과 발을 묶어 고정했다.

드 레미는 혜정이 완전히 묶인 것을 보고 정체불명의 기도문을 외웠다. 혜정의 주위에 둘러선 사람들도 따라 웅얼거렸다.

혜정은 고개를 조금 들어 드 레미를 바라보았다. 그의 얼굴은 굳어 있었고 그 뒤에 선 악마상의 얼굴과 닮아 갔다. 혜정의 입에서 절망 어린 비명이 날카롭게 터져 나왔다.

무사히 창고 근처까지 도달한 진영과 나머지 대원들은 나무 그늘에 몸을 숨기고 멈췄다. 창고 문 앞에 두 남자가 자동 소총을 들고 서 있는 것이 보였다. 안에 인질들이 있을 것으로 예상하고 있는 그들로서는 아무 소리도 내지 않고 제압해야만 했다. 하지만 죽여서는 안 된다는 전제 때문에 저격을 할 수도 없었다.

폴 상사가 진영의 얼굴을 바라보았다. 잠시 후 진영과 다른 한 대원이 대열을 이탈해서 창고 옆면으로 돌아서 접근했다. 진영은 손에 대형 스패너를 들고 있었다. 두 사람이 목표물에서 4미터 정도 떨어진 코너에 몸을 숨기고 준비를 갖추자 20미터 전방쯤 떨어진 나무 숲에 몸을 숨긴 폴 상사는 돌멩이 하나를 들어서 전방에 살짝 던졌다. 타닥 소리가 나자 경비원 둘이 소총을 겨냥하고 그쪽으로 이동했다. 주의를 전방에 집중하고 걷던 두 경비원의 뒤로 진영과 다른 한 명의 대원이 조용히 다가갔다. 두 사람과의 거리가 2미터 정도 되자 GIGN 대원이 몸을 날려서 두 사람 중 한 사람의 몸에 전기 충격기를 갖다 댔다. 전기 충격기가 몸에 닿자마자 그 경비원은 순간적으로 정신을 잃었다. 다른 한 경비원은 몸을 돌리는 순간 뒤에서 내려치는 스패너에 맞아 쓰러졌다. 진영의 강철 스패너가 그를 가격한 것이다.

쓰러진 두 사람의 입을 막고 두 손을 뒤로 묶은 대원 두 사람은 다시 몸을 숨기고 외곽 경계를 맡았고 다른 두 대원 역시 좌우를 경계했다. 나머지 인원은 창고 문 앞에 집결했다.

한 요원이 어깨의 장비를 꺼내서 설치했다. 강철 와이어 끝에 극소형 카메라가 달린 내부 탐지용 장비였다. 소형 LCD 모니터에 전선을 연결한 대원은 창고 문 밑으로 와이어를 밀어 넣었다.

LCD 화면에 영상이 잡혔다. 창고 내부는 밝게 조명이 되어 있어서 사람들의 움직임이 생생하게 보였다. 장검을 빼 들고 서 있는 기사 네 명이 악마의 상이 세워져 있는 단상을 호위하고 서 있는 것이 보였고 나머지 사람들은 대부분 나체로 뒤섞여 음란함의 극치를 이루는 광태에 빠져 있었다.

작은 LCD 화면으로 보이는 내부를 분석한 폴 상사는 방법을 결정했다. 인질로 보이는 여자들이 섞여 있었지만 생명의 위협을 받는 상황은 아니었고 현대식 무기를 소지한 적도 없다는 판단을 한 그는 정면 돌파를 명령했다. 잠겨 있는 두꺼운 문을 열기 위해서는 소용량의 C4 폭약을 사용하기로 했다. 팀의 폭발물 담당자가 문 네 군데에 폭약을 설치하고 원격 조정 신관을 꽂았다.

일행은 문에서 일정 거리를 두고 엎드려 폭발을 기다렸다. 폴 상사의 신호에 따라 소형 리모콘의 단추를 눌렀고 폭약이 엄청난 소리를 내면서 폭발했다. 동시에 진영을 포함한 다섯 대원이 방금의 폭발로 헐거워진 문을 발로 차서 넘어뜨리고 내부로 돌진했다.

안에서는 차마 못 볼 장면들이 연출되고 있었다. 목에 고리가 달린 가죽 벨트를 걸고 있는 열대여섯 명의 여자들이 그 두 배쯤 되는 사람들에게 무참하게 유린당하고 있었던 것이다. 남자들은 자신의 성기를 여자들의 입이나 성기 그리고 가끔은 항문에 집어넣으며 즐기고 있었고 초대된 여자들 역시 자신들의 성기를 인질인 여자의 입에 맡기거나 하면서 흥분하고 있었다. 그러나 갑작스러운 폭발에 이은 침입자들로 그들의 파티는 끝장이 났다.

총을 들고 들어온 사람들 앞에서 그들은 치부를 가리지도 못하고 패닉에 빠져 들었다. 그러나 장검을 들고 서 있던 네 기사와 채찍을 쥐고 있던 두 인간 백정들은 그렇지 않았다. 그들은 진영 일행이 창고에 뛰어들자 놀라운 속도로 막아서더니 곧바로 반격을 했다.

돌격조의 선두에 섰던 진영은 바로 앞에서 장검을 휘두르며 달려드는 기사 두 명을 상대해야 했다. 그는 자신의 목을 노리는 기사 한 명의 칼날을 오른손의 강철 스패너로 막고 몸을 날려 발을 차 올렸다. 하지만 기사의 명치 부분에 정확히 꽂혔던 발끝이 오히려 묵직하게 아팠다. 쇠사슬 갑옷을 과소평가한 덕이었다.

진영은 이제 옆구리에 차고 있던 다미스커스 단검을 왼손에 빼 들고 질풍처럼 날아드는 두 기사의 칼날을 강철 스패너로 막아 내며 빈틈을 노렸다. 그는 자기의 머리 위를 내려치는 기사의 장검을 막아 내고 파고 들어가 그의 옆구리에 왼손의 단검을 꽂아 넣었다. 다마스커스 단검은 기사의 쇠사슬 갑옷을 뚫고 들어가 박혔고 그 기사는 고통스러운 비명과 함께 쓰러졌다.

그제야 사태를 파악한 폴 상사의 사격 명령이 떨어지고 저항하는 기사들과 인간 백정들에게 총탄이 발사됐다. 물론 급소를 피해서 다리나 어깨 부분을 향한 사격이었다. 저항을 했던 여섯 명의 적들은 순식간에 바닥에 쓰러졌다.

그들을 제압한 다음 폴 상사는 베르트랑에게 무선 연락을 취해서 창고를 장악했고 인질들을 확보했다는 보고를 했다. 베르트랑은 안도와 기쁨에 차서 예비 병력의 투입을 명령했다. 이제 거칠 것이 전혀 없었다.

저택 정면의 정원에 도달했던 크리스티앙 중위의 팀은 창고 쪽의 폭발음을 신호로 행동에 들어갔다. 폭발음을 듣는 순간 일순 긴장한 두 경비원과 도베르만을 향해 일제히 사격을 가한 것이다. 개는 물론 즉시 사살됐고 어깨와 다리 등에 사격을 받은 두 경비원은 대응 사격 한 번 못해 보고 쓰러졌다. 크리스티앙 중위의 팀은 저택의 현관을 뚫고 안으로 들어갔다. 현관 옆의 경비실에 있던 경비원 두 사람은 폭발음과 총성에 놀라 뛰어나오다가 역시 간단히 제압당했다.

이제 정문에서는 벨기에 경찰 특공대의 차량들이 들어왔다. 인질들과 확실한 범죄 현장을 확보한 그들은 더 이상 머뭇거리지 않고 미리 발부받아 두었던 수색, 체포 영장을 집행했다.

진영은 창고 안에서 미친 듯이 혜정을 찾았다. 하지만 어디에서도 찾을 수가 없었고 같이 있을 것이라고 예상했던 니콜도 찾을 수 없었다. 진영은 악마의 상 밑에 피를 낭자하게 흘린 채 죽어 있는 소녀의 모습을 떠올리며 극단적인 초조감에 쫓겼다.

결국 그곳에서 혜정의 모습을 찾지 못한 진영은 묶여서 창고 한 구석에 눕거나 앉혀 있는 기사들과 인간 백정들에게로 걸어갔다. 한 군데 이상 총상을 입은 그들은 초췌한 모습으로 응급 조치를 받고 있었다. 진영은 은색 리볼버를 꺼내 들고 그들 앞에 섰다.

"여기 동양 여자가 있었지? 지금 어디 있어?"

그들은 들은 척도 하지 않았다. 진영은 이미 이성의 끈을 놓아 버리기 직전이었다. 그는 리볼버를 인간 백정 중 한 놈을 겨냥했다.

"대답하지 않으면 쏴 버리겠어."

그들을 응급 처치하던 대원이 진영을 올려다보았다. 그리고 고개를 저었다. 하지만 진영은 조금도 주저하거나 꺼리지 않고 리볼버의 방아쇠를 당겼다. 갑작스러운 권총 발사음으로 분주하고 시끄럽던 실내가 일순 조용해졌다. 체포된 아켈다마 측 사람들에게 수갑을 채우던 폴 상사가 놀라서 뛰어왔다. 진영이 발사한 총탄은 인간 백정의 대머리 위를 스치며 날아가서 벽에 박혔다.

"무슨 일이오? 김진영 씨."

"인질들을 다 구출한 것이 아닙니다. 니콜 형사도 없고 제가 찾는 사람도 없습니다. 드 레미도 보이지 않고요."

"야단났군요. 하지만 이런 방식은 곤란합니다. 허용할 수 없어요."

혜정을 묶은 후 의식을 진행하던 드 레미는 자기의 영지 내부에서 발생한 것이 분명한 폭발음을 듣고 의식을 멈추었다. 잠시 후 대기를 찢는 듯한 여러 가지 총기의 발사음이 들리자 남작과 그 일행은 동요했다. 황급히 문으로 걸어간 남작은 문을 열쇠로 열고 검은색 망토를 입은 기사 두 사람에게 나가서 상황을 살피고 오라는 명령을 내렸다. 두 사람은 바로 문 밖으로 나섰다. 하지만 얼마 가지 못해서 저택 주위를 둘러싸고 경계를 하던 크리스티앙 중위의 대원들에게 발견됐다. 그들은 공포를 쏘며 정지를 명령하는 대원들을 피해 바로 예배당으로 돌아왔다.

"무슨 일인가?"

"자세히는 알 수 없지만 완전 무장한 일당이 영지 전체를 장악하고 있습니다. 아마도 경찰 부대인 것 같습니다."

예배당 내에 있던 사람들은 그 이야기를 듣고 혼란에 빠져들었다. 드 레미는 드디어 올 것이 왔구나 하고 생각했다.

공권력이 투입된 것이라면 그들이 빠져나갈 길은 없었다. 선택할 수 있는 길은 두 가지였다. 손을 들고 나가서 순순히 체포되는 것과 목숨을 걸고 끝까지 저항하는 것이었다. 결국 사느냐 죽느냐의 선택인 것이다. 그러나 그들에게 산다는 것은 온갖 치욕과 모멸을 견뎌 가면서 천천히 죽는다는 의미였다. 아켈다마를 떠나서 드 레미 개인의 자존심으로도 감내할 수 없는 일이었다.

드 레미는 간단히 생각을 정리하고 주위에 선 동료들을 한 명씩 바라보았다. 드 레미와 같이 온 이들은 가장 가까운 사람들이었고 결국 아켈다마 벨기에 지부의 핵심 인사들이었다. 니콜의 기업 명단에 들어 있는 사람들 대부분이 이 자리에 있었다.

그중 나이가 가장 들어 보이는 신사가 드 레미에게 질문을 했다. 콘티넨탈 곡물 회사의 최고 경영자이자 아켈다마 기사단 벨기에 지부의 제2인자인 레오나드 커셀 경이었다.

"남작. 결국 아무런 방법이 없는 것이오? 한 시간 전만 해도 모든 위협이 사라졌다고 했지 않소? 오늘 우리를 이 자리에 초대한 것은 결국 같이 죽자고 부른 것이구려?"

하지만 커셀 경의 말투는 따지는 말투가 아니었다. 자조와 체념이 섞인 친밀한 말투였다. 드 레미는 좌중을 둘러보며 이야기했다.

"미안합니다. 여러분. 우리의 전통이 여기서 무너지는 모양입니다. 최선을 다했지만 우리 주인께서 우리를 부르시는 것 같습니다. 다른 선택은 없습니다. 아켈다마의 기사답게 최후를 맞이합시다."

모두들 드 레미와 같은 생각이었다. 그들에게 죽음은 그렇게 심각한 일이 아니었다. 어둠과 죽음과 지옥의 지배자이며 그들이 봉사를 바친 그들의 주인 악마 루시퍼에게 돌아가는 것일 뿐이었다.

드 레미는 예배당 안쪽의 제단 뒤로 걸어가서 벽면의 나무 모자이크 장식을 조작했다. 비밀 공간이 있는 모양이었다. 몇몇 사람이 드 레미의 등 뒤로 가서 섰다. 제단 뒤에는 소형 무기 보관용 캐비닛이 숨겨져 있었다.

열린 공간에는 잘 정리된 무기들이 놓여 있었다. FNC 자동 소총 다섯 정과 HK MP5 기관총 세 정, 권총 다섯 정, 수류탄 등이 캐비닛 밑의 서랍에 들어 있었고 탄약도 넘칠 정도로 많았다. 그들은 적당한 무기들을 하나씩 고르고 실탄을 챙겼다.

정문을 돌파한 베르트랑이 지휘하는 예비 부대와 벨기에 경찰 특공대는 순식간에 영지 내의 주요 건물과 위치를 장악했다. 특히 창고 쪽으로는 다섯 대 이상의 차량이 몰려들었다. 그중에는 구급차에 탄 응급 의료진도 있었다. 부상당한 아켈다마의 일원들은 응급 조치를 받았고 나머지 체포된 아켈다마 쪽 사람들은 차례로 인적 사항 등의 1차 조사를 받고 있었다. 물론 그 일은 벨기에 경찰 쪽이 맡았다.

한편에는 악마의 손아귀에서 막 구출된 여자들이 모여 있었다. 창고 문이 열리고 나자 실내 공기는 금방 바깥과 다름 없이 차가워졌고 나체의 그녀들은 우선 제공된 옷가지와 아래 지하 층에서 가지고 올라온 담요 등으로 몸을 감쌌다. 그녀들은 지금의 급박한 상황 전개를 잘 이해하지 못하고 있는 듯했다. 눈빛은 여전히 몽롱하고 요원들의 질문에도 제대로 대답을 못했다.

진영은 미칠 것 같았다. 아켈다마 쪽 사람들에게는 대답을 얻을 수가 없어서 납치됐던 여자들 중 눈빛이 조금 맑아 보이는 여자를 잡고 질문을 계속했다.

"동양 여자를 봤습니까? 어디 갔지요?"

하지만 그녀는 자신을 몰아붙이는 진영에게 오히려 공포감을 느꼈는지 더욱 움츠러들었다.

그때 진영의 귀에 달린 무선 통신 장비에서 크리스티앙 중위의 목소리가 들렸다. 그전까지도 저택 쪽에서의 상황이 계속 전달됐지만 별것 아니었다. 하지만 이번 것은 그렇지 않았다.

"창고 쪽 요원들은 전원 저택 뒤쪽으로 이동하라. 저택 뒤의 건물에서 저항 세력이 발견됐다. 반복한다. 그쪽 상황은 벨기에 측에 넘기고 즉시 저택 뒤쪽으로 이동하라."

진영은 정신이 들었다. 분명히 그쪽에 혜정이 있을 것이라는 생각이 들었다. 진영은 창고 밖으로 뛰어나가 저택 방향으로 달렸다. 나머지 요원들이 뒤따랐다.

밖으로 나왔다가 예배당으로 다시 들어간 두 기사를 쫓던 GIGN 대원들은 저택 뒤에 세워진 옛 건물을 발견하고 주위를 차단했다. 별다른 저항 없이 저택 쪽을 점거한 크리스티앙 중위는 지금 막 도착한 예비 부대에게 마무리를 인계하고 그쪽으로 이동했다.

　잠시 후 작은 예배당 건물은 검은색 전투복 차림의 GIGN 대원들에게 포위되었다. 창문도 없이 닫혀 있는 목제 문 하나밖에 없는 예배당의 주위는 조용한 가운데 팽팽한 긴장감이 흘렀다. 이어서 재빨리 달려온 진영과 대원들이 합류했다. 진영은 크리스티앙 중위의 옆에 자리 잡았다. 크리스티앙 중위는 우선 최초로 그들을 발견하고 추적해 온 대원들에게 물었다.

　"두 사람이 도망쳐 들어갔다고? 내부를 봤나?"

　"아무것도 보지 못했습니다. 제가 도착했을 때는 이미 문이 닫힌 다음이었습니다. 두 놈이 정원 쪽으로 걸어 나오다가 저에게 발견당했지요. 공포탄을 쏘며 정지하라고 했지만 그냥 도주했습니다. 쏠 수 있었지만 죽일 수도 있을 것 같아 추적해 온 겁니다."

　"잘했네. 우선 내부 감시부터 해야지. 진행하게."

　조금 전 창고 문에서와 같이 극소형 카메라를 단 와이어를 문 틈으로 집어넣기 위해 두 사람의 대원이 문 쪽으로 이동했다. 그러나 틈을 찾지 못한 두 사람은 곧 작업을 포기하고 돌아왔다.

　크리스티앙 중위는 생각에 빠졌다. 건물 내부에 몇 명이나 있는지도, 무장 여부도 모르고 더구나 인질이 있는지도 모르는 상태에서 그의 선택엔 한계가 있을 수밖에 없었던 것이다. 일단은 그들이 무장했고 인질이 있을 것이라는 전제 하에 작전을 전개하는 것이 그가 배운 원칙이었다.

　그는 서두르지 않기로 했다. 이제는 그럴 이유가 없었던 것이다. 그는 대원 한 명에게 확성기를 가져오라고 했다. 우선은 대화로 풀어 볼 생각이었다. 그리고 다른 대원에게는 문을 파괴할 준비를 갖추도록 명령했다. 배속된 폭발물 전문가가 문에 접근해서

폭발물을 설치했다. 조금 전에 창고 문을 부순 것과 같은 방식이
었다. 그리고 저격병을 호출했다. 그에게는 열 적외선 감지 센서
를 장착한 특수 조준기가 있었던 것이다. 그것으로 정확하지는 않
아도 벽에 붙어 있는 적의 여부와 숫자를 파악할 수는 있었다. 곧
확성기가 운반되었고 C4 폭약도 설치가 끝났다. 저격병은 특수 조
준경으로 문 양 옆의 벽에 적이 두 명 있는 것을 확인했다. 그들의
체온을 감지한 결과였다. 하지만 그게 전부였다.

진영은 일단 GIGN 부대의 명성을 믿어 보기로 하고 초조함과
조바심을 누르면서 전방을 주시했다. 크리스티앙 중위는 확성기
를 손에 들고 스위치를 켜고 이야기를 했다.

"안에 들리는가? 안에 있는 것을 알고 있다. 나는 프랑스 대테
러 부대인 GIGN의 책임자다. 당신들은 포위되어 있다. 우리뿐 아
니라 벨기에 경찰도 있다. 저택과 창고 쪽은 모두 진압되었다. 포
기하고 나와라. 물론 안전을 보장하겠다. 나오지 않으면 우리가
들어간다. 그때는 당신들의 안전은 책임질 수 없다. 다시 말한다.
포기하고 나와라."

그때 예배당의 문이 아주 조금 열렸다. 그리고 대답이 들렸다.

"우리는 무장하고 있다. 그리고 인질도 있다. 들어올 경우에는
우리 모두 죽는다. 물론 인질이 제일 먼저 죽을 것이다."

건물 안쪽 문 옆에 숨어 있는 두 기사 중 한 사람이 어색한 이탈
리아 엑센트의 프랑스어로 대답을 해 온 것이다.

그때 드 레미가 들고 있던 MP5 기관총을 묶여 있는 혜정의 머
리 위로 발사했다. 투투투 하며 점사 모드로 발사된 세 발의 발사
음과 함께 놀란 혜정의 비명이 바깥으로 크게 울렸다. 그들은 그

들의 대답을 실제로 증명한 것이다. 진영은 방금 들린 여자의 비명이 혜정의 목소리인 것을 확인했다. 그는 소리쳤다.

"혜정아! 나야. 진영이."

"진영 씨! 아악!."

혜정이가 진영의 부름에 대답을 한 순간, 옆에 선 드 레미가 기관총의 어깨 지지대로 혜정의 배를 찍어 버린 것이다.

진영은 혜정의 목소리를 듣는 순간 피가 거꾸로 솟는 것 같았다. 냉정해지려고 했지만 권총을 쥔 손이 떨렸다. 옆에 있던 크리스티앙 중위가 그의 어깨를 쥐었다. 진정하라는 표시였다. 혜정의 존재를 파악했고 무사함도 알았다. 이제 구출해 내는 것만 남았다. 진영은 당장이라도 뛰어 들어가고 싶은 충동을 억눌렀다.

크리스티앙 중위는 확성기를 고쳐 잡았다.

"좋다. 너희들이 원하는 것이 뭐냐?"

"우리의 요구 사항은 간단하다. 일단 체포한 사람들을 풀어 주고 영지 바깥으로 철수하라. 그런 다음에 협상을 하자."

"우리는 공무를 집행하고 있다. 국가를 상대로 거래할 생각은 마라. 우리는 너희들의 안전과 공정한 재판을 보장한다. 이제 나와라. 너희에겐 선택의 여지가 없다."

크리스티앙 중위가 막 확성기에서 입을 떼었을 때 후방에서 인기척이 났다. 베르트랑과 골만 검사, 안톤 경감이었다. 창고와 저택 쪽 상황을 둘러보고 이쪽으로 온 것이다. 크리스티앙 중위는 상황을 간략히 그러나 정확하게 설명했다. 보고를 다 들은 골만 검사가 확성기를 요구했다.

"나 벨기에 검찰청의 골만 검사요. 안에 드 레미 계시오? 이야기 좀 합시다."

혜정의 옆에 서 있던 드 레미가 장소를 조금 옮겨서 조금 열린 문 틈으로 기관총을 무차별 난사했다. 그러고는 고함쳤다.

"골만 검사. 나의 대답은 이것이오. 무조건 영지 바깥으로 철수하시오. 그 다음에 이야기합시다."

베르트랑이 고개를 돌려서 골만 검사와 안톤 경감을 바라보았다. 그들의 동의를 구해야 하는 것이다.

"별수 없소. 진압합시다. 우리 쪽 요원들에게 맡겨 주시오."

두 사람은 대답이 없었다. 다른 방법이 없음을 그들도 알고 있었기 때문이다. 베르트랑은 고개를 돌려 크리스티앙 중위를 불렀다. 그리고 간단하게 명령했다.

"진압하게."

크리스티앙 중위는 무선 통신 장비를 통해 지시를 내렸다. 대원 각자의 위치와 임무를 다시 확인시키고는 공격의 순간을 기다렸다. 진영은 자기에게 아무런 임무도 맡기지 않았음을 깨달았다. 이성적으로는 당연하다고 받아들였지만 혜정을 바로 눈앞에 두고 아무런 일도 할 수 없다는 것이 괴로웠다.

혜정은 바닥에 묶인 채 두려움으로 떨면서도 희망을 느꼈다. 바로 앞에 진영이 와 있었다. 혜정은 뱃속의 아기에게 말을 건넸다.

"아가야. 아빠가 오셨다. 이제 우리를 구해 주실 거야. 무서워하지 마. 이제 금방 아빠를 만날 거야."

혜정은 예배당 안의 사람들이 긴박하게 움직이기 시작했음을 파악했다. 드 레미와 몇 명의 사람들은 예배당 뒤쪽의 제단 뒤로 몸을 숨겼고 나머지는 벽면에 붙은 채 자세를 낮추고 사격 준비를 했다. 기사 한 명이 전체에게 이야기했다.

"곧 들어올 겁니다. 문을 폭파하고 섬광 수류탄을 투척한 다음 돌격해 오겠지요. 문이 폭파되면 우선 약 2초간 무조건 눈을 감으십시오. 그 다음에 눈을 떠야 합니다."

"저 여자를 이쪽으로 데려오게. 최후까지 버텨 봐야지."

기사 두 명이 드 레미의 명령에 따라 혜정을 묶고 있던 가죽끈을 칼로 끊어 내고 남작의 옆으로 데려갔다. 혜정의 피부는 추위와 공포로 얼어붙어서 잔뜩 소름이 돋아 있었다. 그때 밖에서 다시 확성기 소리가 들렸다.

"좋다. 조건을 수락하겠다. 우리는 철수하겠다. 잠시 후 전화로 연락하겠다."

이 말을 들은 예배당 안의 사람들은 혼란스러워졌다. 긴장이 조금 풀리고 자세가 흐트러졌다. 그러자 드 레미가 소리쳤다.

"동요하지 마라. 이건 술책이야!"

그 말이 채 끝나기도 전에 문에 장치된 폭약이 폭발했다. 그리고 유탄 발사기로 쏜 섬광탄 네 발이 예배당 안으로 들어와 터졌다. 동시에 사격 위치에 있던 두 저격수가 50밀리미터의 철갑탄을 문 양 옆의 벽으로 발사했다. 다음 순간 벽을 따라 문 쪽에 포진해 있던 돌격조가 예배당 내로 달려들었다.

FNC 자동 소총을 들고 문 양 옆에 서 있던 두 기사는 이미 복부와 흉부에 커다란 구멍이 난 채 쓰러져 있었다. 초대형 철갑탄은 두꺼운 벽돌을 뚫고 난 다음에도 충분한 위력을 발휘한 것이다. 쓰러진 기사가 했던 조언은 별로 효과가 없어서 긴장을 늦춘 사이에 들어와 터진 섬광탄으로 실내에 있던 모든 사람들의 시력은 완전히 마비되었다. 돌격조 네 명은 문을 돌파하고 예배당의 내부에 들어서자마자 HK MP5 기관총을 마구 난사했다. 무장한 채 인질을 잡고 있는 적을 제압하는 방법은 사살뿐이었던 것이다.

순식간에 여덟 명 정도의 아켈다마 단원이 사살당했다. 하지만 제단 뒤에 숨어 있던 사람들은 시력을 잃지도, 돌격대의 기관총에 노출되지도 않았다.

드 레미의 오른쪽 옆에 있던 커셀 경의 MP5가 먼저 불을 뿜었다. 3미터 전방의 대원은 전면에 총탄을 맞고 쓰러졌고 그의 뒤에 서 있던 대원이 노출된 커셀 경의 머리를 향해 발사했다.

커셀 경의 머리에서 튄 뜨겁고 끈적끈적한 피와 뇌수가 혜정의 벗은 몸 위에 떨어졌다. 제단을 우회하던 대원도 제단 뒤에서 자기를 사격하기 위해 일어서는 그림자를 보고 재빨리 쐈다.

다섯 발 이상의 총탄을 발사하면서 적을 쓰러뜨린 그는 이제 제단 뒤로 돌았다. 눈앞에 하얀 피부에 붉은 피를 뒤집어 쓴 여자와 그녀 뒤에 앉아 있는 검은 그림자가 나타났다. 그 순간 드 레미가 들고 있던 MP5 기관총을 난사했다. 대원은 가슴 부분에 강한 충격을 느끼며 뒤로 넘어졌다. 그때 커셀 경을 사살한 대원이 제단 뒤로 돌아 노출된 드 레미의 등을 향해 쐈다. 인질의 안전을 고려해서 관통력이 떨어지는 총탄을 사용하는 것은 대테러 부대 요원의 기본이었다. 혜정은 드 레미가 자기 몸에 기대며 쓰러지는 것을 느꼈다.

안도감을 느끼며 고개를 돌린 혜정과 막 드 레미를 사살한 대원은 동시에 남작의 왼손에서 떨어지는 수류탄을 발견했다. GIGN 대원은 선택의 여지도 없이 제단 바깥으로 몸을 날렸다.

혜정은 이제 악마의 손아귀에서 벗어났다고 안도한 바로 다음 순간에 모든 것이 끝났음을 깨달았다. 그녀가 마음속으로 '아가야. 미안하다.' 라고 되뇌인 순간 하얀 섬광이 혜정을 지워 버렸다.

진영은 돌격조 네 명 다음에 들어간 지원조 네 명의 뒤를 따랐다. 그가 시체 여러 구가 쓰러져 있는 예배당 내부에 들어서자마자 드 레미를 향해 발사한 최후의 사격음이 들렸다. 이후 찰나의 고요가 찾아왔다. 하지만 다음 순간 쓰러진 두 동료들을 보살피려고 자세를 낮춘 대원들 위로 제단 뒤의 대원 한 명이 몸을 날렸다. 그리고 그가 외치는 소리가 들렸다.

"수류탄이다!"

진영과 대원들은 반사적으로 몸을 날렸다. 순간 고막을 찢는 듯한 폭음과 함께 세상이 무너져 내리는 듯한 충격이 느껴졌다.

잠시 후 쏟아져 내리는 온갖 파편을 온몸에 뒤집어쓴 채 진영은 천천히 몸을 일으켰다. 주위는 완전한 암흑이었다. 다행히도 대리석으로 만든 제단 뒤편에서 수류탄이 터졌기 때문에 진영과 다른 대원들은 아무런 부상도 입지 않았다.

암흑과 자욱한 먼지 속에서 막대기처럼 보이는 랜턴 불빛들이 건물 밖에서 들어왔다. 주저 앉아 있는 진영의 얼굴을 누군가가 비췄다. 진영은 멍한 눈빛으로 빛나는 전구를 바라보다가 차츰 정신을 차렸다. 주위는 부산했다. 일행이 들어와 쓰러져 있는 대원들을 찾아서 돌보는 등 상황을 수습하고 있는 것이다. 누군가가 괜찮냐고 물어 왔다. 진영은 그제야 혜정이 있던 곳에서 수류탄이 터졌다는 생각을 했다.

　진영은 벌떡 일어났다. 그리고 경찰 대원들이 몰려 서 있는 제단의 뒤쪽으로 뛰어갔다. 진영은 말리는 대원들을 밀쳐 내고 폐허가 된 제단 뒤쪽을 봤다. 흔들리는 랜턴 불빛 사이로 핏물로 범벅이 된 혜정의 머리가 보였다. 두 눈을 부릅뜬 채 산산조각 난 몸에 겨우 붙어 있는 혜정의 머리를 본 순간 진영의 입에서 끔찍한 비명이 터졌다. 분노와 슬픔과 고통의 절규가 진영의 온몸을 쥐어짜면서 튀어나온 것이다. 진영은 비명 속에서 정신이 아득해졌다. 그리고 천천히 바닥에 쓰러져 내렸다.

현장 정리
2005년 10월 16일

본격적인 가을비가 내리는 아침이었다. 벨기에 국경과 인접해 있는 프랑스의 릴 시에 위치한 국립 병원 입구에 검은색 르노 사프란 승용차 두 대가 들어왔다. 파란색 경광등을 차 지붕에 올린 채였으나 소음 없이 병원 구내로 들어온 승용차에서 세 사람이 내렸다. 베르트랑과 로마노, 크리스티앙 중위였다.

그들은 상황이 끝난 후 부상자들을 우선 후송한 다음 밤을 새워서 현장을 정리했다. 방탄 헬멧과 조끼 덕분에 다행히 프랑스 측 사망자는 전혀 없었다. 총격을 받았던 대원 두 명과 수류탄 파편을 허벅지 부분에 맞은 대원 한 명이 이 병원으로 후송되었지만 그렇게 중상은 아니었다. 그리고 또 한 사람, 정신을 잃고 쓰러졌던 진영도 이 병원에 누워 있었다.

일행은 병원 관계자의 안내를 받아서 부상당한 대원들의 병실을 방문했다. 그들은 여전히 혈기 왕성했으며 오히려 농담을 던질

만큼 여유가 있었다. 세 사람은 이어서 진영의 병실로 이동했다.

노크를 한 후 진영의 병실에 들어서자 침대에 누워 있는 진영이 보였다. 그는 두 눈을 부릅뜨고 천장 어딘가를 바라보고 있었다. 병실에 들어선 일행이 인기척을 내 봤으나 반응이 전혀 없었다.

"김진영 씨. 좀 괜찮아졌소?"

베르트랑이 먼저 인사를 건네며 진영의 침대 옆으로 다가섰다. 진영은 고개를 돌려서 베르트랑의 얼굴을 힐끗 보고는 다시 고개를 돌려 버렸다. 베르트랑은 한숨을 한 번 쉬고는 이야기를 했다.

"뭐라 위로를 해야 할지 모르겠소. 그토록 열심히 찾았는데……. 어쨌든 김진영 씨에게 감사와 위로의 뜻을 전하러 왔소. 부디 힘을 내시오. 앞으로 살아야 할 날이 많은 나이지 않소."

뒤에 서 있던 크리스티앙 중위가 앞으로 나섰다.

"진압 책임자로서 사과하겠습니다. 강혜정 씨의 죽음은 어쨌든 우리의 실책입니다. 죄송합니다."

진영은 고개를 돌려 베르트랑과 크리스티앙 중위를 바라보았다. 그리고 나지막이 이야기를 했다.

"와 주셔서 감사합니다. 하지만 이제 그만 나가 주시지요. 혼자 있고 싶습니다."

그러고는 다시 고개를 벽 쪽으로 돌렸다. 베르트랑이 헛기침을 한 번 했다.

"가 보겠소. 김진영 씨가 원하면 언제든지 퇴원해도 될 것이오. 김진영 씨의 승용차는 이미 여기 병원에 가져다 놨소. 퇴원할 때 다른 물건들과 함께 자동차 열쇠를 받으시오. 그리고 소지하고 있던 무기들은 일단 우리가 보관하겠소. 파리로 돌아오면 연락주시오. 술이라도 한잔합시다."

　세 사람은 곧 병실 밖으로 나갔다. 진영의 눈길은 여전히 공허하게 하얀 천장의 어느 한 곳에 머물러 있었다.

　파리로 돌아가는 차 안에서 베르트랑은 라디오 뉴스를 들었다. 벨기에 쪽의 프랑스어 방송이었다. 드 레미의 영지 정문에서 생방송으로 뉴스를 전하고 있는 기자의 목소리는 떨리고 있었다.

　"현재 이곳은 완전히 차단되어 있습니다. 수사 요원을 제외한 누구도 들어가거나 나올 수 없습니다. 간밤에 이 거대한 드 레미의 영지에서 정확히 무슨 일이 벌어졌는지는 모르지만 끔찍한 사건이 있었다는 것은 분명합니다. 기자가 이곳에 도착한 다음에도 구급차가 여러 대 들어가고 나오는 것을 볼 수 있었습니다. 어젯밤 이곳 드 레미 가문의 저택에서는 벨기에의 유력한 정재계 인사들을 초청한 연회가 있었습니다. 지금 이 시각 현재 어젯밤의 연회에 참석하기 위해 이 문을 들어갔던 인사들의 신상과 현재 상태에 대해서는 알려진 바가 전혀 없습니다. 단지 아침 7시쯤 정문으로 잠깐 나왔던 골만 베르제 검사의 말에 따르면 많은 사상자가 생긴 것은 사실이고 사고가 아니었다는 것을 확인할 수는 있었습니다. 골만 검사는 덧붙여 벨기에 역사상 가장 큰 범죄 사건이 될 것이라고 이야기했습니다. 현재로서는 그 사건이 무엇인지 파악할 수 없습니다. 이상 드 레미의 영지 앞에서 전해 드렸습니다."

　뉴스는 이어서 사상자들이 이송된 브뤼헤의 성 카트린 병원과 사건의 윤곽을 쫓고 있는 벨기에 검찰청 쪽 기자들을 연결했다.

베르트랑은 라디오를 끄고 눈을 감았다. 차창에 어리는 빗물을 쓸어 내는 와이퍼의 간헐적인 마찰음이 엔진의 소리와 섞여 들리고 있었다. 현장에서 구출한 납치된 여자들 열일곱 명 중에서 열한 명이 프랑스 국민이었다. 그녀들은 벌써 파리로 옮겨졌다. 그들의 신원이 확인되고 가족들에게 통보가 될 오늘 오후쯤에는 프랑스의 언론들도 이 사건을 다룰 것이다. 현장에서 잔혹하게 제물로 희생된 소녀 역시 프랑스 국민으로 추정됐다.

베르트랑은 이제야 자기의 일이 시작된다는 것을 알고 있었다. 확실한 공소권을 가지고 사법적인 마무리를 해야 하는 것이다. 이제는 오히려 벨기에 쪽에서 적극적이었다. 그쪽에서는 대대적인 정계 개편과 경제계의 판도 변화가 이어질 것이었다. 현재 프랑스 쪽에서는 그 단체와 연루됐다는 혐의를 둘 만한 사람은 없었다. 아켈다마 기사단의 프랑스에 대한 적개심을 고려한다면 이해가 됐다. 프랑스 여자들을 주로 납치한 것도 같은 맥락이었다. 하지만 베르트랑에게는 해결해야 할 중대한 문제가 아직 남아 있었다. 바로 니콜 형사의 소재 파악과 구출이었고 사르데냐에 존재한다는 아켈다마 기사단의 본부를 찾는 일이었다. 베르트랑은 우선 좀 자야겠다는 생각을 하며 자기 몸을 최대한 의자 뒤로 젖혔다. 그러나 잠은 오지 않았고 빗물을 긁어 내는 와이퍼 소리는 점점 더 크게 들렸다.

사르데냐에서 온 초대장

2005년 10월 18일

진영의 아파트는 여전히 굳게 닫혀 있었다. 문뿐만 아니라 창문과 커튼 그리고 흰색 덧문까지 완전히 닫혀 있었다. 바깥과 완전히 차단된 아파트 실내는 마치 한밤중인 것처럼 어두웠다. 그리고 독한 위스키 냄새가 가라앉아 있는 실내의 공기와 섞여서 작은 아파트 내부를 꽉 채웠다.

거실의 한구석에서 갑자기 불이 켜졌다. 불이 붙은 일회용 라이터를 입에 문 담배에 천천히 가져가는 진영의 얼굴은 어둠 속에서 떠오른 듯이 보였다. 이어서 그가 빨아들일 때마다 격렬하게 타들어가는 담배 불빛이 굳어 있는 그의 얼굴을 어렴풋이 비췄다.

그는 어제 아침에 릴의 병원에서 퇴원한 후 바로 파리의 집으로 돌아왔다. 오는 길에 식료품 몇 가지와 음료수 그리고 위스키 두 병을 사 왔다. 그때부터 어둠 속에서 술을 마셨다. 사 들고 온 식료품 봉투는 손도 대지 않은 채 거실 바닥에 쓰러져 있었고 빈 물

병과 위스키 병만 진영의 주위에 널려 있었다.

드 레미 가문의 영지에 들어가기 전에 식사한 후 아직까지 아무것도 먹은 것이 없었다. 하지만 무엇인가를 먹고 싶다는 생각은 전혀 들지 않았다. 두 병째의 위스키가 바닥이 나고는 잠깐 잠이 들었던 것 같기도 했다. 그러나 꿈도 꾸지 않았고 잠들어 있음과 깨어 있음의 경계도 모호했다. 진영은 그저 완벽한 절망과 슬픔 속에 자기를 띄우고는 어둠 속에서 흔들렸던 것이다.

그가 마지막으로 본 혜정의 처참한 얼굴이 머릿속을 떠나지 않았다. 집으로 돌아온 뒤로 진영은 몇 번인가 고통에 찬 비명을 질렀고, 격렬하고 비통한 통곡을 했다. 지금은 그렇게 할 힘마저 없어졌고 눈물도 더 이상 흐르지 않았다. 암흑의 깊은 바다 속에서 엄청난 수압을 견디며 부유하는 심해어처럼 진영은 절대적인 절망과 슬픔과 고통 속에 누워 있었다.

그때 초인종이 울렸다. 지금의 아파트 실내와는 너무나 어울리지 않는다는 생각이 들 정도로 맑은 소리였다. 잠시 고개를 들었던 진영은 다시 머리를 떨어뜨리고 무시했다. 잠시 후 다시 초인종이 울리고 문을 두드리면서 그를 부르는 소리가 났다. 아파트 관리인이자 수위인 호세의 목소리였다.

진영은 어쩔 수 없이 누워 있던 소파에서 일어나 현관으로 갔다. 문을 열기 전에 문 옆에 붙은 스위치를 눌러서 조명을 밝혔다. 눈부심을 잠시 견디고는 잠겨 있는 아파트의 문을 열었다. 문 밖으로 앞머리가 완전히 벗겨진 호세의 얼굴이 보였다. 늘 싱글거리는 호세의 표정이 진영의 얼굴을 보고는 금새 달라졌다.

"무슨 일이지요?"

진영의 질문에 호세는 자기의 볼 일을 잊어버리고 있다가 깜짝 놀라면서 우편물 꾸러미를 내밀었다.

노끈으로 묶은 한 덩어리의 우편물 뭉치였다. 그리고 그 밑에는 하얀색의 대형 마분지 봉투에 빨간 글씨로 인쇄가 되어 있는 특송 우편물이 별도로 있었다.

"이건 진영 씨가 안 계실 때 온 우편물을 제가 모은 거고요. 이 건 조금 전에 배달된 겁니다. 제가 수취인 서명을 했거든요. 급한 우편물인 것 같아서 들고 왔는데……."

호세는 우편물들을 건네며 진영의 안색을 살폈다.

"고맙습니다."

진영은 우편물 뭉치를 안아 들면서 인사치레를 했다.

"괜찮아요? 많이 아파 보이는데요."

호세의 말투에는 염려와 호기심이 섞여 있었다.

"아니요. 괜찮아요. 감사합니다."

진영은 서 있는 호세를 무시하고 문을 닫았다. 호세는 고개를 갸우뚱하며 몸을 돌려 계단을 내려갔다.

조명 밑으로 보이는 진영의 거실 내 풍경은 심란스러울 정도였다. 아무렇게나 던져진 가방과 신발, 옷가지들과 함께 가구들도 제멋대로 흐트러져 있었다.

진영은 거실 한켠의 작은 탁자에 우편물 뭉치를 내려놓고 하얀색 특송 우편 봉투를 바라보았다. 이탈리아 사르데냐라고 찍힌 도장이 눈에 띄었다. 정신이 번쩍 든 진영은 발송인부터 확인했다.

'알베르토 카프리스.'

전혀 모르는 이름과 주소였다. 어쨌든 진영은 꽤 두꺼운 봉투를 뜯어 내고 내용물을 꺼냈다. 안에는 다시 황토색 서류 봉투가 봉해진 채 들어 있었는데 겉면에는 아무것도 씌어 있지 않았다. 진영은 다시 봉투를 뜯었다. 그 안에서 하얀 A4 용지에 육필로 쓴 편지 여러 장이 나왔다. 수려한 필기체로 쓴 글씨들이 진영의 눈에 들어왔다.

브뤼헤의 갈멜 성당에서 잠깐 만났던 안토니오입니다.

어제 드 레미의 저택에서 벌어진 일들의 결과를 오늘 저녁에야 들었습니다. 지금쯤 파리의 집에 돌아가 괴로운 시간을 보내고 있을 것이라 생각합니다.

먼저 사랑하는 사람을 잃은 김진영 씨에게 심심한 위로와 사죄의 뜻을 전하고 싶습니다. 그때 갈멜 성당에서 드 레미 저택을 일러 주면서 저는 아마도 김진영 씨가 사랑하는 분을 구해 낼 수 있을 것이라고 생각했습니다. 그러나 운명은 그렇게 호락호락하지 않았던 모양입니다. 다시 한번 깊은 사죄의 뜻을 표합니다.

지금의 저 역시 아마도 김진영 씨와 같은 심정이 아닐까 합니다. 갈멜 성당에서 제 손으로 은인을 죽이고 과거를 알게 되었을 때부터 저의 생명은 정지했습니다. 이전에는 상상하지도 못했던 고통이 저의 온몸을 달구고 암흑 같은 절망과 불 같은 분노가 저를 휘감았습니다. 얼굴도 모르는 부모님의 끔찍한 죽음과 노예처럼 사육당해서 악마의 도구로 쓰인 나의 인생이 한없이 슬펐습니다. 하지만 제 자신을 추스렸습니다. 저와 저의 부모님을 위해 꼭 해야 할 일이 생각났기 때문입니다. 그것 때문에 저는 드 레미의 저택을 떠나 이곳으로 왔습니다. 그리고 니콜 형사도 데리고 왔습니다. 그

대로 두었다면 이 세상 사람이 아니었을 겁니다. 잡혀 온 적을 살려 두는 것은 아켈다마의 방식이 아니니까요. 김진영 씨가 찾는 분도 이곳으로 데려올까 하는 생각도 해 봤으나 그것은 오히려 상황을 더 복잡하게 할 것이라는 판단을 했습니다. 그때의 판단을 후회할 수는 있어도 틀린 판단은 아니라고 지금도 생각합니다. 단지 운명이 당신 편이 아니었을 뿐입니다.

저를 증오하고 있겠지요? 그러셔도 좋습니다. 나 역시 지금의 제 모습을 증오하고 있습니다.

저의 용건을 이야기하겠습니다. 이곳에 와서 니콜 형사를 데려가십시오. 그와 더불어 이곳에 억류되어 있는 여자 열다섯 명도 데려가십시오. 그것도 니콜 형사를 이곳으로 데리고 온 이유 중 하나입니다. 그녀들을 함께 구출해서 데려가십시오.

물론 제가 도와드리겠습니다. 동봉한 지도와 건물의 평면도 그리고 제가 작성한 구출 방법을 참고하십시오. 아마 그렇게 어렵지는 않을 겁니다. 내가 알고 있는 김진영 씨의 능력이라면 말입니다. 제가 원하는 것은 김진영 씨 혼자 와서 제가 작성한 계획대로 해 주시는 겁니다. 그것에 맞춰져 있으니까요. 하지만 김진영 씨가 자신이 없다든지 아니면 김진영 씨를 유인하는 함정이라고 생각된다면 서슴없이 이 편지를 프랑스 경찰 쪽 담당자에게 갖다 주셔도 좋습니다. 이 계획을 김진영 씨가 아닌 누가 진행해도 저로서는 관계 없으니까요. 또 제가 할 일과도 관계가 없고요. 하지만 저는 김진영 씨가 올 것으로 믿습니다. 사랑하는 사람을 잃은 복수를 해야 하지 않겠습니까? 유익하고 보람 있는 결과물을 함께 얻으면서요. 그리고 저처럼 김진영 씨도 국가나 국가 기관, 법률, 공권력 이런 것들을 그렇게 신뢰하지 않을 것이라고 생각합니다. 그렇죠?

자신을 추스리십시오. 김진영 씨가 꼭 온다고 믿겠습니다. 단 제가 별도의 계획서에 명시한 날짜와 시간은 반드시 지켜 주셔야 합니다. 김진영 씨라면 작전 계획이라는 것이 무엇인지 알고 있을 것이라고 생각하지만 혹시 하는 노파심으로 환기해 드립니다.

그날 여기에서는 큰 행사가 열립니다. 벨기에 조직의 수습과 최근의 위기 상황을 타개하기 위한 아켈다마 기사단 총회가 소집되는 날입니다. 10년에 한 번 있을까 말까 하는 일이지요. 반드시 그날 그 시간에 맞춰야 합니다.

저는 김진영 씨를 맞기 위한 준비를 갖춰 놓고 기사단 건물 최하층 지하 예배당에서 벌어지는 회의에 참석해야 합니다. 저로서는 그들과 마지막 만남이 될 것 같기에 빠질 수가 없을 것 같군요.

이제 해야 할 이야기는 다 한 것 같습니다. 만나지는 못하겠지만 꼭 오실 거라 믿겠습니다.

—사르데냐에서 안토니오

진영은 편지를 다 읽고 나서 뒷부분에 동봉된 여러 장의 지도와 건물의 평면도들, 그리고 자세한 내부 설명과 함께 제시된 작전 계획서를 꺼내 들었다.

진영은 안토니오의 편지 속에서 그의 진심을 볼 수 있었다. 의심하는 마음은 전혀 들지 않았다. 그리고 이것이 그들의 함정이라고 한들 달라질 것은 전혀 없었다. 진영은 자신의 목숨을 포함한 어떤 것도 더 이상 소중하지 않았다. 그 대신 복수에 대한 열망이 이글거리며 차 올랐다. 자신의 고통을 피와 죽음으로 희석시키고 싶었다. 10배 아니, 100배로 혜정과 아기의 죽음을 복수하고 싶었다. 하지만 그에 비례해서 진영의 머리는 차가워졌다. 물론 프랑스 경찰이나 베르트랑에게 이 편지를 전하겠다는 생각도 들지 않았다. 그들에 대한 믿음도 함께 행동하겠다는 생각도 없었다. 진영이 지금 원하는 것은 바로 자신만의 전쟁과 복수였기 때문이다.

운명은 그를 사르데냐로 불렀고 진영도 피할 의사가 없었다.

진영은 안토니오가 제시한 날짜를 확인하고는 달력을 보면서 계산해 나갔다. 나흘 후였다. 시간이 그렇게 많지 않은 것이다. 진영은 그제야 무엇이든 먹어야겠다는 생각을 했다.

여행을 준비하다
2005년 10월 19일

이틀 전 그날 이후부터 베르트랑은 무척 바쁜 나날을 보내고 있었다. 구출된 열한 명의 여자들을 일단 모두 오텔 듀 병원에 입원시키고 신원을 확인해서 가족들에게 연락을 취했다. 그리고 1차적인 사건 보고서를 작성해야 했다. 언론 쪽의 인터뷰 요청도 쇄도하고 있었다. 하지만 무엇보다 중요한 것은 아켈다마 기사단의 본부를 파악해서 그쪽에도 잡혀 있는 것으로 예상되는 여자들과 니콜 형사를 구출하는 일이었다. 그것은 우선 벨기에 쪽에서 하고 있는 체포된 아켈다마 인사들에 대한 심문에 의존해야 했다. 그리고 베르트랑은 별도의 수사 팀을 이탈리아의 사르데냐 섬에 보내서 아켈다마 기사단의 본부로 추정되는 곳들을 탐문하고 있었다. 하지만 양쪽 다 별 소득이 없었다.

드 레미 저택 현장에서 체포된 사람들은 한결같이 묵비권을 행사했다. 드 레미에게 초대를 받아서 난잡하고 끔찍한 파티를 즐기기는 했지만 악마 숭배 같은 것은 관심도 없고 더구나 아켈다마라 는 이름은 들어 본 적도 없다는 이야기였다.

현장에서 체포된 두 인간 백정들은 아예 벙어리였다. 청각 기관 은 이상이 없지만 성대 부분은 어렸을 때 간단한 외과 수술로 절 제되었다는 것이 검사 결과 밝혀졌다. 그리고 저항 끝에 총격을 입고 체포된 기사 네 명은 아직 전혀 입을 열지 않고 있었다. 물론 드 레미 가문의 고용인들 쪽에는 아무것도 기대할 수 없었다.

사르데냐 쪽도 마찬가지였다. 사르데냐 섬의 전체 크기는 약 24000제곱평방킬로미터였다. 벨기에보다 조금 작은 넓이로 아무 런 증거나 단서 없이 그들의 본부를 찾아내는 것은 불가능했다.

어쨌든 베르트랑은 양쪽과 연락을 취하며 최선을 다했다.

그런 베르트랑이 진영의 전화를 받은 것은 점심식사 직전이었 다. 꽤 오랫동안 충격에서 벗어나지 못하고 칩거할 것이라는 예상 을 깨고 진영은 전화를 해 왔고 베르트랑을 방문하고 싶다는 의사 를 전해 왔다. 그의 목소리는 의외로 담담했다. 물론 베르트랑은 기다리겠다고 말했다.

베르트랑이 구내 식당에서 간단하게 점심식사를 마치고 돌아 왔을 때 이미 그의 사무실 앞 복도에서 진영이 기다리고 있었다. 외모로 그동안의 고통을 짐작할 수 있을 것 같았다. 그 며칠 사이 에 진영의 얼굴은 살이 빠져서 아주 초췌해 보였다. 베르트랑은 악수를 건네고 자신의 사무실로 안내했다. 진영이 책상 너머의 의 자에 앉자 베르트랑도 마주 앉았다.

"점심식사는 했소? 나는 막 먹고 오는 길인데."

"아니요. 늦잠을 자서요. 나가면 먹어야지요."

베르트랑은 진영의 안색을 유심히 계속 살피고 있었다. 살이 많이 빠져서인지 진영의 눈빛은 더욱 날카롭게 느껴졌고 확연한 슬픔의 그늘이 그의 인상 위에 드리워져 있었다.

"그래, 나를 찾은 용건은 무엇이오? 솔직히 이야기하면 진영 씨가 나를 찾아온 것이 아주 뜻밖이오. 아니, 오해는 마시오. 진영 씨를 만나기 싫다는 것이 아니고 진영 씨의 상처가 치유되는 데 시간이 제법 걸릴 것이라고 생각했다는 뜻이오. 어쨌든 좋은 일이오. 잊을 것은 잊고 정리할 것은 정리해야 하지 않겠소?"

"용건을 말씀드리겠습니다."

"말해 보시오."

베르트랑은 진영을 빤히 쳐다보면서 이야기를 기다렸다.

"제 물건들을 찾으러 왔습니다. 제가 소지하고 있던 것들 그리고 제 차에 보관하고 있던 것들 말입니다."

"글쎄 돌려주는 것은 당연하지만 급하게 쓸 일도 없을 것 같은데. 무슨 일이오?"

"별일은 아닙니다. 너무 허전한 것 같기도 하고 또 누군가가 나를 노릴지도 모른다는 생각이 들었습니다. 뭔가 나를 보호할 만한 물건들이라도 있어야 마음이 편해질 것 같아서요."

베르트랑은 진영이 거짓말을 하고 있다는 것을 쉽게 알아차렸지만 내색은 하지 않았다.

"좋소. 어차피 진영 씨의 물건이고 또 권리도 있으니까. 찾아갈 수 있도록 조치하겠소. 그 외에 필요한 것은 없소?"

"아니요. 없습니다."

베르트랑은 진영의 상태가 아직 편안하게 대화를 나눌 정도의 상태가 아님을 알고 있었다.

검사는 인터폰을 눌러서 어딘가에 연락을 했다. 그리고 유치되어 있는 물건들을 가지고 오라는 명령을 내렸다.

"곧 가지고 올 거요. 앞으로 어떻게 할 생각이오? 일단 좀 쉬어야겠지만 학업을 계속해야겠지요?"

"그래야겠지요. 하지만 지금으로서는 모르겠습니다. 우선 여행을 할 예정입니다."

"어디로 갈 거지요?"

"글쎄요. 날씨 좋은 남부 프랑스로나 가 볼까 합니다. 맑은 바다가 보고 싶습니다. 거칠고 혼탁한 바다 말고요."

"좋은 생각이오. 남부 지방 좋지. 프로방스도 좋고 코트 다쥐르도 좋고. 어디로 갈 예정이오?"

베르트랑은 무기들을 찾아 여행을 가겠다는 진영의 이야기를 듣고 직감 이상의 어떤 것이 작동하는 것을 느꼈다. 더구나 지중해 남쪽이라면 사르데냐 섬 방향이었다.

"어디로 갈지 아직 정하지는 않았습니다. 정할 생각도 없고요. 그저 발길 닿는 대로 다닐 생각입니다."

"그것 참 부러운 이야기로군. 나도 이짓 때려치우고 진영 씨처럼 여행이나 다녔으면 좋겠소. 요즘 얼마나 골치가 아픈지……."

베르트랑은 어울리지 않게 하소연을 늘어놓았다. 그리고 벨기에 쪽의 수사 상황, 사르데냐 쪽의 수색 상황을 넋두리로 위장해서 들려주었다. 잠시 후 노크 소리와 함께 커다란 검은색 스포츠백을 든 경관 한 명이 들어왔다. 진영의 가방이었다.

"여기 놓고 가게. 수고했네."

가방을 가져온 경관이 거수 경례를 하고 밖으로 나가자 베르트 랑은 턱 끝으로 진영을 재촉했다.

"열어 보고 확인하시오."

진영은 가방의 지퍼를 열고 내용물을 하나하나 확인했다. 글록 17형 권총만 빠져 있었다.

"한 가지가 없을 거요. 권총 말이오. 아마 격투 과정에서 탈취 했던 모양인데 줄 수는 없소. 불법 무기기 때문이오. 총기 번호가 없는 것 말이오. 그런 것을 들고 다니지는 마시오. 소지만으로도 체포당할 수 있소. 대신 리볼버는 들어 있을 거요."

진영은 베르트랑의 이야기가 옳다는 것을 알고 있었다. 사 두었 던 실탄까지도 그대로 있음을 확인한 진영은 가방의 지퍼를 닫았 다. 그러고는 자기의 상의 주머니에서 두 가지 물건을 꺼내서 베 르트랑의 책상 위에 올려놨다. 하나는 베르트랑이 벨기에에서 진 영에게 주었던 검사 보좌관 신분증이었고 하나는 프랑스 정부 소 유의 휴대 전화였다.

"이제 이것들은 필요가 없어졌습니다. 두고 가겠습니다."

"아닐세. 아직 효력이 끝나지 않았네. 이것들의 효력은 니콜 형 사가 우리에게 돌아오는 날 끝나게 되네. 나는 여전히 진영 씨가 이것들을 가지고 있어야 한다고 생각하네."

베르트랑의 말투가 갑자기 달라졌고 자세도 달라졌다. 몸을 숙 여서 진영에게 바짝 얼굴을 갖다 대고는 이야기를 한 것이다. 진 영은 순간 이 노련한 검사에게 자신의 의도를 간파당했다는 생각 이 들었다. 하지만 개의치 말자고 생각했다.

"알았습니다. 가지고 있겠습니다. 하지만 나에게 필요한 물건인지는 모르겠습니다. 어울리지도 않고요."

베르트랑은 평소의 여유 있는 자세로 되돌아가 있었다.

"그건 모를 일이지. 저 신분증이 얼마나 위력을 발휘하는지 진영 씨는 모를 거요. 여행 중에 한번 써먹어 보시오. 아마 재미 붙일걸. 흐흐흐."

베르트랑은 실없어 보이는 웃음을 흘렸다. 진영은 일어섰다.

"가 보겠습니다. 또 뵙지요."

"좋은 여행 하시오. 필요한 일이 있으면 연락도 하고."

진영은 꽤 무거운 가방을 메고 밖으로 나섰다. 그와 작별을 한 베르트랑은 옆에 있는 다른 사무실로 들어갔다. 거기에는 여남은 명 정도의 요원이 바쁘게 일을 하고 있었다. 검사는 그중 복잡한 통신 장비를 점검하고 있던 요원에게 다가가서 지시했다.

"지금부터 KTP 01의 추적을 해 주게. 계속해야 하네. 하루 24시간 말이야."

만지고 있던 장비를 내려놓은 그 요원은 벽 쪽에 설치된 대형 컴퓨터 모니터 앞으로 가서 자판과 마우스를 조작했다. 곧 모니터 속 지도 위에 오렌지빛 점이 나타났다. 지금 지도로 표시되고 있는 곳은 바로 그들이 있는 경찰국 건물 내였다. 그리고 오렌지색 점으로 표시되고 있는 것은 물론 진영이 소지한 휴대 전화였다.

약 한 시간 후 베르트랑은 모니터로 파리를 벗어나 남동부 리용 방향의 A6 고속도로 위에서 움직이는 오렌지빛 점을 바라보고 있었다. 그는 자신의 지시를 받고 출발한 두 형사가 탄 은회색 푸조 406 승용차도 A6 고속도로를 달리고 있는 것을 알고 있었다.

지중해에 저무는 해

2005년 10월 20일

오전 내내 지중해와 알프스 산맥 사이의 화려한 풍광 사이를 달리던 진영은 이제 이탈리아 국경에 이르렀다.

파리에서 이탈리아 제노바 항구까지는 900킬로미터 정도의 거리였다. 진영은 파리를 출발하여 프랑스의 대평원 지대를 벗어나 지중해 쪽의 해안 고속도로를 달렸다. 이 세상에서 가장 아름다운 바다와 산인 지중해와 알프스 사이를 달리는 즐거움은 무너져 있는 진영의 기분마저도 어느 정도 달래 줄 정도였다.

국경을 넘어서자 곧 산레모라고 씌인 고속도로 출구가 보였다. 유명한 이탈리아의 리구리아 해변이 시작된 것이다. 그 리구리아 해변의 중심 도시가 제노바였다. 이제 100킬로 미터 정도 남았다.

파리 경찰청의 특수 수사과 상황실에서는 베르트랑과 몇 명의 수사관들이 모여 있었다. 그들의 중앙에는 컴퓨터 모니터가 있었다. 복잡하게 표시된 도시의 지도가 디스플레이되고 있었고 오렌지 빛으로 반짝이는 점이 그 가운데에서 점멸했다.

베르트랑은 팔짱을 낀 채 한 손으로 자기의 턱 밑을 쓰다듬다가 몸을 돌렸다. 그리고 수사관들에게 큰 소리로 명령을 내렸다.

"의심의 여지가 없어. 저 친구 지금 사르데냐로 가려는 거야. 아마 뭔가 단서를 잡은 모양이야. 이제 우리도 움직이자고. 우선 사르데냐에 가 있는 우리 요원들에게 연락을 해서 섬 북쪽의 항구 올비아로 이동시켜. 어디 내릴지 모르지만 거기가 가장 확률이 높아. 그리고 저 친구를 쫓고 있는 팀은 꼭 같은 페리를 타야 한다고 전해. 어이. 자네는 지금부터 제노바에서 떠나는 사르데냐 행 페리 시간표를 챙겨 봐. 나는 이탈리아 검찰 본부와 통화를 해야겠어. 그리고 GIGN 부대도 대기시켜. 수송기도 같이 말이야. 여차하면 공수 작전이라도 해야 하니까."

한동안 정신없이 직원들을 몰아치던 베르트랑은 이제 자신의 방으로 돌아와 있었다. 그는 전화기를 들어서 밀라노에 위치한 검찰청에 전화를 걸었다.

"여보세요. 안젤리코 콜로디 검사 부탁합니다. 파리의 베르트랑 쇼미에 검사라고 전해 주십시오."

베르트랑은 오랜 친구의 목소리를 기다렸다. 대학원 과정을 이탈리아의 볼로냐 법대에서 마친 베르트랑이 그 시절 같이 기숙사의 방을 썼던 가장 친한 친구가 바로 안젤리코 콜로디였다. 그는 지금 밀라노 지방 검찰청의 부장 검사로 재직하고 있었다.

"여보세요. 콜로디 검사입니다."

“날세. 베르트랑이야. 잘 지내는가?”

“베르트랑? 반갑네. 잘 지냈어? 요즘 큰 사건을 맡은 것 같더군. 바쁠 텐데 어쩐 일인가?”

“그 일 때문이야. 좀 도와줘야겠어.”

베르트랑은 지금의 상황을 설명하고 콜로디 검사와 상의했다. 이탈리아 검사는 이탈리아 어디에서도 사법권과 경찰 지휘권을 행사할 수 있다. 한참 동안의 대화가 끝난 후 베르트랑은 만족스러운 표정으로 전화를 끊었다.

진영은 끔찍할 만큼 복잡하고 지저분한 제노바 도심을 지나시 동쪽의 여객선 터미널에 도착했다. 하얀색 선체에 빨간색 글씨로 티레니아 라인이라고 도장된 거대한 페리 두 척이 정박되어 있었다.

진영은 파리에서 인터넷으로 예약한 배편의 출발 시간이 임박해서야 수속을 마치고 자신의 아우디 승용차를 배에 실을 수 있었다. 이어서 18000톤 급의 거대한 페리의 선수 부분 문이 천천히 닫히고 육중한 엔진 음이 선체를 진동했다. 진영은 천천히 승용차에서 내려 갑판으로 올라갔다. 파리나 브뤼헤 쪽의 음습하고 서늘한 공기와는 전혀 다른 건조하고 달콤한 지중해의 공기가 진영의 폐부를 가득 채워 주었다.

페리의 거대한 스크류가 하얀 물보라를 남기며 선체를 대양으로 밀어냈다. 지금 시간은 오후 5시 정도였고 목표가 되는 사르데냐의 올비아 항은 거의 400킬로미터 거리였다. 열다섯 시간 정도의 항해가 끝나는 내일 아침 6시 정도에야 진영은 사르데냐 섬에 오를 수 있는 것이다. 진영은 느긋해졌다. 앞으로 열몇 시간 동안 그가 할 일은 밥 먹고 자는 것밖에 없었다.

그는 천천히 선체 위의 넓은 갑판을 거닐었다. 그는 부서지듯 피어나고 사라지는 거품들을 보면서 다시 혜정의 얼굴을 떠올렸다. 가슴속 고통은 마치 벌겋게 달군 인두로 지지는 듯이 심해졌다. 하지만 진영은 고통을 지우려는 노력은 하지 않았다.

시간이 얼마나 흘렀는지 선체 오른쪽으로 천천히 노을이 졌다. 진영의 그림자가 갑판 위에 길게 눕고 있었다. 진영은 갑판 뒤쪽에서 그를 살피고 있는 두 쌍의 눈동자는 전혀 의식하지 못하고 어두워지는 밤바다 풍경에 잠기고 있었다.

모든 것은 무너지고

2005년 10월 21일

한동안 보이지 않던 갈매기들이 배 근처에서 다시 울었다. 진영은 아침식사 후 다시 갑판에 나와 있었다. 전면으로 끝이 보이지 않는 해안선이 모습을 드러냈다. 멀리에서는 하얀 띠를 두른 듯이 보였으나 가까이 다가가면서 그것이 위압적인 화강암 절벽이라는 것을 알 수 있었다. 드디어 사르데냐 섬에 다가가고 있는 것이다.

영국의 작가 D.H 로렌스가 일찍이 사르데냐를 방문한 다음 그의 여행기에 남긴 유명한 문장이 있다. "사르데냐는 시간과 역사 밖으로 버려졌다."

사르데냐는 지금까지 단 한번도 역사상의 주요 무대가 된 적 없이 시간과 역사뿐 아니라 관심과 상상의 대상으로서도 버림받아 왔던 것이다. 지금은 이탈리아 공화국의 영토로 편입되어 있지만 역사상 수없이 많은 세력들에게 점거되고는 했다.

고대의 페니키아로부터 그리스, 카르타고, 로마, 사라센, 비잔

틴, 스페인, 제노바, 사보이에 이르기까지 지중해를 장악한 바다
의 패자가 당연히 소유해 온 지중해의 징검다리였던 것이다. 그러
나 그들이 관심을 보인 것은 해안에 있는 몇 군데의 천연 항구들
이었지 내륙은 아니었다. 험난한 산들과 화강암 바위 그리고 척박
한 황무지를 탐낼 세력은 없었던 것이다. 그것은 지금도 마찬가지
였다. 세계 최고의 해변으로 꼽히는 코스타 스메랄다를 비롯한 몇
몇 휴양지와 항구를 제외하고는 아직도 아득한 과거의 틀 속에서
살고 있는 현지 주민들만이 그 땅을 지켰다. 유럽에서 가장 인구
밀도가 낮고 가장 알려지지 않은 땅 사르데냐에 진영은 도착했다.

　　길고 좁은 올비아 항구의 부두 접안 지역에 서 있는 알파 로메
오 156 승용차 두 대엔 각각 두 명씩의 남자가 타고 있었다. 그중
빨간색 알파 로메오의 조수석에 앉아 있던 남자가 조금 전에 도착
한 페리에서 내리고 있는 은회색 아우디 A6를 발견했다. 그 차가
그들의 앞을 지나 올비아 시 외곽으로 빠지자 두 대 중 녹색 차량
이 그 뒤를 따랐다. 곧이어 프랑스 번호판을 단 또 다른 차량이 그
들 앞을 지나자 기다리던 빨간색 알파 로메오가 뒤이어 차선에 접
어들었다. 차량 네 대가 각각 상당한 거리를 유지하며 동쪽 방향
의 N 199번 국도를 달렸다. 빨간색 알파 로메오의 조수석에 앉아
있는 남자가 차내의 무전기를 들었다.
　　"지금 도착해서 뒤를 잡았습니다. 계속 추적하겠습니다."
　　"좋아. 절대 놓쳐서는 안 돼. 위치 추적을 하고는 있지만 기계
만 믿을 수 없는 상황이니까."

"문제 없을 겁니다. 여기는 시골이거든요. 검사님."

"좋아. 별다른 상황이 없으면 두 시간 후에 보고하게."

베르트랑은 사흘 전에 사르데냐로 보낸 올리비에 경사와의 무전 통신을 끊고 생각에 빠졌다.

과연 진영이 지금 하려는 일이 무엇일까. 이미 강혜정은 죽었다. 도대체 무엇이 진영을 그 슬픔과 고통에도 저곳까지 가도록 한 것일까. 니콜의 납치는 사실 진영에게 상당한 책임이 있었다. 하지만 정말 진영이 니콜을 구하려고 그곳으로 간 것일까 하는 의문이 들었다. 베르트랑은 의문 속에서도 다른 방법이 없다고 생각했다. 김진영의 뒤를 쫓다 보면 결론이 날 것이라는 것과 그가 지금 아켈다마의 본거지로 가고 있다는 것만은 분명했기 때문이다.

베르트랑은 자기도 직접 오늘 사르데냐로 가야겠다고 마음 먹었다. 지금까지의 이동 속도를 감안한다면 모종의 사건이 오늘밤을 넘기지 않을지도 모른다는 생각이 든 것이다.

검사는 인터폰을 누르고 파리 서남부의 빌라 쿠블리에 위치한 공군 기지를 연결했다. 오후 3시에 GIGN 부대를 태우고 사르데냐로 향할 C130 수송기에 좌석을 하나 더 예약할 셈이었다.

올비아 항구를 떠난 지 두 시간 정도가 흐르자 진영은 보사라고 하는 사르데냐 섬 북서부 해안의 항구에 도착할 수 있었다. 도로 상태가 그리 좋지 않았지만 진영이 운전하는 아우디 A6 콰트로는 구애받지 않고 달렸다. 교통량이 적은 것도 도움이 되었다.

사르데냐의 최고급 휴양지들을 끼고 있는 올비아 항과 달리 보

사 항은 소박하고 한적하지만 그림처럼 아름다운 시골 어촌이었
다. 진영은 어선 수십 척이 정박되어 있는 부두 옆에 위치한 작은
호텔 앞에 차를 세웠다. 말이 호텔이지 객실이 스무 개가 채 안 됐
다. 현관으로 들어간 진영은 데스크로 보이는 곳으로 갔으나 인기
척이 없었다. 한참 동안 소리쳐서 사람을 부르다 지친 진영은 한
쪽 구석의 의자에 걸터앉았다. 비치된 잡지 중 사르데냐를 소개하
는 관광 잡지 하나를 들고 대충 그림만 훑어보다가 다시 내려 놓
았을 때에야 50대로 보이는 구릿빛 피부의 남자가 들어섰다.

"어떻게 오셨습니까?"

"방 하나 얻으려고요. 예약은 하지 않았습니다마는."

초로의 남자는 고개를 끄덕이고는 진영에게 숙박 카드를 내밀
었다. 숙박을 위해서는 거기에 인적 사항을 적어야 하는 것이다.

진영은 잠시 후 방의 열쇠를 받았다. 무뚝뚝한 호텔 주인은 다
시 사라져 버렸다. 들어오든 말든 상관치 않겠다는 식이었다.

차에서 간단한 짐을 꺼내 방으로 옮긴 다음 진영은 잠시 침대에
누웠다. 열어 놓은 창문으로는 바다 내음이 실린 향긋한 바람이
들어왔다. 방은 의외로 넓고 깨끗했다. 침대의 침구에는 상큼한
세탁 세제의 향이 남아 있었다.

잠시 후 진영은 호텔 밖으로 나가서 보사 항 여기저기를 산책했
다. 퇴락한 마을의 거리 어디에도 아이들과 젊은이들의 모습은 보
이지 않았다. 그곳은 또 하나의 시간 밖에 버려진 공간이었다.

오후 1시쯤 마을 이곳 저곳을 산책하던 진영이 항구 근처의 식

당 한 곳에 들어가자 그를 쫓던 남자 여섯 명도 근처 식당으로 들어가 버렸다. 사실 이곳 보사 항에 도착하고부터 그들은 당황스러웠다. 너무나 작고 조용한 시골 항구 마을이라서 혼자 돌아다니는 동양 남자 한 명은 이미 구경거리였다. 마을의 아주머니, 할머니들은 노골적인 호기심이 어린 눈으로 진영을 보고 있었다. 다른 사람들도 정도차는 있지만 마찬가지였다. 그런데 거기에 남자 여섯 명이 그 뒤를 밟는 것은 우스운 일이었던 것이다. 마을 분위기에 맞게 느긋해지기로 마음 먹었다. 가끔 한두 명이 진영의 위치를 확인하면 된다고 판단한 것이다. 그들은 파리에서부터 진영을 따라 내려온 두 형사들을 위해 이곳 사르데냐의 특산물인 바다가재를 주문했다. 편안하고 즐거운 점심식사가 시작되었다.

진영이 점심식사를 위해 들어간 식당은 '카프리스' 라는 이름의 해산물 전문 식당이었다. 식당의 주인이 어선을 가지고 있어서 직접 잡은 신선한 해산물만 사용하기로 유명한 집이었다. 하지만 관광철이 아닌 10월 말인 지금은 식당 전체가 한가했다.

검정 치마에 하얀 블라우스를 입은 뚱뚱한 중년 여인의 안내를 받아 자리에 앉은 진영은 우선 식전주로 시칠리아 서부의 해안 도시인 마르살라 특산의 와인을 주문했다. 그리고 진영은 이어서 식초와 올리브 기름에 절인 문어와 안티쵸크를 전식으로 주문하고 본식으로는 황새치 구이를 주문했다. 주문을 마친 진영은 주머니에 넣어 두었던 선글라스를 꺼내서 식탁 위에 올렸다. 그리고 선글라스의 다리가 정확히 문 쪽을 향하도록 놓아두었다. 이 모든 것은 안토니오가 편지로 지시한 그대로였다.

곧 전식 접시가 나왔다. 진영은 별도로 주문한 백포도주와 함께 식사를 시작했다. 문어와 안티쵸크는 이루 말할 수 없이 맛이 훌륭했다. 전식 접시를 비우고 잠시 후 황새치의 살을 저며서 숯불에 구워 낸 본식이 나왔는데 레몬 조각이 같이 올려져 있었다. 진영은 포크와 나이프를 사용해서 고기 한 부분을 입에 넣었다. 역시 훌륭한 맛이었다. 그러나 진영은 포크와 나이프를 바로 내려놓고 방금 음식 접시를 가져다 준 중년 여자를 불렀다. 그리고 황새치의 살이 싱싱하지 않고 이상한 냄새가 난다고 따졌다. 당황한 중년 여자가 진영의 앞에 놓였던 접시를 들고 주방으로 들어갔다.

잠시 후 딱 벌어진 어깨의 남자가 접시를 들고 나타나 진영의 앞에 내려놓았다. 중간 키에 하얀 조리복을 입고 있었지만 드러난 팔뚝과 얼굴은 구릿빛으로 번들거리며 뱃사람의 관록을 보여 주고 있었다. 나이는 50세 정도 되지 않을까 싶었다.

"황새치가 마음에 들지 않는다고요, 손님?"

"조금 오래된 것 같더군요. 오늘 또 바다에 나가십니까? 황새치 잡으러요."

"가야겠지요. 같이 가시겠습니까?"

"저야 좋지요. 그렇게 하겠습니다."

"저녁 7시에 부두로 오십시오. 배 이름은 식당 이름과 같습니다."

조리복 차림의 남자는 다시 주방으로 들어갔고 진영은 다시 식사를 시작했다. 새로 구워서 나온 황새치도 아주 맛이 있었다. 하지만 먼저 나왔던 황새치 접시와 다른 것은 아무것도 없었다.

에스프레소 커피로 식사를 마친 진영은 계산을 끝내고 천천히 식당을 나왔다. 그리고 부두 쪽으로 내려가서 호텔을 향해 걸었다. 이제 낮잠을 잔 다음 저녁에 배를 타고 나가면 되는 것이다.

보사 항구에서 북쪽으로 50킬로미터 정도 떨어진 알게로라고 하는 소도시에는 작은 공항이 있었다. 정규 노선의 항공편이 취항하지는 않았지만 봄부터 초가을까지의 휴가철에는 유럽 각지에서 온 전세편 여객기들이 착륙하는 곳이었다. 이미 휴가철도 지나고 해서 한가한 날들이 계속됐지만 오늘은 조금 달랐다.

오전 11시경부터 여러 대의 자가용 제트 비행기들이 착륙한 것이다. 적게는 다섯 명, 많으면 열다섯 명까지의 승객을 태운 자가용 제트기가 벌써 여섯 차례나 내렸다가 돌아갔다.

오늘 알게로 공항의 관제탑을 지키는 두 사람의 관제사들은 이상하게 생각했다. 이렇게 많은 자가용 제트 비행기가 몰렸던 경우가 없었기 때문이다. 이곳은 고급 휴양지를 끼고 있는 올비아 쪽이 아니었다.

오후 5시까지 세 대의 자가용 제트 비행기가 더 착륙하고 또 이륙하고 나자 그들은 이제 지쳤다. 그리고 더 이상 알게로 공항을 향해 날아오고 있는 비행기가 없다고 판단한 그들은 퇴근 준비를 했다. 그때 작은 관제탑의 관제 장치 우측 끝에 있는 별도의 군용 통신 장비가 신호를 보냈다. 그들은 조금 놀랐다. 그것은 피사 북부에 자리 잡은 이탈리아 공군 기지의 관제탑과 직통 연결된 공군 전용 채널이었기 때문이다. 신호에 응답하자 그쪽에서는 약 30분 후에 군용기 두 대가 착륙할 예정이니까 관제 업무를 시작하라고 했다. 곧이어 채널을 넘기겠다는 통보가 있은 후 두 관제사들은 항공기의 조종사들과 통신을 시작했다. 군용기의 유도 방법은 민간 항공기의 관제 방법과는 약간 달랐다. 결국 두 관제사는 그들의 교대자가 출근한 다음에도 자리를 뜰 수가 없었다.

잠시 후 두 항공기가 알게로의 작은 공항에 차례로 착륙했다. 그들이 착륙함과 동시에 알게로 공항에는 일시적인 폐쇄 명령이 떨어졌다. 착륙한 비행기는 두 대 모두 C130 수송기였다. 하지만 국적이 달랐다. 한 대는 이탈리아 공군 마크가 도장되어 있었고 다른 한 대에는 3색의 프랑스 공군 마크가 선명했다. 착륙 후 지정된 위치에 정지한 수송기들의 뒤쪽 출입구가 활짝 열리고 인원들과 차량 등의 장비가 내려졌다. 그리고 한적한 시골 공항 입구 쪽에는 헌병대 차량 두 대와 군용 트럭 다섯 대가 도착했다.

프랑스 공군 소속의 C130 수송기에서 지금 막 내린 베르트랑은 전투복 차림이었다. 아열대 지방으로 분류되는 사르데냐의 가을 날씨는 파리의 늦여름 날씨와 비슷했다. 더구나 활주로는 낮 동안 강한 햇빛에 달구어져 있어서 덥게 느껴질 정도였다.

베르트랑은 활주로를 천천히 걸어서 70미터 정도 떨어진 장소에 선 이탈리아 공군기 쪽으로 걸었다. 그쪽에서도 한 사람이 걸어왔다. 두 수송기 중간 지점에서 두 사람은 만났다. 그 역시 검은색 전투복 차림이었다. 그가 바로 안젤리코 콜로디 검사였다.

두 사람은 악수 대신 포옹을 했다. 그리고 서로의 어깨를 두드리며 농담 섞인 인사를 나누었다.

"이 친구야. 꼭 이런 식으로 이탈리아를 와야겠나?"

"비행기 값이 공짜잖아. 뭐 스튜어디스는 없었지만 말이야."

두 사람은 곧 포옹을 풀고 상대방의 항공기 쪽을 서로 바라보았다. 양쪽 다 무척 분주했다.

프랑스 쪽 수송기에서는 푸조 사에서 제작되어 납품된 소형 전투 차량을 내리고 있었다. 모두 다섯 대였다. C130 수송기로 수송할 수 있는 최대치였다. 그리고 GIGN 대원 두 개 분대가 사용하기에 알맞은 숫자이기도 했다.

반면에 이탈리아 쪽 공군기에서는 완전 무장한 군인들만 내렸다. 1개 중대 병력 정도로 보이는 그들은 벌써 거의 다 내려서 정렬을 하고 있었다.

그리고 멀리 공항 건물 옆의 활주로 출입문이 열리고 여러 대의 군용 차량들이 들어서는 것이 보였다.

"이제 모여서 인사도 해야겠지? 우리 쪽 병력을 데려 오겠네."

베르트랑은 몸을 돌려서 자기가 타고 온 수송기로 돌아갔다.

잠시 후 이탈리아 공군기 옆의 넓은 활주로 공간에 양 나라의 부대가 합쳐져서 정렬했다. 1개 중대의 이탈리아 카라비니에리 공정대원들과 2개 분대 규모의 프랑스 GIGN 대원들이었다. 양측의 인사와 소개가 있은 후 간단한 작전 브리핑이 시작되었다. 자세한 개요는 언급하지 않은 짧은 브리핑이 끝나자 바로 전원에게 차량 탑승 명령이 떨어졌다. 프랑스 측은 자기들이 공수해 온 차량에 탑승했고 이탈리아 카라비니에리 공정 부대는 조금 전에 도착한 사르데냐 지역 헌병대 소속의 차량들에 올라탔다. 지역 헌병대의 소형 차량 두 대가 각각 행렬의 선두와 후미를 맡았고 군용 차량

열 대가 움직였다.

차량 행렬의 끝에서 두 번째에 위치한 지휘용 전투 차량의 뒷좌석에 나란히 앉은 두 검사는 굳은 얼굴로 이야기를 나누고 있었다. 그들은 우선 알게로 외곽의 헌병대 막사로 이동해서 작전 투입을 기다릴 예정이었다.

올리비에 경사와 그의 파트너인 이탈리아 형사는 진영이 투숙한 호텔에서 부두 쪽으로 50미터 정도 떨어진 선술집에서 맥주를 마시고 있었다. 노을이 바다 전체를 붉게 물들이는 시간이 되서야 호텔에서 나오는 진영을 볼 수 있었다. 간편한 복장에 꽤 무거워 보이는 배낭을 메고 나온 진영은 부둣가를 천천히 걷다가 비교적 깨끗해 보이는 어선 한 척에 올랐다. 올리비에 경사는 무전기를 꺼내서 송신 준비를 하고 상대를 불렀다.

"목표가 나왔습니다. 지금 배에 탔습니다. '카프리스'라는 이름의 어선입니다. 바다로 나갈 모양입니다."

무전기에서는 베르트랑의 목소리가 흘러나왔다.

"좋아. 대기 중인 이탈리아 해안 경비정이 곧 부두에 도착할 걸세. 자네 팀은 그걸 타고 추적을 계속하게. 나머지 인원은 나와 합류해서 육로로 이동할 거고."

"알겠습니다."

올리비에 경사와 그의 파트너인 자코모 형사는 부두로 나갔다. 다른 경찰 요원들은 이미 알게로의 헌병대 막사로 이동, 출발한 다음이었다. 진영이 올라탄 어선이 출항하고 잠시 후 150톤 급의 이탈리아 해안 경비정이 나타나 부두에 선체를 댔다. 두 사람은 급히 배로 뛰어올랐고 경비정은 바로 엔진 출력을 높여서 카프리스 호가 떠난 방향을 향해 출발했다.

올리비에 경사의 무전 연락을 받은 베르트랑은 사무실 중앙의 지도판 앞으로 갔다. 5000분의 1 축척의 상세도였다. 안젤리코 콜로디 검사와 카리비니에리 공정 부대의 카를로 콘티 중령 그리고 GIGN 부대의 크리스티앙 클라비에 중위도 다가섰다. 그리고 현지 헌병대장과 이전부터 수색 활동을 해 왔던 이탈리아 형사 한 명도 왔다. 베르트랑은 유창한 이탈리아어로 회의를 시작했다.

"김진영이 움직이기 시작했습니다. 배를 타고 바다로 나간 것으로 보아 목표물이 해안에 있는 듯합니다. 그리고 북쪽으로 이동 중이니까 보사에서 알게로 사이의 어느 곳인 듯합니다. 물론 여기보다 더 북쪽일 가능성도 배제할 수는 없습니다. 우선 보사와 알게로 사이의 해안에 건물이 있는지 이야기해 주십시오."

베르트랑의 이야기가 끝나자 수색을 담당한 이탈리아 형사가 이야기를 꺼냈다.

"우리가 조사한 바에 따르면 이쪽에는 어떠한 대형 건물도 없습니다. 아켈다마 기사단의 본부로 여겨질 만한 장소가 없다는 이야기지요. 다만 여기 알게로 북쪽 5킬로미터 지점 해안가에 혐의가 갈 만한 건물이 하나 있습니다. 도미니크파의 수도원 건물로 사용되고 있습니다마는."

그때 잠자코 서 있던 지역 헌병대장이 이야기를 꺼냈다. 이탈리아의 지방 치안은 모두 헌병대가 담당하고 있는 현실을 감안한다면 이 지역을 가장 잘 알고 있는 사람이었다.

"오늘 오전 전언 통신문으로 이 작전에 대해 처음 들었을 때부터 저는 당황스러웠습니다. 과연 그렇게 대단한 조직의 본부가 내 관할 구역에 있을까? 그렇다면 어떻게 우리가 그동안 전혀 몰랐을까 등등 말입니다. 그리고 동양인 청년 한 명을 뒤쫓아서 이런 대규모 작전이 벌어진다는 것도 이해되지 않았습니다. 그런데 오늘 알게로 공항에는 도합 아홉 번의 자가용 제트 비행기가 도착했습니다. 이전엔 일 주일에 한 대 정도도 오지 않았는데 말입니다. 방금 보고받은 공항 측 자료에 따르면 오늘 그렇게 도착한 인원 수가 합쳐서 103명입니다. 그들이 지금 어디로 갔을까요? 무엇 때문에 여기 왔을까요? 저는 지금 마음에 짚히는 곳이 있습니다."

일동 모두가 헌병대장에게 주목한 채 다음 말을 기다렸다.

"보사 북쪽 약 7킬로미터 지점부터 시작되는 거대한 사유지가 있습니다. 전체 넓이가 25평방킬로미터 정도 됩니다. 완전히 산악 지대지요. 바다 쪽으로는 절벽으로 막혀 있습니다. 그리고 육로로 진입할 수 있는 길은 단 하나밖에 없습니다. 하지만 그 안에 들어가 본 사람은 없습니다. 지도상에도 나와 있지 않고 이탈리아 행정 체계에서도 제외되어 있는 곳입니다. 저도 더 이상 아는 것이 없을 정도입니다. 아주 옛날부터 그곳은 일종의 치외법권 내지는, 아니 차라리 버려진 땅이라는 표현이 맞는 곳입니다. 지금 그 한국 청년은 그쪽으로 가는 것이 아닐까 생각됩니다. 또 보사 쪽에서 고기잡이하는 사람들에게도 한 번 들은 것 같습니다. 그쪽 해안 절벽 위로 아주 오래된 성 같은 것이 보인다고 말입니다."

"그 사유지의 영역을 이 지도 위에 표시해 주시겠소?"

베르트랑의 부탁에 따라 헌병대장이 지도 위에 빨간색 선을 그어 보였다. 베르트랑은 콜로디 검사를 바라보면서 질문을 했다.

"자네 생각은 어떤가?"

"가능성 있는 이야기야. 우선 그쪽으로 이동하도록 하지."

"그렇게 하세. 내 생각도 마찬가지야. 그리고 두 분께 말씀드립니다."

베르트랑은 콘티 중령과 크리스티앙 중위에게 이야기했다.

"일단 작전이 시작되면 최대한 신중해 주십시오. 정보에 따르면 그들은 중무장한 전투 집단입니다. 소규모의 정규전이라고 생각하고 작전에 임해 주십시오. 그럼 이동 준비하십시오. 준비되면 즉시 출발하겠습니다."

그리고 약 10분 후 긴 차량 행렬이 다시 움직이기 시작했다. 남쪽 보사 방향의 N 292 국도 쪽이었다.

붉게 이글거리는 태양이 천천히 서쪽 바다 밑으로 내려앉으며 온 바다가 붉게 물들고 있었다. 진영이 예전에 보지 못했던 장관이었다. 반면에 그들이 조금전에 떠나 온 동쪽 해안은 서서히 어둠에 덮이고 있었다. 바다는 장엄한 저녁을 연출했다. 하늘도 차츰 어두워졌고 하나둘씩 별이 보였다. 이어서 절반에서 약간 넘치는 반달이 수줍게 솟아올랐다. 세상은 조금씩 어두워져 갔고 배를 추진하는 엔진 소음과 뱃전에 부딪히는 물결 소리만이 들렸다.

진영이 탄 어선은 북쪽으로 계속 이동했다. 물론 뒤쪽에서 멀리 이탈리아 해양 경비대의 경비정이 뒤따르고 있다는 사실은 전혀 모르는 상태였다. 진영은 뱃전에서 뒤로 고개를 돌려 조타륜을 잡고 서 있는 남자를 바라보았다.

진영이 배에 탔을 때 이미 그는 출항 준비를 끝낸 다음이었다. 물론 그는 점심때 두 번째의 황새치 구이를 들고 왔던 남자로 그의 이름은 알베르토 카프리스였다. 진영에게 안토니오가 부탁한 우편물을 특급 우편으로 보낸 사람도 그였다. 그리고 지금은 안토니오의 부탁에 따라 진영을 데리고 가는 것이었다. 모든 것은 안토니오가 계획한 대로 진행되었다.

잠시 후 완전히 어두워진 바다 한곳에 배가 멈추어 섰다. 엔진을 끄고 나자 세상이 고요했다. 배는 잔잔한 물결에 맞춰 천천히 흔들렸다. 오른쪽으로 희미하게 해안 절벽이 보였다. 안토니오가 제시한 시간까지 약 10분 남았다. 알베르토는 배의 뒷 고물에서 무엇인가를 준비하고 있었다. 진영도 배낭을 열어 옷을 갈아입고 신발을 갈아 신었다. 검은색 전투복과 전투화였다. 다음으로 장비들을 챙겼다. 주로 무기들이었다. 권총을 어깨의 홀스터에 꽂아 넣고 실탄도 챙겼다. 그리고 각종 단검을 몸 여기저기에 갈무리했다. 투척용 단검이 꽂힌 가죽띠도 허리에 감았다. 마지막으로 대형의 십자 스패너를 가죽 끈으로 매어서 등에 붙였다.

작업을 마친 알베르토가 이윽고 진영을 불렀다.

"저 해안 절벽으로 똑바로 가시오. 파도도 잔잔하고 조수도 없는 곳이니까 쉽게 갈 수 있을 거요. 엔진 소리 때문에 이 배로는 더 이상 접근할 수 없소. 알고 있겠지만 절벽 밑에는 바위 몇 개로 이루어진 돌출 부분이 있으니까 그쪽에 보트를 대시오. 그곳에서 절벽 위를 보면 올라갈 방법을 찾을 수 있을 거요. 나는 지금부터 정확히 한 시간 후 9시에 저 절벽 밑으로 배를 갖다 댈 거요. 그리고 10분만 기다리겠소. 가 보시오."

진영은 고개를 끄덕인 후 뱃전을 잡고 고무 보트에 내려섰다. 그리고 양손에 노를 잡았다. 알베르토가 들고 있던 밧줄을 던져 주었다. 진영은 목표를 똑바로 겨냥하고 노를 저었다. 200미터 정도의 거리였다. 지금 시간은 8시 5분 전이었다.

진영이 보트를 저어 광대한 해안 절벽의 밑에 접근할 즈음에 베르트랑과 콜로디 검사가 이끄는 병력은 알게로 남쪽 30킬로미터 지점의 한 부분에 도착해 있었다. 국도변에 위치한 사유지의 입구에 와 있는 것이다. 주위는 완전히 밤에 휩싸였으나 달빛 아래로 어렴풋한 풍경이 펼쳐져 있었다. 황량한 황무지 사이에 돌로 쌓은 낮은 담이 사유지의 경계를 이루고 있었다. 입구에는 아무런 표시나 장애물이 없었다.

그들은 우선 기다리기로 했다. 김진영의 목적지가 명확하지도 않은 상태에서 사유지에 난입할 수는 없었기 때문이다. 잠시 후 베르트랑의 무전기가 칙칙거렸다. 올리비에 경사였다.

"보사 항에서 북쪽으로 18킬로미터 지점 해안에서 배가 멈췄습니다. 해안선에서 200미터 정도 떨어져 있고 조금 전에 소형 고무 보트가 내려온 다음 해안으로 이동했습니다. 탄 사람은 김진영 하나인 것 같습니다. 어떻게 할까요?"

"우선 기다리게. 서두를 필요는 없으니까. 최대한 접근한 다음 명령을 기다리게."

베르트랑은 옆에 앉은 콜로디 검사에게 고개를 돌렸다.

"이곳이 맞는 모양일세. 김진영은 해안 절벽으로 침투하려는 것 같아. 천천히 들어가 보세."

"그렇게 하지. 첨병을 우선 내보내자고. 신중하게 말이야."

곧 헌병대 차량 대신 프랑스 GIGN 소속의 전투 차량을 선두에 세운 대열이 천천히 사유지 경계 내로 들어섰다. 선두 차량에는 고감도 전자파 감지기가 설치되어 있었다. 감시 카메라나 그 밖의 전자식 감시 장치를 사전에 감지해 낼 수 있는 최신 장비였다. 그리고 각 차량에 탑승한 모든 대원들은 실탄을 장전하라는 명령을 받았다. 이동 중에 발생할 수 있는 돌발 상황에 언제든지 대응할 준비를 갖춘 것이다. 모든 조명을 끄고 엔진음을 최대한 낮춘 차량들이 적당한 간격을 유지하며 황량한 고원 지대에 접어들었다.

진영은 해안에 도착하여 미리 보아 둔 돌출 부분 쪽에 상륙했다. 보트와 연결된 밧줄을 당겨서 바위 틈에 고정해 둔 다음 오른쪽 절벽 위를 살폈다. 대단히 가파른 화강암 절벽이었다. 그러나 요철이 많아서 등반이 어려워 보이지는 않았다. 지금 진영이 서 있는 곳에서는 보이지 않았지만 보트를 저어 해안에 접근하면서 진영은 그 절벽 위에 건물이 있다는 것을 알 수 있었다. 엷은 회색으로 빛나는 절벽과 달리 아무런 불빛도 새어 나오지는 않지만 어두운 실루엣이 보였던 것이다.

아직까지는 모든 것이 계획대로였다. 안토니오의 편지에 따르면 지금 진영이 해야 할 일은 위에서 드리운 밧줄을 찾는 일이었다. 그것을 잡고 올라가야 하는 것이다.

진영은 잠시 후 위쪽으로부터 드리운 밧줄을 바위 틈에서 찾았다. 그리고 지체 없이 밧줄을 잡고 올라갔다. 주위에는 달빛이 어리고 있었다. 청동빛의 어둠 속에서 절벽을 오르던 진영은 약 5미터 지점에서 밧줄이 줄사다리에 묶여 있음을 보았다. 원래 준비한 줄사다리의 길이가 바닥까지에 조금 모자라자 거기에 밧줄을 매달아 놓은 것이다. 이후부터는 더욱 쉽게 올라갈 수 있었다. 약 50미터를 더 오르자 절벽의 정상에 도달했고 이제 그 위에 쌓아 올린 성벽을 올라가야 했다. 5개 층 정도의 높이를 더 올라가자 줄사다리는 끝이 났다. 불이 꺼진 한 방의 창문에 걸려 있었다.

진영은 열려 있는 창문 밑에서 잠시 멈춰 실내의 기척을 살핀 다음 천천히 고개부터 들이밀었다. 바깥보다 더 어두운 실내는 잘 보이지 않았지만 아무도 없다는 것은 분명했다. 진영은 가볍게 실내로 뛰어내렸다. 줄사다리는 강철로 만든 옷걸이에 묶여서 창틀에 고정되어 있었다. 진영은 좁은 실내가 누군가의 침실이라는 것을 알 수 있었다. 낡고 소박한 가구들이 몇 개 놓여 있었고 1인용 침대가 구석에 있었다. 진영은 적의 심장부에 들어왔음을 실감했다. 그는 등에 걸친 십자 스패너를 빼서 오른손에 들고 천천히 방문을 열었다.

안토니오가 보내 준 건물의 지도는 아주 자세했다. 진영은 그것을 틈 나는 대로 숙지해서 이제는 완전히 외어 둔 상태였다. 그는 이제 가야 할 곳을 정확히 알고 있었다. 우선 좁은 복도를 지나 가파른 계단을 통해 계속 내려가야 했다. 진영은 조심스럽게 계단을 내려갔다. 건물 안은 아주 조용했다.

　사유지의 입구를 통과한 프랑스와 이탈리아 연합 부대는 순조롭게 약 5킬로미터를 이동하였다. 그리고 잠시 후 전방의 선두 차가 정지하고 이어서 모든 차량이 정지했다. 두 검사는 차에서 내려 앞으로 걸어갔다. 거기서부터 양 옆의 사이프러스 나무들이 사라지고 시야가 툭 터지면서 상당히 넓은 평지가 펼쳐졌다.
　베르트랑은 몇 걸음 앞으로 나서서 전면을 바라보았다. 그는 달빛을 뒤로 받으며 위용을 드러낸 눈앞의 광경에 압도당했다. 주변의 대원들 역시 마찬가지였다.
　달빛에 어렴풋이 보이는 성의 형태는 13세기 로마네스크 양식이었다. 첨탑과 탑루가 뿔처럼 성의 양 옆에 하나씩 솟아 있었고 총루가 곳곳에 설치되어 있었다. 성 전체는 총안이 촘촘히 뚫린 이중 벽으로 둘러져 있었고 밖으로 새어 나오는 불빛은 전혀 볼 수가 없었다. 그저 버려져 있는 유적지 같았다. 성 뒤쪽은 바다에 연한 절벽인 듯했다. 그리고 진입로의 측면으로는 울창한 올리브 나무의 숲이 있었다. 베르트랑은 우선 올리브 숲 사이에 그들의 병력을 산개하기로 마음먹고 명령을 내렸다. 그리고 크리스티앙 중위가 다른 한 대원을 데리고 성을 정찰하기 위해 이동했다. 나머지 부대는 나무 그늘 사이로 이동하여 상황을 기다리기로 했다.
　아주 낮은 자세로 신중하게 출발했던 크리스티앙 중위는 그리

오래되지 않아서 돌아왔다. 두 검사와 콘티 중령은 크리스티앙 중위의 보고를 듣기 위해 모여 앉았다.

"아주 곤란하게 됐습니다. 성에 들어갈 수 없을 것 같습니다."

"무슨 이야긴가? 불가능하다는 이야기인가?"

"여기에서는 보이지 않지만 성 가까이 가면 확인하실 수 있습니다. 성은 절벽으로 둘러 쌓여서 이쪽과 떨어져 있습니다. 일반적으로 성의 방어를 위해 조성되는 해자 대신 이 성은 천연 절벽을 이용해서 건축된 것입니다. 성문에 접근하기 위해서는 너비 5미터 정도의 절벽을 뛰어넘어야 합니다. 장비가 없는 우리로서는 불가능합니다. 물론 성문에 개폐식 다리가 있습니다. 그것이 내려진다면 들어갈 수 있겠지만 지금으로서는 불가능하지요."

옆에서 베르트랑과 크리스티앙 중위의 대화를 듣고 있던 콜로디 검사가 크리스티앙에게 질문을 했다.

"성벽을 타고 넘어가서 개폐식 다리를 내리고 성문을 열어야 하는 것 아닌가? 그것도 불가능한가?"

"연구해 봤지만 어려울 것 같습니다. 절벽의 간격과 성벽 높이를 감안하면 최소한 70미터 길이 이상의 밧줄과 고정추가 필요한데 우리가 준비해 온 것은 50미터 길이의 밧줄입니다."

"우리도 30미터 길이의 밧줄이 있소. 연결해서 사용해 봅시다."

듣고 있던 콘티 중령이 나섰다.

"그래. 그렇게 하면 되겠군."

베르트랑이 맞장구를 쳤지만 크리스티앙 중위의 표정은 여전히 바뀌지 않았다.

"밧줄을 단 고정추를 발사하는 발사기의 성능도 문제가 됩니다. 70미터까지 닿을지 모르겠습니다."

"그래도 해 봐야 하지 않겠나? 일단 준비를 시작하게."

베르트랑은 어둠 속에서 장비를 챙기기 위해 사라지는 크리스티앙 중위와 콘티 중령을 바라보면서 입맛이 썼다. 사유지 입구에서부터 성문까지 아무런 감시 장치나 장애물이 없었던 것은 이유가 있었던 것이다. 대규모 공성 장비가 투입되지 않는 한 저 성은 난공불락의 요새인 것이다.

밧줄을 연결해서 발사된 고정추가 성벽 위에 걸린다 해도 아무런 은폐물 없이 노출된 상태로 줄을 타고 올라가야 하는 대원들의 안전을 보장하는 것은 불가능했다. 기다렸다가 반격이라도 받으면 전원 몰살될 것이 분명했다. 여기까지는 아니지만 저 성벽부터는 분명히 외부의 침입을 감시하는 장치나 인원이 있을 것으로 예상됐다. 대원들의 안전을 고려한다면 지금의 공성 작전은 포기하고 중장비들을 급히 동원해야 했다. 하지만 그들로서는 포기할 수 없었다. 이미 김진영이 저 성안에 들어갔기 때문이다.

두 개째의 계단과 복도를 지난 진영은 세 번째 계단에 접근했다. 돌로 된 복도에는 횃불이 군데군데 걸려 있었고 바깥쪽으로 난 모든 창문은 나무로 된 덧문으로 닫혀 있었다. 역시 돌로 된 바닥은 다듬어져 있어서 진영의 발자국 소리를 크게 울리지는 않았다. 세 번째 계단을 내려간 진영은 꺾인 복도를 지나 다시 한번 계단을 내려가야 했다.

진영이 복도를 따라 걷고 있을 때 갑자기 그의 오른쪽에 닫혀 있던 문이 열리고 한 사람이 나왔다. 3미터 거리에서 두 사람의 눈이 마주쳤다. 방금 나온 사람이 놀라서 잠깐 멈칫한 순간 진영의 손에서 단검 하나가 날아갔다. 단검은 순식간에 목표가 된 사람의 오른쪽 눈동자에 가서 꽂혔다. 12센티미터 길이의 칼날 부분이 다 박히고 손잡이만 남을 정도로 진영이 던진 단검의 위력은 대단했다. 진영은 남자의 시체를 그가 나온 방으로 끌고 들어가 눕혔다. 그리고 그 남자의 두건이 달린 검은색 망토를 벗겨 냈다. 약간 큰 그 망토를 몸에 걸친 진영은 눈에 박힌 단검을 뽑아 들었다.

다음 층계를 내려간 진영은 그의 목적지에 거의 다 왔음을 알았다. 잡혀 온 여자들을 감금하는 감옥이 바로 눈앞이었다. 안토니오의 편지에 따르면 이곳을 지키는 간수는 두 명이었다. 일반적으로 성내에 현대식 무기는 없다고도 적혀 있었다. 진영은 그렇다면 크게 꺼릴 게 없다는 생각을 했다.

그는 복도 끝에 위치한 문으로 천천히 걸어갔다. 그리고 강철로 만든 문을 열었다. 끼이익 하고 의외로 크게 문 소리가 나자 문 앞에 놓인 의자에 앉아 있던 검정 망토의 남자가 벌떡 일어나 문 쪽을 바라보았다.

진영은 주저하지 않고 오른손으로 단검을 하나 던지면서 실내로 쇄도했다. 상대의 심장 부분을 노렸던 진영의 단검은 남자가 몸을 약간 피하는 바람에 어깨에 꽂혔다. 남자는 크게 비명을 지르며 책상 옆에 세워져 있던 강철 곤봉을 손에 들었다. 그리고 실내 한쪽 구석의 커다란 화로 불 옆에서 무엇인가를 하던 그의 동료도 불 속에 파묻혀서 끝이 벌겋게 달구어진 쇠 막대기를 들고 달려들었다. 진영은 두 번째 단검을 그에게 던졌다. 그러나 이미 경계를 하고 있던 그 남자는 몸을 비껴서 단검을 피했다. 대단히 신속한 몸놀림이었다. 진영은 이제 달려드는 두 남자와 대적해야 했다. 그는 오른손에는 십자 스패너를 들고 왼손에는 다마스커스 단검을 꺼내 들었다. 어깨에 단검을 맞은 남자가 먼저 엄청난 속도와 힘으로 강철 곤봉을 휘둘러 왔다. 진영은 그의 곤봉을 초대형 십자 스패너로 막고 몸을 회전시키며 자세를 낮췄다. 그리고 순간적으로 드러난 적의 옆구리에 단검을 꽂아 넣었다. 다마스커스 칼날이 남자의 몸에 깊이 파고들자 그는 들고 있던 곤봉을 떨어뜨리면서 옆으로 쓰러졌다. 그때 날카로운 여자의 목소리가 진영에게 경고를 발했다.

"뒤를 조심해요."

갇혀 있던 니콜이 쇠창살에 붙어 서서 외친 것이다. 진영은 순간적으로 몸을 굴렸다. 등 뒤로 화끈한 열기가 스쳐 지나갔다. 첫 번째 남자의 옆구리를 찌르는 사이에 달궈진 쇠 막대기를 들고 온 남자가 진영의 등 뒤를 후려쳤던 것이다. 진영은 곧바로 자세를 가다듬고 남자와 마주섰다. 그가 들고 있는 쇠막대기 끝에는 벌겋게 달궈진 A자 낙인이 붙어 있었다. 이어서 바로 두 종류의 강철이 부딪쳤다. 남자가 주저하지 않고 손에 든 쇠 막대기를 휘두르기 시작한 것이다. 진영은 쉽게 반격하지 못하고 막기에 급급했다. 그러다가 벌겋게 달궈진 쇠 막대기의 끝부분이 진영의 십자 스패너에 맞부딪치면서 부러져 나갔다. 부러지면서 벌건 쇠뭉치가 진영의 몸 아래를 스치며 떨어졌다. 진영의 검은색 망토에 금방 불이 붙었다. 진영은 몸을 뒤로 빼내면서 망토를 벗어던졌다. 그 사이에 부러진 쇠 막대기를 내려놓고 벽에 걸린 중세식 장검을

든 남자가 진영 쪽으로 돌진해 왔다. 그의 장검은 바람이 일 정도
의 빠른 속도로 진영을 노리며 날아들었고 진영은 역시 막아 내기
에 급급했다. 세 번째로 장검이 날아오자 진영은 들고 있는 십자
스패너를 비껴들고 그의 검을 받았다. 장검의 칼날 아래 부분이
진영의 십자 스패너와 맞붙었다. 두 남자는 온 힘을 다해서 서로
를 밀어붙였다. 진영으로서는 그의 엄청난 힘을 당할 수 없어 차
츰 뒤로 밀려서 커다란 화로의 불가로 다가섰다. 진영은 밀어붙이
는 남자의 칼을 한번 힘껏 밀어 낸 다음 더욱 강하게 밀어붙이는
남자의 힘에 저항하지 않고 오히려 제자리에 주저앉으며 옆으로
몸을 굴렀다. 그리고 자기 힘을 이기지 못하고 앞으로 쓰러지는
상대의 엉덩이에 발바닥을 대고 불 쪽으로 밀어 버렸다. 2미터 정
도를 밀려 간 그의 몸은 이글거리며 타오르는 석탄 더미 위에 떨
어졌다. 남자는 단말마의 비명을 지르며 몸부림쳤다. 이글거리며
타오르는 화로를 뒤집어엎으며 남자는 겨우 일어설 수 있다. 그때
진영의 단검이 남자의 심장에 날아가 박혔다. 마침내 그는 뒤집힌
화로에서 쏟아진 석탄 불 위로 쓰러졌고 곧 사람의 살을 태우는
고약하고 역겨운 냄새의 연기가 감옥 안을 가득 채웠다.

　진영은 시간을 많이 낭비했다고 생각하며 책상 뒤의 벽에 걸린
열쇠 꾸러미를 들어 내렸다. 창살 안에 갇혀 있는 여자들이 창살
에 붙어 서서 공포 어린 눈빛으로 진영을 보고 있었다. 하지만 그
중 니콜은 기쁨에 넘쳐서 소리쳤다.

　"빨리요. 여기부터요. 아니 그 큰 열쇠예요."

　여러 개의 열쇠들을 들고 머뭇거리던 진영은 니콜의 도움을 받
아 알맞은 열쇠를 감옥의 자물쇠에 밀어 넣을 수 있었다. 다행히

여자들은 묶여 있지 않았고 통치마 같은 망토들을 걸치고 있었다. 마약도 투여되지 않은 듯 비교적 정상적인 모습들이었다. 문이 열리자마자 니콜이 뛰어나와 진영을 끌어안고 울음을 터트렸다.

"올 줄 알았어요. 정말 올 줄 알았어요."

진영은 니콜을 떼어 낸 다음 진정을 시켰다. 그리고 말했다.

"나 혼자 여기 들어온 겁니다. 이제부터 나를 따라 몰래 나가야 합니다. 정신차려요. 그렇지 않으면 모두 여기서 죽을 겁니다."

니콜은 진영의 이야기를 듣고서야 정신을 수습할 수 있었다. 끝난 것이 아니었다. 진영은 냉철한 눈빛으로 니콜에게 자기의 옆구리에 차고 있던 권총을 건네줬다.

"내가 앞장서겠습니다. 여자들에게 설명해 주십시오. 어떤 경우에도 소리를 내지 말고 나를 따를 것, 내가 서면 차례로 서고, 내가 가면 차례로 가는 겁니다. 당신이 이걸 들고 끝에 서십시오."

니콜은 고개를 천천히 끄덕이고 아직 창살 안에서 불안한 눈빛으로 그들을 보고 있는 여자들을 향해 돌아섰다. 진영의 시계는 이제 8시 35분을 가리키고 있었다.

그들이 부르는 이 성의 이름은 콘도티에라이다. 용병들의 성이라는 뜻이다. 그러나 처음부터 이런 이름은 아니었다.

12세기 중반 분열되어 있던 아랍 세계가 장기에서 누레딘 그리고 살라딘이라는 걸출한 지도자들에 의해 통합되면서 팔레스타인 지역에 진출한 서방의 십자군 세력은 위협을 받았다. 결국 1187년 7월 갈릴리 호수 근처에서 벌어진 양측의 대전투는 살라딘이 이끄는 이슬람 군대의 압도적인 승리로 끝났다. 저항할 힘을 잃은 예루살렘은 그해 10월 12일에 이슬람 세력에게 함락되고 말았다. 그리고 이후의 십자군 원정은 모두 실패로 끝났다.

이러한 패퇴는 성전 기사단에게도 커다란 타격이었다. 계속된 전쟁 중에 많은 소속 기사들이 전사했음은 물론이고 예루살렘의 성전에 있던 근거지도 빼앗겨 버린 것이다. 이제 그들은 새로운 근거지가 필요했다. 명목상으로는 파리에 본부를 두었지만 세속 권력의 변덕스러움을 잘 알고 있던 그들은 누구의 간섭도 받지 않고 세력을 온존시킬 수 있는 별도의 근거지를 찾아야만 했다.

강대국들이 끊임없이 쟁투하는 대륙에서 떨어져 있고 그 당시 유럽 권력의 핵심인 로마 교황청과 프랑스와의 왕래도 손쉬우면서 유사시에 성지로의 출병도 용이한 지리적 장점이 우선되었다. 사이프러스나 크레타 등이 성지 가까이에 있으나 이미 강대한 베니스 공화국의 지배 하에 있었다. 오직 상업적인 이익만을 중요시하는 베니스 정부를 설득해서 성전 기사단의 요새를 얻어 낼 수는 없었던 것이다. 결국 그 당시에도 강대국들의 관심 밖에 있었던 사르데냐 섬이 최적지로 선정됐다.

일단 이곳에 위치를 정한 성전 기사단은 그들의 엄청난 재산을 투자하고 사르데냐 섬의 풍부한 석재와 아랍 쪽의 앞선 토목 건축 기술까지 도입하여 이 성을 건립했다. 그리고 유럽 대륙에서의 일반적인 활동 즉 금융업 등과 관계없이 이 성에서는 원래 목적인 성지 회복을 위한 군사 조직을 양성했다. 기사단의 경제적 활동의 중심지가 파리였다면 군사적 활동의 중심지는 바로 이 성이었던 것이다. 그러나 프랑스 왕 필리프 4세의 탄압이 시작되고 결국

1314년에 자크 드 몰레 단장이 화형당한 후 이곳에서는 또 하나의 끔찍한 사건이 발생했다.

1314년 성탄절을 맞아서 전 유럽에 남아 있던 성전 기사단의 기사들이 이곳에 모두 모여 중요한 회합을 가졌다. 심각한 타격을 입은 기사단의 진로를 결정하기 위한 모임이었다. 그들은 이틀간 긴 회의를 했지만 이미 크게 벌어진 의견 차를 좁히지 못했다.

그들은 크게 세 가지 부류로 나뉘어졌다. 첫 번째는 이미 의미도 없고 가능성도 희박한 성지 회복의 목표를 포기하고 또 존재 목적도 없는 성전 기사단을 이대로 해체하자는 기사들이었다.

두 번째 부류는 세속 권력의 탄압에 굴하지 말고 성지 회복의 이상을 포기해서는 안 된다는 이들로 가장 경건한 신앙심을 가진 부류였다. 그들은 더 나아가 너무도 방대해진 기사단의 재산을 여러 구호 단체에게 헌납하고 더 이상의 금융 활동을 포기해서 원래의 청빈하고 경건한 모습으로 돌아가자고 주장했다.

그리고 세 번째 부류가 바로 지금 아켈다마 기사단의 시초가 되는 사람들이었다. 그들은 우선 프랑스 왕 필리프 4세에 대한 격렬한 적개심과 복수의 의지를 내세웠다. 그리고 엄청난 재산을 포기하기는커녕 더욱더 늘려서 그들을 탄압한 세속 권력을 능가하는 절대 권력을 만들어 내자고 주장했다. 그것만이 프랑스 왕실에 대한 복수와 성지 회복을 가능케 하고 또한 실추된 기사단의 위상을 드높일 수 있는 길이라고 역설한 것이다.

이틀 동안의 회의를 통해서 그들 사이엔 이제 견해의 차이뿐 아니라 심각한 감정의 대립마저도 생겨났다. 사흘째 회의 때 결국 그들의 분열은 돌이킬 수 없게 되어 버렸다. 우선 첫 번째 부류의 기사들은 성전 기사단을 떠나기로 마음을 모으고 그날 저녁 이 성을 떠났다. 그리고 경건한 신앙심을 가진 두 번째 부류의 일부도 역시 성을 떠났다. 하느님을 위해 봉사하는 길이 꼭 이곳에 있는 것은 아니라고 생각한 사람들이었다. 주로 용병이나 낭인 기사로 타락해 간 첫 번째 부류와는 달리 이들은 수도원으로 가거나 성 요하네스 기사단 등의 다른 기사단으로 소속을 옮겼던 것이다.

이제 숫자와 세력 면에서 절대적인 우위에 선 세 번째 부류는 사흘째 밤에 비밀리에 모여 악마의 사주라고 생각할 수밖에 없는 끔찍한 일을 획책하였다. 그들에 반대하고 있는 두 번째 부류의 남아 있는 기사들을 모조리 죽여 없애기로 결의한 것이다.

나흘째 날의 아침이 밝으면서 운명의 시간이 시작되었다. 세 번째 부류는 성 제일 아래 층에 위치한 지하 예배당에 모여서 아침 미사를 올리던 동료들을 습격했다. 수적으로도 부족했고 대항할 무기도 없었던 경건한 기사들은 악마의 광기에 사로잡힌 듯 칼을 휘두르는 동료들에게 무자비하게 난도질당해서 죽어 갔다.

잠시 후 성스러운 십자가 밑에는 조금 전까지도 그것을 향해 기도하고 있던 약 70명의 경건한 기사들이 흘린 피가 바다를 이루었다. 그리고 동료들을 완전히 학살하는 데 성공한 사람들만 남았다. 그 기사들의 쇠사슬 갑옷 위에 걸친 외투의 흰색 바탕 위에 그려진 빨간 십자가는 이제 동료들의 피로 형체를 잃었다.

학살의 광기에 사로잡힌 기사 한 명이 더 이상 죽일 사람이 없음을 깨닫고 갑자기 제단 위로 뛰어 올라갔다. 그리고 제단 뒤에 걸린 소박한 나무 십자가를 떼어 내서 절단된 머리와 조각 난 사지가 피범벅이 되어 쌓여 있는 예배당 바닥에 집어 던졌다. 그것이 성전 기사단의 최후였고 아켈다마 기사단의 시작이었다.

이미 씻지 못할 죄악을 저지른 그들은 삼위일체 하느님에게 그들의 죄를 빌고 참회하는 대신 극단적인 신성모독을 통해 그들의 주인을 바꾸고 만 것이다. 이제 그 이전까지 안젤로스 즉 천사들의 성이라 불렸던 성은 용병들의 성, 콘도티에라로 바뀌었다. 그들은 황금으로 악마의 상을 제작해서 안치하고 예루살렘에서 가룟 유다의 유해를 발굴해 이 성으로 가져왔다. 거룩한 성전 대신 저주받은 악마의 땅 아켈다마를 그들의 반석으로 삼은 것이다.

진영이 알베르토의 어선에서 막 고무 보트로 갈아탔을 무렵 콘도티에라 성의 지하 예배당에는 똑같은 복장의 아켈다마 기사들이 모여들었다. 전 유럽 그리고 아프리카나 미국에서 도착한 소수의 기사들이 아주 오랜만의 회합을 준비하고 있었다. 하얀색 바탕에 검은색 역 십자가 표식이 그려진 망토를 걸친 기사들은 이제 예배당 양 옆으로 배치된 좌석에 차례대로 앉았다.

중세 가톨릭 성당의 성가대석처럼 마호가니 목재로 정교하게 조각된 네 좌석이 계단 모양으로 층 지어서 배열되어 있었다. 전체 150명 정도 되는 인원이었다. 그들은 잡담을 나누지도 않았고 웃지도 않았다. 모두 심각한 표정이었다.

잠시 후 열려 있는 예배당 입구의 문으로 기사 한 명이 주석으로 만든 지팡이를 들고 들어왔다. 그는 문가에 서서 들고 있던 지팡이를 바닥에 힘껏 내려쳐서 소리를 냈다. 쿵쿵쿵 세 번에 걸쳐 무거운 진동음이 예배당을 울리자 모든 기사들이 일어났다.

이제 문 쪽에서는 거창한 행렬이 들어오고 있었다. 건강한 기사 여섯 명이 누워 있는 사람 모습의 황금 조각상을 어깨에 메고 들어왔고 그 뒤로는 교황의 삼중관과 비슷한 모자를 쓰고 전신에 화려한 망토를 걸친 노인이 황금빛으로 번쩍이는 지팡이를 들고 예배당으로 들어왔다. 그리고 그 뒤로 역시 기사 여섯 명이 쇠사슬 갑옷과 투구, 방패와 장검 등으로 무장하고 뒤따랐다. 무장한 여섯 기사들 역시 하얀 바탕에 검은색 역십자가가 그려진 외투를 걸치고 있었다. 누워 있는 모습의 황금상은 여섯 명의 운반자들에 의해 예배당 중앙 지점에 놓여졌다.

그 황금상은 바로 가룟 유다의 몸이었다. 아켈다마 기사단의 첫 번째 지도자가 된 아르노 드 아키텐에 의해 예루살렘에서 발굴되어 이쪽으로 옮겨진 다음 그 해골 위에 황금을 녹여서 입힌 것이다. 단지 양손과 양발 끝 부분은 브뤼헤를 위시한 전 유럽의 중요한 지부에 모셔졌다. 하지만 지금 아켈다마 기사들의 눈 앞에 내려진 황금상은 양손과 양발이 황금으로 주조되어서 온전히 붙어 있었다. 비어 있는 해골의 눈 부분에는 커다란 붉은색 루비가 박혀 있었고 목걸이, 팔찌, 허리띠로 조각된 부분에는 각양각색의 보석들이 빛을 발했다. 하지만 황금이 덮여 있는 틈새 곳곳으로 누렇게 변색된 사람의 뼈가 보였다.

황금상이 내려진 후 황금 지팡이를 쥔 노인은 천천히 걸어서 예배당 중앙 안쪽의 의자로 갔다. 역시 황금과 보석으로 치장된 의자 위로는 황동과 검정색 대리석으로 이루어진 천개가 조성되어 있었다. 로마 가톨릭에서 주로 포도나무 줄기 모양으로 장식하는 기둥 대신 몸을 칭칭 감고 있는 뱀으로 장식해서 조각한 것이 다를 뿐이었다. 발다키노 뒤로는 거대한 루시퍼의 입상이 있었다. 그 역시 청동 주물 위에 황금을 입혀 놓았다. 그리고 그들이 자리한 예배당의 로마네스크식 아치 모양의 천장에는 프레스코 천장화가 있었다. 주로 인간들을 고문하고 희롱하는 악마들이었다.

무장한 여섯 기사들이 황금 지팡이를 든 노인의 양 옆에 벌려 서자 노인이 자리에 앉았다. 기사들도 자리에 앉았다. 잠시 침묵이 흐른 후 노인이 입을 열었다. 그는 현재의 아켈다마 기사단의 단장인 케벨루스였다. 나이가 70세는 넘어 보였으나 찌를 듯이 빛나는 눈빛은 예배당 전체를 위압했다.

"오랜만이오, 형제들. 오늘 자리는 그리 상서로운 자리가 아닌 것 같소. 벨기에 쪽 우리 조직이 완전히 와해됐소. 그리고 형제들이 살해당하고 체포당했소. 우리 아켈다마 기사단이 설립된 이래 최악의 사태이자 최고의 위기라 판단해 여러분들을 불렀으니 문제점들을 해결하는 자리가 되었으면 하오. 회의를 시작하시오."

그의 말이 끝나자 방금 가롯 유다의 해골을 메고 들어온 다음 자리에 앉아 있던 기사 중 한 명이 일어섰다. 바로 안토니오였다.

여섯 명으로 이루어진 단장의 보좌관들이 가롯 유다의 해골을 메는 영예를 누렸고 그중 안토니오가 수석 보좌관으로서 보고를 하고 회의를 주관할 책임을 맡았던 것이다.

"형제 여러분. 690년의 우리 기사단 역사상 가장 가슴 아픈 일이 최근에 발생했습니다. 벨기에 지역의 우리 형제 대부분이 살해당했고 상당수의 식구들이 체포당했습니다. 우선 이번 사태의 시작과 과정을 보고드리고 여러분들의 의견을 듣겠습니다."

그는 굳은 표정으로 미리 준비한 보고서를 읽어 내려갔다. 우선 로베르 드 레미의 행적부터 시작되었다.

기사단 본부의 허가도 없이 아켈다마 기사단의 형태와 활동을 전하는 인터넷 홈페이지를 만들어서 결국 장 뤽 케트너라고 하는 해커에게 노출시킨 일, 불필요하게 많은 여성들을 납치해서 멋대로 즐기고 거래한 일, 사실 로베르 드 레미는 납치된 여성들을 농락하고 죽이는 데에 그치지 않고 미라벨라를 통해 그녀들을 중동의 왕족이나 부호들에게 팔아 먹기까지 했다. 이것은 물론 명백히 아켈다마 기사단의 원칙을 어긴 일이었다. 그리고 기사단의 중요한 건물인 뇌샤텔에 숙박하고 있는 두 여자를 납치해서 적들에게 기사단의 존재에 관한 단서를 제공한 일, 사적인 쾌락을 위해 납치한 여자들을 자신의 요트에 싣고 즐기다가 한 명이 탈출토록 한 일, 탈출한 후 기억 상실이 된 여자와 그 보호자 역할을 하는 남자를 죽이려다 실패한 일. 그리고 자신이 호송 대열을 습격하여 로베르를 사살한 일까지 일단 설명했다. 로베르를 죽이지 않고 탈출시켰다면 수사의 방향은 결국 드 레미 남작과 아켈다마 기사단을 직접 겨냥할 수밖에 없었다는 말을 덧붙였다.

그리고 자신의 활동을 보고했다. 프랑스 경찰 당국에 체포된 장 뤽 케트너를 살해한 일, 드 레미 남작과의 의견 충돌로 사르데냐로 돌아왔던 일, 결국 로베르의 체포 이후에 다시 출동해서 그를 사살한 일, 기사단에 관한 의혹을 보도한 기자를 처리한 일, 형사를 매수해서 로베르의 친모이자 샤를 드 레미의 부인이었던 베로니카의 존재를 알아낸 일, 리지외에서의 베로니카 암살 계획이 좌절된 일, 원인 모를 화재로 관리인과 수행 기사 네 명이 사망하고 뇌샤텔이 전소된 일, 로베르에게 연인을 납치당하고 두 차례의 피

살 위험에 빠졌던 한국 유학생이 그들을 추적하면서 방해하고 있음을 안 일, 얀 경사를 통해 그를 유인해 살해하려다가 프랑스 특공대의 개입으로 실패한 일, 대신 수사 담당자인 프랑스 여자 경찰관을 납치해서 고문 끝에 베로니카의 위치와 예상치 못했던 또 다른 배신자를 파악한 일, 베로니카와 베일에 싸인 배신자를 처단한 일, 얀 경사가 신분 노출을 우려해서 집에 돌아갔다가 체포당한 일, 이성을 잃은 듯한 드 레미와의 충돌로 다시 사르데냐로 돌아온 일, 마지막으로 얀 경사의 자백으로 드 레미 남작의 저택이 공격받아서 파멸에 이르렀다는 것으로 보고를 마쳤다. 그리고 납치한 프랑스 여자 경찰을 이곳 사르데냐로 데리고 왔다는 사실을 덧붙였다.

안토니오의 길고 긴 보고가 끝나고도 장내는 침묵을 지켰다. 잠시 후 안토니오 오른편의 제일 앞 줄에 앉아 있던 노기사가 일어서서 말했다. 그는 폴란드에서 온 장로였다.

"보고 잘 들었소, 안토니오 보좌관. 결국 모든 문제는 드 레미와 그의 철부지 아들 때문에 생긴 것이라고 들었는데, 그것이 맞소?"

"네. 그렇다고 볼 수 있습니다."

"그럼 확인이 필요하겠군. 그 여경찰을 우리가 심문하고 싶소. 아마도 그녀에게서 들을 것이 많을 것 같소만."

폴란드 출신의 장로는 말을 멈추고 주위를 둘러보며 동의를 구하였다. 좌중의 대부분이 동의하는 모습이었다. 그는 다시 고개를 안토니오에게 돌려서 두 번째 질문을 이야기했다.

"기도 보좌관의 보고에 등장하는 그 예상치 못했던 배신자에 대해 자세히 듣고 싶소. 아주 중요한 대목인 듯하오."

안토니오는 고개를 끄덕이고 우선 자기의 오른쪽에 앉아 있는 보좌관에게 지시를 내렸다. 감옥에 갇혀 있는 니콜을 데리고 오라는 명령이었다. 안토니오는 명령을 내리면서 손목시계를 살짝 봤다. 8시 42분이었다.

크리스티앙 중위는 이제야 준비된 밧줄과 고정추 발사기를 갖추고 절벽 앞에 도착했다. 그의 분대원들이 그의 곁에서 경계를 하고 있었다. 압축 공기가 충전된 발사기 입구에 밧줄과 연결된 고정추를 끼워 넣고 조준을 했다. 발사 각도를 신중하게 맞춘 후 중위는 고정추를 발사했다. 크지 않은 발사음과 함께 고정추는 가파른 포물선을 그리면서 성벽 위로 날아올랐다. 고정추에 매인 밧줄이 꼬리처럼 딸려 올라갔다. 그러나 목표한 성벽 위에서 겨우 몇십 센티미터 아래 지점에 닿고 말았다. 성벽에 부딪힌 고정추는 추진력을 완전히 잃고 밑으로 떨어져 내렸다. 크리스티앙 중위는 조용히 고개를 좌우로 저었다. 그의 귀에 부착된 무선 통신 장치에서 베르트랑의 목소리가 흘러나왔다.

"안 되는군. 발사기의 출력을 더 높일 수는 없나?"

"최대치로 발사한 겁니다. 더 이상은 불가능합니다."

무선 장치를 통해 베르트랑의 한숨이 들려왔다. 크리스티앙 중위는 발사된 후 밑으로 떨어진 고정추와 밧줄을 회수했다. 현재의 조건에서는 그로서도 아무런 방법이 없었다. 베르트랑은 콜로디 검사를 돌아다보며 양 손바닥을 펴 보였다.

"밧줄은 실패했네. 이제 어떻게 하지?"

"둘 중 하나잖아. 이대로 철수하든지 아니면 정공법을 쓰든지."

"철수할 수는 없지. 우선 바다 쪽 상황을 확인해야겠군."

베르트랑은 무선 장치를 조작하여 올리비에 경사를 호출했다.

"그쪽 상황은 어떤가?"

"아무런 움직임이 없습니다."

베르트랑은 무선 통신 장치를 내려놓으며 손목시계를 바라보았다. 8시 50분이었다.

진영은 이제 그가 들어왔던 통로를 그대로 따라 돌아갔다. 그의 뒤로는 열네 명의 여자가 뒤따랐다. 물론 행렬의 끝에선 니콜이 진영에게 받은 은색 리볼버를 들고 후방을 경계하면서 이동했다. 그들은 총 네 개의 계단을 올라가야 했고 세 개의 복도를 통과해야만 했다. 아직까진 별 문제 없이 두 개째의 계단을 올라서 복도를 통과하고 있었다. 절반 이상 온 것이었다.

그때 복도 맞은편 끝에서 사람 한 명이 돌아 나왔다. 검은색 망토와 그 위에 두건을 쓴 사람이었다. 진영과의 거리는 겨우 3미터 정도였다. 진영은 주저 없이 들고 있던 강철 스패너를 집어던졌다. 퍽 하는 소리와 함께 진영의 십자 스패너는 상대의 얼굴에 맞았다. 그와 동시에 진영은 다마스커스 단검을 들고 쓰러진 상대에게 달려들었다. 그는 강철 스패너를 이마에 맞았는지 그 부분이 피범벅이었다. 그러나 죽거나 기절하진 않았다. 넘어졌던 상대는 달려드는 진영을 보면서 서둘러 일어섰다. 진영은 추호의 머뭇거림도 없이 두 팔을 뻗어 자기를 잡으려고 하는 상대의 팔 하나를 왼팔로 잡아 꺾어 돌리며 단검으로 상대의 목 아래를 그어 버렸다. 식도와 기도 부분을 한꺼번에 절단당한 상대는 끄억 하는 이상한 소리를 내며 쓰러졌다. 그의 목에서 뜨거운 피가 분수처럼 터져 나왔다. 진영의 몸에 그의 더운 피가 튀어서 축축하게 흘렀다.

바로 그때 갑자기 한없이 조용하던 성내에서 경보음이 울렸다. 복도 곳곳에 설치된 소형 스피커에서 흘러나온 경보음이 복도를 울렸고 건물 각 층에 설치된 빨간색 경고등이 번쩍였다. 진영은 순간 당황해서 여자들을 향해 고개를 돌렸다. 미리 이야기해 둔 대로 줄지어 주저앉아 진영을 바라보는 그녀들의 얼굴은 공포에 젖어 있었다. 진영은 다시 앞으로 뛰었고 여자들도 진영을 따라 뛰었다.

안토니오의 명령에 따라 니콜을 데려오기 위해 지하 감옥으로 간 보좌관은 감옥에 다다르기 전에 복도에 찬 고약한 냄새를 맡았다. 분명히 사람의 살을 태울 때 나는 노린내였다. 그의 얼굴이 심하게 일그러졌다. 오늘밤 감옥 경비를 맡은 친구들이 여자들을 상대로 심한 장난을 한다고 생각한 것이다. 그 대상이 자기가 지금 데리러 가는 여자 형사가 아니기를 바라면서 감옥 문을 열었다. 하지만 그 안의 풍경은 그가 예상한 바와 전혀 달랐다. 감옥의 철창 문은 모조리 열려서 그 안이 비어 있었고 문가에는 기사 한 명이 허리에 큰 상처를 입고 쓰러져 있었다. 그의 몸에서 흘러나와 바닥을 적시고 있는 피의 양을 봐서는 이미 목숨이 끊어진 것 같았다. 다음 순간 그는 더욱 끔찍한 모습을 보았다. 불 위에 쓰러진 채 상체가 석탄 불 위에서 타 들어가고 있는 다른 동료를 발견한 것이다. 그 보좌관은 황급히 감옥 안에 설치된 경보 스위치를 찾았다. 그러나 그 순간 성내를 뒤흔드는 듯한 경보음이 울렸다. 그는 감옥을 떠나 지하 예배당으로 달려갔다.

성문 바깥에서 떨어진 고정추와 밧줄을 회수하는 작업을 하던 크리스티앙 중위와 대원들이 막 작업을 끝내고 원위치로 돌아가려고 할 때 갑자기 사방이 밝아졌다. 성벽 위에서 성 바깥 쪽 대원들을 향해 고광도의 나트륨등을 일제히 밝힌 것이다. 갑자기 대낮같은 조명에 노출된 대원들뿐 아니라 성벽에서 떨어진 올리브 나무 숲에 있던 베르트랑과 콜로디도 당황스럽기는 마찬가지였다.

성내의 탑루에 위치한 경비실 내에서 성 안팎의 감시 카메라에 비친 영상들을 보던 아켈다마 기사단원 한 명이 고정추가 성벽에 부딪히는 소리를 들었던 것이다. 그 이전까지 크리스티앙 중위의 병력들은 감시 카메라에 잡히지 않았다. 경비 임무를 맡은 기사들은 이어서 감시 카메라의 앵글을 조정해서 움직이는 검은색 전투복 차림의 무장 병력을 확인했다. 그리고 조명탑의 점등 스위치를 눌렀다. 물론 성내에 경보를 발하는 스위치도 같이 눌렀다.

조명에 노출된 크리스티앙 중위와 그 대원들은 혹시 있을지 모르는 공격에 대비해 은폐물을 찾아 몸을 숨겼다. 크리스티앙 중위는 베르트랑이 있는 쪽을 바라보았다. 조명이 닿지 않아서 칠흑같이 어두운 그곳에서 두 사람이 걸어나왔다. 베르트랑과 콜로디였다. 그들은 이제 습격을 포기하고 정정당당하게 발부된 긴급 수색 영장을 집행하려고 마음 먹었다. 콜로디 검사의 손에는 고성능 확성 스피커와 마이크가 들려 있었다.

갑작스럽게 경보음이 울리자 지하 예배당에 모여 있던 아켈다마 기사단의 고위 인사들은 혼란스러워졌다. 곧 상황실에 있던 기사가 뛰어 들어와 보고를 했다. 성 바깥에 정체불명의 무장 병력이 발견됐다는 보고였다. 술렁거리는 그들에게 단장이 소리쳤다.

"조용히 하시오. 겁 먹지 마시오. 이 성은 난공불락의 요새요. 그들이 날개를 달지 않은 이상 성 안에 들어올 수 없소. 그들의 정체와 목적을 파악하고 신중히 대처하면 되는 것이오."

케벨로스 단장의 질타가 있자 실내는 다시 조용해졌다. 그때 또 다른 기사가 황급히 뛰어 들어왔다. 조금 전에 니콜을 데리고 오려고 나갔던 보좌관 중 한 명이었다.

"감옥이 비었습니다. 적이 침투한 것이 틀림없습니다. 지키고 있던 기사 두 명이 살해당했습니다."

그의 보고에 따라 잠시 진정됐던 혼란은 더욱 심해졌다. 앉아 있던 케벨루스 단장이 벌떡 일어서서 들고 있던 황금 지팡이를 바닥에 내려쳤다. 쾅 하는 소리와 함께 실내는 다시 조용해졌다.

"안토니오. 비상 경계령을 내리고 모든 기사는 무장을 갖추게 하라. 지정된 경계 위치에 병력을 배치하고 성내를 수색하라. 먼저 침투한 적들을 찾아내 죽여라."

그리고 고개를 돌려 모여 있는 기사들에게 명령을 내렸다.

"그대들도 무기를 잡으시오. 오늘 회의는 여기서 중단하겠소. 우선 안팎의 적들을 격퇴한 다음 다시 모입시다."

케벨로스 단장은 안토니오에게 고개를 돌려 다시 명령했다.

"저분들에게 무기를 지급하고 경계 위치를 지정해 주게. 나는 상황실로 갈 테니까 그대는 침투한 적을 책임지도록."

안토니오는 대답을 하고 움직이는 대신 손목시계를 한 번 보았다. 정확히 9시였다.

"아니. 하지 않겠습니다. 그리고 회의는 끝나지 않았습니다."

케벨로스 단장을 비롯한 장내의 모든 사람들이 안토니오를 경악에 찬 눈빛으로 바라보았다. 그의 입에서 상상조차 할 수 없는 거역의 말이 터져나온 것이다.

눈부신 조명을 받으며 성벽 쪽으로 걸어가던 베르트랑은 어깨에 달아 놓은 무전기가 칙칙거리며 신호를 발하는 것을 들었다. 잠시 서서 무전기를 든 그의 귀로 올리비에의 목소리가 들려왔다.

"정지해 있던 어선이 해안 절벽으로 이동하기 시작했습니다."

"그쪽으로 이동하게. 그들은 우리의 적이 아니야. 아마 김진영이 나올 모양이군. 어쩌면 니콜과 다른 인질들도 말이야. 도와주겠다는 의사 표시를 하고 그들을 엄호하게."

"알았습니다."

베르트랑은 콜로디 검사를 돌아보았다. 물론 통신의 내용을 그도 모두 알아들었다.

"우리는 해야 할 일을 계속해야겠지? 일이 오히려 쉽게 끝날 것 같아."

콜로디 검사는 동의의 뜻으로 고개를 끄덕였다. 그리고 몇 걸음 더 나가서 크리스티앙 중위의 부대원이 위치한 장소에 이르렀다. 콜로디 검사는 무전기로 콘티 중령에게 첫 번째 명령을 내렸다.

"조명탄을 쏘아 올리게. 여섯 발 정도."

잠시 후 미리 배치된 60밀리미터 박격포 두 문에서 조명탄이 발사되었다. 연이어 발사된 조명탄들은 하늘로 떠올라 사방을 환하게 비추면서 천천히 떨어졌다. 이제 조명 뒤의 어둠 속에 가려져 있던 콘도티에리 성의 전모가 완전히 드러났다. 그리고 성벽 위의 총안에 배치된 수십 명의 무장 병력도 파악할 수 있었다. 콜로디 검사는 확성기의 볼륨을 최대한 올린 후 성 쪽을 향해 외쳤다.

"나는 밀라노 검찰청의 안젤리코 콜로디 부장 검사다. 우리는 살인, 납치의 혐의가 있는 당신들의 근거지를 수색할 합법적인 영장을 가지고 왔다. 순순히 성문을 열고 수색에 협조해 주기 바란다. 거부할 경우 성문을 부수고 들어간다. 당신들은 우선 공무 집행 방해로 전원 체포되고 저항하는 자는 사살될 것이다. 다시 이야기한다. 무장을 해제하고 성문을 열어라."

그러나 성 안쪽에서는 아무런 반응도 없었다.

진영은 요란한 경보음과 번쩍이는 붉은색 경보등 불빛을 뚫고 막 처음 들어왔던 방에 도착했다. 다행히 그 이후 별다른 충돌은 없었다. 진영의 뒤를 따라 여자들이 한 명씩 방 안에 들어왔다.

여섯 명째의 여자가 들어왔을 때 진영은 실내를 울리며 터지는 자동 소총 소리를 들었다. 그리고 뒤따라서 간헐적으로 발사되는 권총 소리가 들렸다. 니콜이었다. 진영은 방 밖으로 뛰어나갔다. 나머지 여자들은 총성에 놀라 방으로 뛰어 들어갔다.

진영은 복도 끝에서 코너에 몸을 숨긴 채 앉아 있는 니콜을 발견하고 그녀에게 달려갔다. 니콜의 왼쪽 어깨에서 피가 흘렀다. 진영은 그녀가 오른손에 쥔 권총을 빼앗듯 받아 쥐고 그녀를 복도 안쪽으로 밀어 넣었다. 그리고 니콜이 앉아 있던 자리에 자세를 잡고 고개를 살짝 내밀었다. 기다렸다는 듯이 자동 소총 두세 정이 일제 사격을 가해 왔다. 진영은 손만 내밀어서 세 번 응사했다. 그리고 니콜에게 물었다.

"괜찮습니까? 중상은 아닌 것 같은데."

"중상은 아니에요. 어깨 위를 스친 것 같아요. 이제 어떻게 하지요?"

니콜의 목소리는 고통으로 약간 떨렸다. 진영은 다시 리볼버를 들어서 두세 발을 계단 밑으로 발사한 다음 니콜에게 말했다.

"저 방으로 가십시오. 창 밖으로 줄사다리가 있습니다. 타고 내려가면 배가 기다리고 있을 겁니다. 여기는 내가 맡아서 시간을 벌 테니까 여자들을 데리고 빠져나가십시오."

진영은 이야기를 하면서 비어 있는 리볼버의 약실 실린더에 실탄을 장전했다. 그리고 손목시계를 보았다.

"한 가지 주의할 점은 줄사다리 끝이 바닥까지 닿지 않는다는 겁니다. 끝 부분 5미터쯤은 그냥 밧줄로 이어져 있습니다. 수영할 수 있는 사람은 차라리 바다로 뛰어들어서 배로 헤엄쳐 가는 것이 좋을 겁니다. 시간이 없습니다. 이유는 모르지만 5분 내로 나가야만 합니다."

진영은 다시 두 발을 발사했다. 니콜은 적의 피로 물든 진영의 옆모습을 잠깐 바라보고는 방 쪽으로 달려갔다.

니콜은 방에 들어선 순간 이미 방에는 아무도 없음을 깨달았다. 여자들은 설명도 듣지 않고 창문에 걸린 줄사다리를 타고 내려간 것이다. 니콜은 창 밖으로 고개를 내밀어 아래를 바라보았다. 줄사다리에 필사적으로 매달려 내려가고 있는 여자들의 모습과 어선으로 보이는 배 한 척이 절벽 바로 아래에 떠 있는 것이 보였다. 그리고 약 500미터 떨어진 해상에서 빠른 속도로 이쪽으로 접근하는 배가 있었다. 어선의 두 배 정도의 크기였고 형태로 보나 조명등으로 보나 소형 군용 함정이든지 해안 경비정 같았다.

니콜도 이제 창 밖으로 몸을 내밀어서 줄사다리에 매달렸다. 어깨의 총상이 극심하게 아려 왔지만 최선을 다해 천천히 내려갔다.

진영은 복도 끝에 숨어서 계단 밑을 향해 견제 사격을 했다. 실탄은 충분했지만 시간이 없었다. 진영의 손목시계는 이제 9시 7분을 가르켰다. 안토니오의 편지 끝에는 이렇게 적혀 있었다.

"9시 10분에 모든 것이 끝날 것입니다. 그전에 성 밖으로 나가야 합니다. 아니면 같이 지옥으로 갈 겁니다."

진영은 그것이 무엇을 뜻하는지는 몰라도 지금까지 안토니오의 계획에서 한 치의 오차도 없었음을 알고 있었다. 이제 3분 내에 나가야 하는 것이다. 진영은 갑자기 난사되는 자동 소총에 맞서서 다시 세 발을 쏜 다음 복도를 가로질러 방 쪽으로 뛰었다.

사람들이 어두운 절벽에 걸린 줄사다리를 타고 내려오는 모습을 보고 있던 알베르토는 고속 선박의 엔진 소리가 이쪽으로 다가오는 것을 듣고 긴장해서 그쪽으로 돌아섰다. 고광도의 서치라이트를 비추면서 다가오고 있는 그 배의 조타실 위로 해안 경찰을 표시하는 파란색과 빨간색의 경광등이 깜빡였다. 알베르토는 손에 들고 있던 사냥용 라이플을 내려놓고 자신이 해야 할 일이 없어졌다는 생각을 하며 그 배를 기다렸다. 그리고 어선을 천천히 후진시켜서 자리를 양보하였다.

이제 첫 번째 여자가 줄사다리에서 밧줄을 거쳐서 바닥에 내려섰다. 막 도착한 해안 경비정은 알베르토 쪽에는 전혀 관심을 두지 않은 채 선미의 인명 구조용 고무 보트를 내렸다. 그들은 해야 할 일을 알고 온 것이다. 알베르토는 자기 배를 해안 경비정에 붙이고 그쪽으로 고함을 질렀다.

"수고하십니다. 할 이야기가 있습니다."

경비정에 타고 있던 쟈코모 형사가 대답을 해 왔다.

"무슨 이야기입니까? 나중에 합시다."

"아니. 아주 중요한 이야기입니다. 지금부터 5분 후에 우리는 배를 뒤로 빼야 합니다."

"그게 무슨 소리요?"

"이유는 모르지만 정확히 9시 10분까지만 여기 있어야 한다는 이야기를 들었습니다."

"알았지만 우선 여자들을 구합시다. 두고 갈 수는 없으니까."

이제 알베르토는 배를 조금 더 뒤로 빼고 느긋하게 구경했다.

"무슨 이야기야? 정신 차리게, 안토니오. 농담할 때가 아니야."

자신을 뚫어지게 바라보는 케벨루스 단장과 다른 여러 기사들의 시선을 느끼며 안토니오는 천천히 두세 발짝 앞으로 나섰다. 그리고 좌중을 향해 이야기를 시작했다.

"그 예상치 못했던 배신자에 대해 보고를 하겠습니다. 그의 이름은 미켈레 브루넬리오입니다."

미켈레 브루넬리오라는 이름이 나온 순간 실내는 잠깐 술렁거렸다. 그의 이름을 기억하고 있는 사람들이 꽤 있었던 것이다. 그때 케벨루스 단장의 노여움이 가득 찬 명령이 떨어졌다.

"뭐 하고 있는가. 저놈을 잡아. 죽여도 관계없다."

단장의 명령에 따라 그의 좌우에 서 있던 무장한 기사들 여섯이 칼을 빼들고 안토니오에게 접근했다. 하지만 안토니오는 위축되기는커녕 살짝 미소를 지으며 몸에 걸친 외투를 벗어던졌다.

드러난 안토니오의 모습을 본 순간 사람들은 또다시 경악했다. 그의 몸에는 10킬로그램 정도는 됨직한 컴포지션 계열의 폭약이 덕지덕지 붙어 있었고 전기 배선과 기폭 장치가 연결되어 있었다. 안토니오는 손목시계를 한번 보았다. 9시 6분이었다.

"우리에게 그렇게 시간이 많지는 않습니다. 저는 제 몸뿐 아니라 이 성채 곳곳에, 특히 지하 탄약고와 중요한 기둥들 같은 곳에 폭약을 설치했습니다. 제가 이걸 누르면 터지게 되어 있지요."

그 말은 거짓말이었다. 안토니오의 왼손이 잡고 있는 기폭 장치의 단추는 물론 누르면 터지게 되어 있었다. 하지만 그것은 자신의 몸에 설치된 폭약에만 해당되었다. 그 외에 안토니오가 성 내부 곳곳에 몰래 설치한 폭약은 별도의 시한 장치가 달려 있었고 모두 9시 10분에 맞춰져 있었다. 이제는 그로서도 그 폭발을 막거나 늦출 수 없었던 것이다.

안토니오는 오른손으로 허리춤의 단검을 빼 들고 이야기를 계속했다.

"미켈레 브르넬리오 기사는 며칠 전까지 갈멜파 신부가 되어 살아 있었습니다. 하지만 결국 제 손에 죽었습니다. 당신들에게 죽은 제 아버지의 이 단검으로 말입니다."

안토니오는 단검을 들어 보였다. 실내는 터질 듯한 긴장감이 가득했다. 죽음 앞에 선 그들의 눈빛과 표정은 완전히 굳어 있었다.

"이 칼은 제 어머니를 찔러 죽이기도 했습니다. 미켈레 브르넬리오 기사는 친구와 그 부인을 죽였습니다. 악마의 율법에 따라서였죠. 그리고 갓난 아기였던 저를 살리기 위해서였습니다. 하지만 그 역시 제 손에 죽었습니다. 저는 이제 저를 살리신 그분을 위해 죽을 생각입니다. 그리고 여러분 모두를 같이 모셔 가려고 합니다."

장내는 무덤 속 같았다. 아무도 움직이지 않았다.

안토니오는 시계를 보았다. 분침이 10자에 거의 붙어 있었다. 그는 기독교의 하느님을 조롱하고 비난하기 위해 어렸을 적 배웠던 구약 성경의 한 부분을 떠올렸다. 바로 삼손의 이야기였다.

온갖 어리석은 짓을 계속하던 그는 힘의 원천인 머리칼과 수염을 잃고 적에게 잡혀서 연자방아를 돌리게 되었다. 인생 최후 순간에야 자기의 어리석음과 자기 힘의 근원을 깨달은 삼손은 자신을 조롱하기 위해 모여든 적들을 자기 손으로 섬멸하겠다고 마음 먹는다. 결국 그는 여호와 하느님의 힘을 빌려 그를 묶어 놓은 기둥을 허물어뜨리고 자기와 적들을 한꺼번에 죽인다는 이야기였다.

안토니오는 그가 그동안 헛되이 연자방아를 돌려 왔다는 것을 깨닫고 자기 손으로 아켈다마를 파멸시키겠다고 마음먹은 것이다. 두렵기는커녕 왔던 곳으로 되돌아가서 얼굴도 모르는 부모님 그리고 어쩌면 미켈레 아저씨를 만날지도 모른다는 생각을 했다.

방심한 듯 천장을 바라보는 안토니오를 보고 케벨루스 단장은 의자 밑의 권총을 꺼내서 그를 향해 발사했다. 그러나 그 순간 안토니오의 손이 기폭 장치를 눌렀고 예배당 전체가 피로 변했다. 그리고 이어서 성 건물 전체에서 엄청난 양의 폭약이 동시에 폭발했다. 가룟 유다의 황금 해골 위로도 피의 폭풍이 덮쳤다.

한때 경건한 성전 기사단의 기사들이 학살당한 곳에서 이제 그들을 학살한 악마들의 후예들이 핏물로 변해 흘렀다. 그리고 끔찍한 폭발음에 이어 성 전체가 몸을 떨며 무너져 내렸다.

진영은 방 안으로 후퇴해서 문을 닫아걸었다. 곧 적들의 자동 소총탄이 나무로 된 문을 박살내기 시작했다. 진영은 창 밖을 내려다보았다. 여자들은 거의 내려갔으나 니콜이 중간쯤에 매달려 있어서 그녀가 내려갈 때까지 시간을 벌어 줘야 했다. 진영은 문 옆의 벽에 붙어 섰다. 그리고 실탄을 권총에 장전해서 왼손에 쥐고 오른손에는 단검을 빼 들었다. 근접 전투를 준비한 것이다.

곧이어 집중 사격을 받아 너덜거리는 방문을 걷어차고 적들이 뛰어들었다. 진영은 첫 번째로 들어온 상대에게 권총을 쏴서 쓰러뜨리고 두 번째 상대에게 달려들었다. 그의 단검이 순식간에 적의 목을 베었고 진영은 몸을 돌리며 세 번째 적을 향해 권총을 난사했다. 그때 소총탄 한 발이 진영의 오른쪽 어깨를 관통했다.

진영이 계산해서 처리한 적은 세 명이었다. 그의 의도는 아주 잘 맞아떨어졌다. 그러나 돌격조 뒤에 지원을 맡은 다른 적들이 있다는 것은 계산하지 않았던 것이다. 알았다 해도 크게 달라지는 것은 없었겠지만 이제 진영은 자동 소총을 든 두 명에게 몸을 노출시킨 상태였다.

끝났다고 생각한 바로 그 순간 거대한 폭발의 진동과 폭음이 그들을 덮쳤다. 온 세상이 하얗게 느껴지면서 고막이 찢어지는 듯했다. 성 전체가 요동치며 무너졌다.

그 틈을 타서 진영은 필사적으로 달렸다. 그리고 창 밖을 향해 몸을 던졌다. 반짝이는 별들과 물 위에 깔린 달빛을 봤다고 생각하는 순간 그는 정신을 잃었다. 그의 몸은 한없이 떨어졌다.

엄청나게 큰 폭발에 놀란 이탈리아 해안 경비정은 엔진을 최대 출력으로 올려서 배를 후진시켰다. 그때 후진하면서 생긴 물거품 위로 진영의 몸이 떨어졌다. 구경하고 있던 알베르토가 곧바로 바다로 몸을 날려 진영이 떨어진 곳으로 헤엄쳐 갔다.

한편 올리비에 경사는 니콜을 향해 줄사다리를 오르고 있었다. 니콜과 올리비에 경사가 줄사다리에서 만난 것은 대폭발이 있기 직전이었다. 그가 니콜의 상태를 확인하기 위해 말을 걸었을 때 절벽이 울릴 정도의 폭발음이 들렸다. 그리고 잠시 후 성벽 위에서 진영의 몸이 떨어져 내리는 것을 보았다. 더불어 성 건물에서 천천히 무너져 내리는 돌들을 발견했다.

올리비에는 니콜에게 부르짖었다. 바다로 뛰어내리라고. 그리고 니콜의 뒤를 따라 자기도 몸을 던졌다.

밑에서 대기하던 구명용 고무 보트가 바다에 떨어진 후 물에 뜬 두 사람을 구조했다. 성의 본격적인 붕괴가 시작되기 직전이어서 그나마 가능한 일이었다. 니콜과 올리비에를 끌어올린 고무 보트는 해안을 고속으로 벗어날 채비를 했다. 그때 보트의 오른편으로 두 사람의 머리 부분이 떠 있는 것을 발견했다. 그리고 두 사람 중 한 사람이 이쪽으로 손을 흔드는 것도 보았다.

콘도티에라 성의 입구에서 대치하던 베르트랑과 콜로디 검사는 해안 경비정 쪽에서 전해 오는 보고에 고무되었다. 납치되어 감금됐던 것으로 보이는 여자들이 구출되고 있었던 것이다. 그리고 조금 전부터 성내의 어디에선가 울리고 있는 사격 소리에 마음이 급해졌다. 저 안에서 총격전이 벌어지고 있는 것이다. 아마도 진영과 적들 사이에 교전이 발생한 것이라고 생각한 베르트랑은 발을 동동 굴렀다. 이쪽에서는 도와줄 방법이 전혀 없었다. 콜로디는 이제 콘티 중령에게 정면 공격을 명령했다. 우선 유탄 발사기와 박격포로 성문을 부수고 돌격해 보기로 한 것이다. 그리고 무전으로 사르데냐에 주둔 중인 이탈리아 육군의 공병대에게 긴급 출동을 요청했다. 그러나 그 무전이 채 끝나기도 전에 성 안쪽에서 엄청난 폭발 소리가 들려왔다. 그들이 서 있는 땅까지도 울릴 만한 대폭발이었다. 그리고 성이 흔들리더니 천천히 무너져 내렸다. 높다란 첨탑과 탑두 부분부터 무너져 내리더니 성 전체가 파도에 휩쓸린 모래성처럼 형체를 잃어 갔다. 거대한 먼지 구름이 성 위를 덮어 갔고 붕괴하는 건물이 내는 소름 끼치는 소음이 밤 하늘에 메아리쳤다.

이때 베르트랑의 무전기가 칙칙거렸다. 올리비에였다.

"구조 헬기가 필요합니다. 니콜과 김진영 두 사람 다 총상을 입 었습니다. 성에서 바다로 추락했고요. 출혈이 심해서 긴급히 호송 해야겠습니다."

베르트랑은 정신을 차리고 곧바로 조치를 취할 것을 명령했다. 그리고 콜로디는 사르데냐 섬 전체의 소방서에 연락을 취하도록 명령했다.

"결국 우리가 한 일은 아무것도 없었군."

베르트랑과 콜로디는 마주 보며 쓸쓸히 웃었다.

에필로그
2005년 12월 31일

파리의 겨울 날씨답지 않게 하루 종일 해가 비췄던 날이었다. 파리 남쪽에 자리 잡은 오를리 공항의 관제탑이 황금색 노을로 물들고 있었다. 1년의 마지막 날이 저물고 있었다.

나폴레옹 보나파르트의 고향이기도 한 지중해의 섬 코르시카에서 출발한 항공기가 조금 전에 착륙해서 서서히 계류장으로 이동하고 있었다. 코르시카의 아자시오 공항을 두 시간 전에 출발했던 에어 리베르테 항공이었다.

절반 이상 비어 있는 에어 리베르테 항공의 여객기 실내에는 한 쌍의 남녀가 타고 있었다. 짧은 머리의 동양 남자와 갈색의 단발머리가 찰랑이는 서양 여자였다. 김진영과 니콜이었다.

그날 바다에 떨어진 후 구조된 두 사람은 응급조치 후 날아온 프랑스 해군의 헬기에 실려서 프랑스 영토인 아자시오로 이송되었던 것이다. 본래 이탈리아 영토인 사르데냐 섬과 프랑스 영토인 코르시카 섬은 좁은 보나파치오 해협을 사이에 두고 남북으로 붙어 있다시피 했다. 그날 사건의 현장은 사르데냐 섬의 북서쪽 해안 지점이어서 사르데냐 남쪽 끝에 위치한 카글리아리보다는 코르시카 섬 서쪽에 위치한 아자시오가 훨씬 가까웠다.

여객기의 문이 열리고 두 사람은 밖으로 빠져 나왔다. 김진영의 복장은 간소했다. 청바지에 파란색 스웨터뿐이었다. 들고 있는 가방도 무거워 보이지 않았다. 그는 오늘에야 병원에서 퇴원했다. 그의 옆에서 따라 걷고 있는 니콜은 전형적인 파리 여자들의 겨울 복장이었다. 검은색 부츠와 검은색 롱코트에 검은색 머플러를 매고 있었고 소지품은 핸드백뿐이었다. 그녀는 아침 비행기 편으로 코르시카에 내려갔다가 진영의 퇴원 수속을 도와주고 같이 돌아오는 길이었다. 상대적으로 가벼운 상처를 입은 니콜은 11월 중순경 퇴원했다. 그러나 진영은 그렇지 않았다. 오른쪽 가슴 위를 관통한 총상은 한때 진영의 생명을 위협하기도 했다. 바다에 빠지면서 너무 많은 출혈을 했고 상처 부위도 위험한 곳이었기 때문이다.

국내선 항공편이었기 때문에 별다른 수속 절차 없이 공항을 빠져나온 두 사람은 니콜이 주차해 둔 곳으로 갔다. 니콜의 검은색 BMW가 보였다. 두 사람이 탄 차는 곧바로 공항을 벗어나 파리 시내 방향의 고속도로에 진입했다. 퇴근 시간이었는데도 교통량은 많지 않았다. 차는 파리 도심 순환 도로를 거쳐서 진영의 아파트가 있는 쿠르셀 거리에 들어섰다. 아직까지 두 사람 사이엔 단 한마디의 대화도 이루어지지 않았다. 니콜이 여러 번 말을 붙여 보았지만 진영의 반응이 전혀 없었던 것이다. 그는 얼굴보다 마음이 더 푸석푸석해져 있었다. 니콜의 차가 쿠르셀 거리의 80번지 앞에 섰을 때 진영의 입이 처음으로 움직였다.

"혜정에게 갑시다."

니콜은 고개를 끄덕이고는 차를 다시 도로에 진입시켰다. 그녀는 진영을 완전히 이해하고 있었다.

겨우 수습한 혜정의 시신은 벨기에에서 화장되어 파리로 돌아왔다. 한국에서 급히 날아온 혜정의 아버지와 주영복 영사는 상의 끝에 혜정의 뼛가루가 들어 있는 항아리를 파리에 남겨 두기로 했다. 오열을 거듭하던 혜정의 아버지가 차마 그녀의 유골을 거두지 못했던 것이다. 대신 그녀가 그렇게도 사랑했던 파리에, 진영의 곁에 두기로 했다. 베르트랑이 주선한 덕에 혜정은 쿠르셀 거리에서 그렇게 멀지 않은 몽마르트르 공동묘지에 묻혔다.

저녁 무렵이라서 사람들 행적이 거의 보이지 않는 몽마르트르 공동묘지에는 새들만이 조용히 우짖고 있었다. 묘지 앞 꽃가게에서 산 하얀색 장미 다발을 안고 진영은 혜정의 묘석 앞에 섰다.

니콜은 두세 걸음 뒤에서 그의 뒷모습을 보고 있었다. 하얀 장미 다발을 검은 묘석 위에 내려놓은 진영은 한동안 움직이지 않았다.

얼마간 시간이 흐르자 묘지 이곳저곳에서 등이 켜졌다. 자전거를 탄 묘지 관리인이 그들에게 다가왔다. 나가야 할 시간이 된 것이지만 니콜은 진영을 재촉할 생각이 조금도 없었다. 진영은 잠시 후 몸을 돌려 묘지 입구로 걸었다. 니콜이 흘낏 바라본 진영은 조금도 표정이 바뀌지 않았다. 그리고 그들은 다시 파리의 번잡한 거리 속으로 흘러들어 갔다.

# 밀리언셀러 클럽을 펴내면서

지난 수백 년 동안 소설은 기묘하면서도 교양 넘치고, 자유로우면서도 현실에 뿌리 박고 있으며, 흥미진진하면서도 감동적인 이야기로 독자들의 사랑을 독차지해 왔다.

민담이나 전설 등에 비해 비교적 최근에 탄생한 이야기 형식인 소설이 순식간에 이야기 왕국의 제왕으로 올라선 것은 현대인들이 살아가면서 느끼는 희망과 절망, 불안과 평화 등 온갖 삶의 양상들을 허구 속에 온전히 녹여 내어 재창조함으로써 이야기를 읽는 기쁨과 더불어 삶을 재발견하는 즐거움을 주어 온 까닭이다.

사실 이야기를 읽음으로써 삶을 다시 생각하고, 삶을 생각함으로써 이야기를 다시 만들어 온 것은 인간이라면 피할 수 없는 숙명이다.

그런데도 최근 이야기의 제왕이라는 소설의 위기를 말하는 목소리가 점점 늘어나고 있다. 만약에 이 말이 사실이라면, 그리하여 사람들이 소설을 점차 외면하고 있다면, 핏속에 스며들어 있으며 뼛속에 틀어박힌 이야기 본능이 무언가 다른 것에 홀려 있음에 틀림없다.

사람들은 이제 이야기를 소설이 아니라 거리에서, 인터넷에서, 영화에서, 드라마에서, 광고에서, 대중가요에서 즐기고 있는 것이다.

'밀리언셀러 클럽'은 이러한 소설의 위기를 넘어서려는 마음에서 기획되었다. 국내뿐만 아니라 전 세계 각국에서 독자들의 사랑을 한껏 받은 작품들을 가려 뽑아 사람들 마음을 다시 소설로 되돌리고 이야기를 한껏 즐길 수 있도록 배려하였다.

'밀리언셀러'라는 이름을 단 것은 소설이 다시 사람들의 마음을 끌어 널리 읽히기를 바라기 때문이고, '클럽'이라는 이름을 단 것은 소설을 사랑하는 독자들이 이 작품들을 가운데 놓고 오랫동안 이야기를 나누기를 바라기 때문이다.

앞으로 '밀리언셀러 클럽'에는 예로부터 오늘날까지, 동양에서 서양까지 시대와 장소를 가리지 않고 널리 독자들의 사랑을 받아 온 작품들 중에서 이야기로서 재미에 충실할 뿐만 아니라 인간 본연의 모습을 확인시켜 줄 수 있는 소설들이 엄선되어 수록될 것이다.

이 작품들이 부디 독자들을 소설의 바다로 끌어들여 읽기의 즐거움을 극대화함으로써 이야기 본능을 되살려 주어 새로운 독서 세대를 창출하기를 바라는 마음 간절하다.

아켈다마 2

1판 1쇄 찍음 2006년 7월 25일
1판 1쇄 펴냄 2006년 7월 29일

지은이 ┃ 김명섭
편집인 ┃ 이지연
발행인 ┃ 박근섭
펴낸곳 ┃ **(주) 황금가지**

출판등록 ┃ 1996. 5. 3. (제16-1305호)
주소 ┃ 135-887 서울 강남구 신사동 506 강남출판문화센터 5층
전화 ┃ 영업부 515-2000 / 편집부 3446-8773 / 팩시밀리 515-2007
홈페이지 ┃ www.goldenbough.co.kr

값 8,000원

ISBN 89-8273-975-0 04810
ISBN 89-8273-973-4 (세트)